LES ALLUMETTES SUÉDOISES

ROBERT SABATIER
de l'Académie Goncourt

Les Allumettes suédoises

ROMAN

ALBIN MICHEL

ISBN : 978-2-253-03430-8 - 1re publication - LGF

Eblouissante était ma rue.

Des années se sont écoulées. J'ai un peu appris, beaucoup voyagé, connu d'autres lumières, c'est-à-dire, selon les ciels, les soleils et les mers, dénombré les gammes incomparables de la clarté nécessaire à l'homme comme à la plante. Mais rien, ni la nature ni les livres, ne m'a laissé dans le souvenir cette sensation de blancheur forte, implacable, immuable, du soleil de ma rue.

Sans doute cet éblouissement n'était-il qu'intérieur, ou n'existe-t-il que dans les métamorphoses de la mémoire, et de sa réalité ne puis-je être sûr. Mais cette salutation solaire était celle de la vie. J'avais dix ans et, pour la première fois, je ressentais la vie : elle s'annonçait avec une première blessure ; du végétal je passai à l'animal, à la bête séparée de la bête ; et, parce que j'étais un petit des hommes et non un jeune chat, une larme finissait de sécher sur ma joue.

Oui, éblouissante, avec ses immeubles gris que le soleil peignait en blanc, ses pavés nacrés sertissant l'herbe verte, ses bornes qui préservaient sa solitude. Eblouissante au point de fixer les instants sur le négatif de la mémoire. A jamais. Et je revois cet enfant frémissant et pur en face des premières tragédies, avec un tremblement de paupières, un battement particulier du cœur, non comme s'il était moi-même, mais comme s'il s'agissait de mon propre enfant dissous jadis dans trop de lumière blanche. Le monde alors était pourtant joyeux...

I

L'enfant passa le bout de ses doigts sur ses lèvres, effleura sa joue humide, glissa sur des yeux verts trop grands pour son visage, écarta une mèche de longs cheveux dorés qui retomba aussitôt sur son front. Il respira longuement, à petits coups, l'air chaud, poussiéreux.

Assis sur le bord du trottoir, à égale distance entre les deux raies délimitant le bloc de pierre, l'ourlet de sa culotte de velours noir imprimait un pli sur chaque cuisse. Il ne se leva pas tout de suite, observant attentivement tout ce qui l'entourait comme s'il venait de s'éveiller dans un lieu inconnu de lui. Pour la première fois, le spectacle le retenait, scène après scène, décor après décor : jusqu'ici, il n'avait fait que se blottir dans les bras de sa mère, à l'écart des choses de la rue, il ne les avait jamais vraiment vues, et voici qu'elles apparaissaient dans leur existence propre, le ramenant à son corps, à ses vêtements, à lui-même. Il regarda tout avidement : maisons, boutiques, murs, enseignes, plaque de rue... et, insensiblement, tout lui parut singulier, écrasant de réalité. Il se posa alors des questions sur cet univers. Que faisait-il ici plutôt qu'ailleurs ? Pourquoi *tout cela* l'entourait-il ? Pourquoi tels heurs, tels accidents lui arrivaient-ils à lui, Olivier, fils de Pierre et Virginie Châteauneuf, *décédés* ? Pourquoi désormais cette solitude ?

Seul. Séparé. Seul comme le chien qui passe. Séparé comme ce court tronçon de la rue Labat (du numéro 72 au numéro 78, du numéro 69 au numéro 77) coupé comme une tête du corps de sa plus longue partie par des carrefours successifs, ceux de la rue Lambert (hôtel du

7

Nord, hôtel de l'Allier, commissariat de police), plus bas, des rues Ramey et Custine. S'arrêtant sur le haut à la rue Bachelet avec ses demeures lépreuses que surplombent les immeubles de huit étages sur les hauteurs de Montmartre, ce petit bout de la rue Labat forme, dissidente, une autre rue.

En levant les yeux et en déplaçant lentement la tête, Olivier lut successivement : *Entreprise Dardart, couverture-plomberie, Blanchisserie, Les Vins Achille Hauser*. Il parcourut encore d'autres mots, mais si vite qu'ils n'en formèrent qu'un seul, interminable et sans signification : *œufsdujourarrivagedirectauvergnekubpainviennois plisséscols*..., puis il essaya de lire à l'envers, avant de détacher chaque lettre et de tenter de mettre de l'ordre dans cet alphabet en folie.

Il posa ses mains sur ses genoux et écarta ses cuisses maigres pour regarder dans ces creux du ruisseau où chaque matin l'eau de la voirie dévalait rapidement la pente pour se perdre dans la bouche d'égout. Entre deux pavés, il cueillit une épave : un clou recourbé dont la forme évoquait la ligne d'un bateau. Il allongea la jambe droite, se pencha sur sa cuisse gauche et s'inclina en arrière pour l'enfouir dans la poche déjà bien pleine de sa culotte. Il se souvint alors d'une phrase entendue au comptoir du café-tabac *L'Oriental* : « Si tu marches une heure en regardant le ruisseau, tu trouves presque toujours assez de monnaie pour te payer un ballon de rouge ! » Un ballon de rouge, un ballon rouge, un ballon. Les mots flottèrent dans sa tête puis s'envolèrent. Il ne pouvait jamais fixer ses pensées.

Il finit par se lever en tirant sur sa culotte. Il remonta la rue ensoleillée en évitant de regarder du côté de la mercerie *demi-gros détail* dont les volets de bois vernis portaient les chaînes fragiles de scellés de plomb. Sa poitrine lui faisait mal, il émit une sorte de sanglot qui se termina en hoquet. Il crut qu'il allait pleurer, mais il put retenir ses larmes.

Il regarda vers le ciel. Le soleil, à travers sa chemisette, lui brûlait les épaules. Il craignait qu'il se cachât trop vite, il avait peur de la nuit, tellement plus peur que des deux voyous de la rue Bachelet qui venaient de lui infliger une correction. Il n'avait pas riposté ni poussé le moindre cri, comme si cela lui importait peu de recevoir des coups, comme s'il les méritait. Alors, un de ses assaillants mis en rage lui avait crié en s'éloignant :

« Ta mère est clamsée. C'est bien fait pour ta poire ! »

Dans la rue, la bagarre était chose courante, admise. Doudou et Lopez habitaient la rue Bachelet, Olivier, la rue Labat : il payait donc le prix d'une vieille rivalité, mais, sous l'invective, il avait levé de grands yeux étonnés. *Ta mère est clamsée. C'est bien fait...* Vainement, il avait tenté de comprendre, imaginant une punition méritée, un coup du sort bien établi, puis ses pensées se troublant, il avait pleuré.

Il marchait, tout morose, quand, à la hauteur du numéro 73, la fenêtre de l'avantageuse Mme Haque, qui donnait sur le rez-de-chaussée, s'ouvrit dans un tremblement de vitres. La femme posa ses mains potelées sur la croisée et, avec un mouvement de tête, lui jeta :

« Allez, entre ici. »

Il regarda les épais avant-bras avec curiosité et pénétra dans le couloir dont la peinture chocolat s'écaillait en d'obscures géographies. La loge sentait le linge chaud et la lavande. La femme, en refermant la fenêtre, constata : « Tu as encore été traîner... » L'enfant ne répondit pas. Il s'assit sur une chauffeuse paillée et caressa les oreilles pendantes d'un chien rouge.

Le visage de Mme Albertine Haque évoquait une sculpture inachevée : on distinguait sous une masse épaisse des traits qui avaient dû être fins. Comme tous les obèses, elle savait se créer des illusions de miroir. Le sien était étroit, amincissant à souhait et elle s'y attardait en prenant la pose la plus flatteuse, la plus rassurante. Cela l'avait amenée à se coiffer de manière ridicule : des anglaises battaient comme des copeaux noirs le long de ses bajoues. Le carmin débordant sa lèvre supérieure arrondissait sa bouche minuscule et deux touches de fard rouge sur ses pommettes achevaient de lui donner l'aspect d'une marionnette boursouflée.

Ils restèrent tous les trois — la femme, l'enfant, le chien — parfaitement silencieux. La grande armoire bressane à panneaux de loupe contenait du linge fin bien rangé, parsemé de sachets d'herbes odoriférantes. Contrairement aux autres loges du quartier, celle-ci était propre, coquette même. Albertine prétendait percevoir d'autres revenus que ceux de son métier modeste : une fille richement mariée qui voyageait à travers le monde et lui envoyait des mandats. Bien qu'elle laissât toujours ouvert sur une table un album orné de timbres colorés, personne n'en croyait mot : n'était-ce pas plutôt pour elle, comme pour chacun, dans ce quartier populaire, une manière de ménager sa part de rêve, de garder un semblant de quant-à-soi ?

La femme serra sur sa poitrine flottante un pain fendu de quatre livres à croûte dorée et tailla une double tranche. La croûte craqua avec un bruit agréable. Albertine demanda à l'enfant, sans amabilité :

« Tu veux de la marmelade ou du chocolat ? »

Comme il ne répondit pas, elle haussa les épaules, fit « Ah ! là ! là ! », beurra la tartine et agita au-dessus la boîte de sel Cérébos.

Olivier remercia et mangea avec précaution, en essayant de rattraper les miettes qui tombaient. Le balancier doré de l'horloge semblait très lent. De temps en temps, le chien se dressait pour tenter de saisir la tartine, et l'enfant, embarrassé, la levait au-dessus de sa tête. Le chien alors se laissait retomber paresseusement, avec un petit gémissement. Un silence solennel pesait, traversé seulement par un craquement du parquet ou le bruit d'une mouche contre la vitre. Albertine tricotait des chaussettes avec quatre aiguilles qui formaient un carré. Olivier se demanda comment les chaussettes seraient rondes. Il mordait le pain lentement, le mâchait jusqu'à dissoudre chaque bouchée dans sa bouche, cela pour prolonger l'acte de nourriture car, après, il ne saurait que dire, que faire.

Le silence. Toujours le silence. Depuis une semaine, chacun se taisait et il prenait cette absence de paroles pour une désapprobation. Il se sentait alors coupable, comme s'il était responsable de cette mort à laquelle il ne parvenait pas à croire faute d'en imaginer la réalité.

« Tu t'es encore battu », finit par dire Albertine.

L'enfant répondit : « Non, c'est Doudou et Lopez qui... » Et quand elle affirma que ce n'était « pas une réponse », il précisa sur un ton curieux, comme s'il répugnait à énoncer un fait aussi logique :

« C'est parce que ma mère est morte. »

Prise d'indignation, Albertine grogna : « Tous des voyous ! » et, par souci de justice, elle ajouta : « Toi aussi. Tu es toujours à traîner. Tu... » Elle soupira, puis, brusquement, elle tira un tiroir de commode et y jeta son tricot et sa pelote de laine. Cette laine, elle ne l'avait pas payée. Elle pensa que l'enfant le savait et, croyant lire un reproche dans ses yeux, elle dit méchamment : « On la lui paiera sa laine ! » puis, prise d'une subite colère, elle ajouta, un ton plus haut :

« Allez, ouste, va-t'en, va manger dehors, tu mets des miettes partout, et puis d'abord, t'es qu'un voyou ! »

Pourquoi avait-elle jeté ces mots ? Le savait-elle elle-même ? Peut-être parce que le miroir avait reflété les rides en pattes d'oie de ses yeux. Peut-être parce qu'elle en voulait à la vie de pas mal de choses. Elle regarda Olivier sortir, faillit se raviser, se servit un petit verre de calvados, le but avec une satisfaction gourmande, puis plissa les lèvres sur un mutisme résolu.

★

Olivier sortit du couloir en regardant le bout de ses sandales. Ses lèvres gardaient un goût salé. Pourquoi Albertine avait-elle parlé de la laine ? Il crut comprendre, mais cela revêtait si peu d'importance. Depuis le drame, une semaine seulement s'était écoulée. Le feuillet du calendrier-éphéméride portait un gros *30* en rouge suivi du mot *avril* en noir et sur le support figurait l'année en caractères dorés. Sa mère avait fait les comptes de fin de mois de la mercerie et préparé les factures. Il avait grimpé sur le haut tabouret derrière la caisse tandis qu'appuyée contre la table lisse où le mètre de bois était collé, elle lui avait dicté des mots : *ottoman violine, glands dorés, fil fort, doublure couture, serpentine, cordelière, bobines câblé, fil mercerisé...* et des chiffres tombant au bout de la ligne dans les étroits rectangles entourés de filets gris. Puis il avait fait les additions en marquant les retenues au crayon en haut des colonnes. Après vérification de sa mère, les factures étaient restées empilées sur la table, sous le gros aimant à anse rouge qui retenait toujours quelques épingles. Plus tard, on aurait glissé ces notes dans des enveloppes-vitrail pour les acheminer ensuite.

Sa mère était élancée, avec un visage d'un parfait ovale éclairé par d'immenses yeux d'un vert irréel dont il avait hérité, et couronné par des cheveux couleur de chanvre qu'elle tirait en arrière pour les rouler en un épais chignon piqué d'un peigne d'écaille blonde. Sur la porte vitrée au-dessus de réclames en décalcomanie, le peintre avait tracé en écriture anglaise jaune *Madame Veuve Virginie Châteauneuf*, mais elle avait gratté « Madame Veuve » dont il ne restait que quelques traces. Malgré ses trente ans, on l'appelait encore « Mademoiselle » ce qui la faisait rire en désignant Olivier. Les galants lui dédiaient alors de fades subtilités :

« Allons donc, allons donc, c'est votre petit frère. Pas vrai, mon enfant ? »

Quand elle levait les bras pour équilibrer son chignon ou pour ramener une mèche sous le peigne, elle se mettait à chanter, toujours le même air, en faisant *la la la la la*. Sa peau était lisse et blanche comme celle d'une Scandinave, ses yeux toujours ombrés de cernes avec de longs cils qui atténuaient l'intensité de son regard. Parfois ses pommettes se coloraient : à dix-huit ans, un voile avait affecté son poumon droit, mais elle prétendait avoir été guérie. Quand ses lèvres pâles s'écartaient sur un sourire, on voyait des perles briller dans sa bouche. Elle se souciait peu de la mode, se vêtant obstinément de jupes noires un rien trop longues et de corsages de linon blanc qu'elle brodait elle-même.

Parfois, quelque homme venait la voir. Il fréquentait pendant quelque temps la mercerie, tentait d'obtenir les bonnes grâces de l'enfant, puis il disparaissait et un autre le remplaçait. Olivier n'aimait guère ces visiteurs : à leur passage, sa mère fermait le magasin et disait à l'enfant d'aller jouer dans la rue, même quand il n'en avait pas envie. Ou bien, elle lui donnait de l'argent pour qu'il allât au cinéma, au *Marcadet-Palace* ou au *Barbès-Pathé*, quand ce n'était pas au cinéma du *Palais de la Nouveauté* (ancienne maison Dufayel) ou, plus loin, au *Stephenson* (on disait : au Stephen). Ou encore, elle l'envoyait rendre visite à ses cousins Jean et Elodie qui habitaient au 77 de la rue, mais depuis son mariage, Jean s'intéressait beaucoup moins à Olivier.

Avec son fils, Virginie se conduisait plutôt en grande sœur qu'en mère. Parfois, elle l'attirait près d'elle, le regardait profondément, comme s'il était un miroir, semblait prête à lui faire une confidence ou à lui révéler un secret tragique, mais elle se mordait rapidement la lèvre inférieure, jetait autour d'elle des regards éperdus, cherchant une aide qui ne venait pas, et disait rapidement : « Va jouer, Olivier, va jouer ! » sur un ton presque suppliant.

Il préférait les jeux du soir, ceux où elle était sa partenaire et dont le matériel résidait dans des coffrets qu'on tirait d'un placard : les chevaux rouges et jaunes, le loto avec ses cartes numérotées et ses sacs de pions cylindriques, le jeu de dames dont un pion noir égaré avait été remplacé par un bouton, la puce, les dominos... Là, ils étaient vraiment ensemble, réunis par la même joie. Un soir, alors qu'elle lui apprenait à jouer au Nain Jaune, interrompant le jeu, elle lui avait dit :

« Ne m'appelle plus maman. Dis : Virginie. »

Mais il continuait à faire « M'man » du bout des lèvres, avec une moue.

Le magasin de mercerie débordait de trésors en désordre dans des tiroirs multiples, dans des montagnes de boîtes de carton et de paquets étiquetés : rubans d'initiales rouges pour marquer le linge, centimètres de couturière, tresses, galons, ganses, fermetures « Eclair », élastiques... Olivier, qui aidait sa mère dans ses inventaires, connaissait les noms des marques de laine, de coton, de fil, les qualités des toiles de jute et de lin, les boutons de toutes espèces, ceux arrondis brillant comme des yeux noirs, ceux à pression, ceux en cuir, en bois, en nacre, en métal, en corozo, de passementerie, toute la mercerie métallique : ciseaux de lingère, de tailleur, de couturière, à broder, à cranter, à découper. Et aussi les aiguilles à coudre, à tricoter, les crochets. Les canevas de broderie, avec les dessins de *L'Angélus* de Millet, du Renard et de la Cigogne, des roses et des chats, annonçaient des soirées laborieuses. Les épingles de jais, les multiples passementeries, les rubans, les volants, les jabots, les collerettes, les fleurs de soie faisaient rêver d'élégances raffinées. Olivier ramassait toutes les bobines vides. Il y plantait quatre pointes et les offrait aux fillettes du quartier tout heureuses de confectionner de la chaînette qui s'échappait de l'orifice en de longs serpents dont ensuite elles ne savaient que faire.

Le matin, le magasin était toujours plein, non seulement de ménagères, mais aussi de lingères, de couturières, de dames bavardes, de tailleurs de quartier auxquels Virginie consentait des remises. On parlait, on riait, on écoutait ou donnait des conseils, on feuilletait des magazines de modes, on choisissait des patrons. Les tissus et les rubans couraient le long du mètre de bois sous des regards attentifs, la caisse enregistreuse tintait avec allégresse. Et le nom de Virginie était dix fois répété : « *Virginie*, du passe-poil vert... *Virginie*, mon plissé soleil est-il prêt ? Et mes boutons ? Et mes capitons ?... *Virginie*, il me faut de l'extra-fort rose !... *Virginie*, du gros-grain de vingt-cinq, de l'élastique à jarretelles, des épaulettes... *Virginie*, de l'entre-deux, de la ganse, de la guipure, non pas tant, pas celle-ci, oui celle-là, *Virginie, Virginie*... »

Ce soir-là, secouée d'une toux sèche, elle avait porté à sa poitrine une longue main blanche où brillaient deux alliances, la sienne et celle de son mari mort cinq ans auparavant. Un éclat fiévreux animait ses yeux et comme l'enfant l'observait, elle avait fait un effort pour sourire. Elle avait fermé le magasin plus tôt qu'à l'ordinaire, disant : « Il ne viendra plus personne... », puis ajoutant sur un ton assez gai :

« Tu sais, Olivier, on va faire du chocolat ! »

Le magasin débordait sur la première des deux pièces où ils vivaient. Des stocks occupaient tous les espaces. La machine à coudre Singer était toujours encombrée de ciseaux, de dés, de fils, de tissus, d'une pelote d'épingles. Sur la desserte de noyer ciré où trônait une « lionne blessée assyrienne » de bronze dont les flèches se dévissaient, on trouvait encore des cartons, des paquets d'écheveaux de laine, des catalogues, des blocs d'échantillons.

Le jour déclinant, Virginie alluma le lustre à tulipes. Elle débarrassa la table demi-ronde de quelques paquets et essuya la toile cirée, puis elle tira du buffet une grosse tablette de chocolat à cuire dont elle écarta le papier vert orné d'une guirlande de médailles d'or et celui en étain. Elle tendit un couteau de cuisine à Olivier :

« Tu râperas le chocolat sur l'assiette... Non, tout doucement. Hé ! n'en mange pas trop... »

Quand la poudre fut prête, elle la délaya dans l'eau bouillante en écrasant les grumeaux contre la paroi de la casserole. Le chocolat au cacao avait une bonne odeur. Quand on le cassait, ses bords apparaissaient plus clairs, avec une surface mamelonnée.

La cuisson devenait un rite : Virginie faisait tourner le liquide avec une cuillère de bois en ajoutant le lait crémeux par légères quantités, puis elle saupoudrait de farine de riz. Quand elle jugeait le chocolat assez onctueux, elle y faisait couler des gouttes d'anis ou de l'extrait de café. Un agréable parfum se répandait. Olivier disait miam-miam en se léchant les lèvres. Ils s'accusaient de gourmandise et Virginie dépliait le paquet de brioches au beurre qu'on beurrerait encore.

Après ce succulent repas et une partie de *mah-jong*, l'enfant avait été invité à réviser ses leçons. A l'école de la rue de Clignancourt, le père Gambier, dit Bibiche, avait gardé des anciennes méthodes d'éducation une certaine manière de vous saisir les courts cheveux à hauteur des tempes et de tirailler par à-coups avec un sourire faussement aimable (pour faire passer les plaintes éventuelles des parents) : il valait donc mieux ne pas risquer d'être soumis à cette bizarre caresse suivie de railleries débitées avec l'accent méridional : « Alors, Monsieur n'apprend pas ses leçons, Monsieur est une moule, une grosse moule... » et qui faisaient rire les autres écoliers.

Cette soirée devait à jamais se fixer dans sa mémoire. Des lustres plus tard, il la reverrait, la revivrait : ne devait-elle pas fixer une brutale ligne de démarcation dans sa vie ? Tout à son paradis précaire et demain multiplié, il tournait les pages du livre d'histoire pour en contempler les personnages : François Ier en habit chamarré ouvrant les bras à Charles Quint vêtu de sombre, Henri II et Diane de Poitiers entourés de salamandres et assistant à une exécution d'hérétiques, Ravaillac poignardant Henri IV rue de la Ferronnerie... Il tournait les pages, lisait toujours un peu plus loin que la leçon du jour, et disait à Virginie :

« Raconte-moi Henri IV, raconte-moi Louis XIV... »

Toute cette histoire de France, il la prenait non comme quelque chose de savant, mais comme de belles légendes, de beaux contes à peine plus vrais que ceux de Perrault.

Puis ce fut la douceur de chaque soir. Le coucher du prince que chaque enfant est pour sa mère quand elle l'aime. L'oreiller qu'on gonfle à coups de poing, les draps soigneusement tirés pour éviter les plis et bordés trop haut sur le menton, la caresse légère, le dernier baiser avant le sommeil, les bruits d'une jupe, de l'eau qui coule, une rumeur lointaine, le glissement du corps heureux, abandonné...

★

Le temps pourrait passer, jamais il n'oublierait ce réveil inhabituel. Sa mère n'était pas levée. Il devait être très tôt. Il avait refermé les yeux pour tenter de se rendormir, mais une clarté forte filtrant à travers les lames disjointes et rongées des volets de bois l'en avait empêché. Alors, il avait quitté son lit pour rejoindre sa mère dans le sien, se blottissant contre elle pour ne pas attendre seul et posant sa bouche contre le bras nu. Comme la peau était froide, il avait remonté la couverture. Il s'était assoupi, puis réveillé et le temps lui avait paru désespérément long. Dehors, les bruits de la rue lui devenaient étrangers, les pas n'avaient pas ce retentissement insolite du petit matin. Dans la cour, on entendait par bribes des phrases échangées d'une fenêtre à l'autre. Très loin, une automobile klaxonnait. Il avait toussé, s'était retourné plusieurs fois, espérant ainsi éveiller sa mère.

Quand, plus tard, des coups avaient retenti contre les volets, il avait perdu toute conscience de temps. Il entendit des voix familières, celles des habituées du magasin. Qui était-ce ? Mme Chamignon, Mme Schlack, Mme Haque ? On appelait : « Virginie, Virginie, on n'ouvre plus ? » puis on s'adressa à lui :

« Hé ! petit, Olivier, que se passe-t-il ? Réveille ta mère ! Elle s'est oubliée au lit ? Elle n'est pas malade au moins ? Virginie, Virginie...

— Oui, oui, je la réveille ! » répondit-il.

Il caressa les joues de sa mère et lui donna des baisers près de l'oreille. Comme elle restait immobile, il crut à un jeu et chantonna : « C'est l'heure, c'est l'heure... » Il souleva la main droite qui retomba. Il crut encore qu'elle jouait, qu'elle mimait le sommeil et que, soudain, son rire retentirait. Il lui parla, tira ses bras, fit bouger sa tête, mais Virginie restait inerte. Seuls ses longs cheveux se répandant autour de son visage semblaient vivre.

Affolé, il alla jusqu'à la fenêtre et dit à travers les volets :

« Je n'arrive pas à la réveiller...

— Ouvre-nous, vite, ouvre-nous... »

Il hésita, regarda vers sa mère comme pour lui demander conseil et alla jusqu'à la porte du magasin dont il tira le verrou, actionna la poignée du bec-de-cane. Sur la décalcomanie de la vitre, un chien tirait sur les bretelles *L'Extra-Souple* de son maître. La porte ouverte, il fit sauter la targette des volets de bois qui s'écartèrent sur une lumière crue.

Les femmes se précipitèrent dans l'étroite ouverture en se bousculant. Elles écartèrent Olivier et fondirent vers la chambre. L'enfant, que stupéfiait ce déferlement, suivit les femmes, mais l'une d'elles le repoussa en lui disant : « Attends là. Ne bouge pas ! » Alors, il cria : « M'man ! M'man ! » Il se tint là, derrière la porte de la chambre, les mains croisées sur son pyjama, le visage anxieux et désespéré. Il entendit des bruits, puis des exclamations, des soupirs qu'un long, très long silence suivit.

Deux femmes sortirent enfin de la chambre en chuchotant et en lui jetant des regards de côté. Leurs visages transformés prenaient une apparence de masques. L'une d'elles, Mme Chamignon, peut-être, ou Mme Vildé, lui répéta : « Reste ici, reste... » et sortit par le magasin en battant l'air de ses bras.

Il resta un instant interdit, puis courant vers la chambre pour retrouver sa mère, pour se placer sous sa protection ou pour la protéger, il se glissa entre deux femmes qui voulaient l'empêcher d'aller vers le lit où Virginie restait inerte. L'une d'elles posa devant les yeux de l'enfant une main qui sentait l'ail et, tout en le tenant serré contre sa jupe, le repoussa à l'extérieur. Il avait envie de crier, mais sa voix s'étouffait dans sa gorge. Il crut qu'on allait le battre et leva son coude au-dessus de sa tête pour se garder des coups. C'est alors que la femme se décida à lui dire la vérité. Elle le fit d'une voix qu'elle voulait douce mais qui fut lugubre :

« Ecoute, mon petit, écoute, tu n'as plus de maman. »

Et comme il la regardait sans comprendre, elle ajouta sur un ton de mélodrame :

« Ta mère est morte. Tu comprends, morte... »

Et une autre voix reprit, persuasive :

« Oui, morte, *décédée*, pauvre petit ! »

Ensuite, un trou noir. Un immense trou dans sa mémoire. Un univers peuplé de cris comme ceux d'oiseaux nocturnes. Un long hurlement, peut-être jailli de lui, peut-être venu d'ailleurs. Des mouvements tourbillonnants. De l'eau salée sur son visage. Des tremblements, des frissons dans son corps. Une peur animale, haletante, indicible. La sensation d'avoir dormi près d'un corps mort. Pas sa mère, mais une morte. Touchée, embrassée, caressée. Les poings sur ses yeux, il découvrait l'horreur du regard vitreux, de la chair glacée. Il pressait ses paupières avec rage. Il tombait à terre, se recroquevillait, formait une boule, un œuf, un rempart. Plus rien ne le protégeait. Son corps devenait mou comme celui d'un bernard-l'ermite, sans défense. Il avait mal à l'intérieur. Il ne pouvait plus respirer, il restait nu devant cette foule étrangère.

« Il est orphelin maintenant... »

De plus en plus de ménagères et de curieux s'introduisaient dans la place, s'agitaient, parlaient inutilement, se lamentaient, jetaient à tous échos les clichés de la mort, jouaient au jeu de la vie triomphante qui mime l'apitoiement pour établir sa propre défense.

« On peut dire qu'elle l'aimait, sa mère ! »

Puis une des poules caquetantes eut une inspiration soudaine. Blotti sur le sol, un coussin sous sa tête, l'enfant entendit encore :

« Et si elle s'était empoisonnée ? »

Et chacun de regarder les cernes brunâtres du chocolat à l'intérieur des bols restés sur la table.

« Elle se savait condamnée...

— Le gosse aussi serait mort... »

— Pas forcément. »

Et les phrases se succédaient, les voix s'élevant et se rabaissant quand Mme Haque faisait « Chut, chut... » en désignant Olivier : « Et si on l'avait assass... Chut, chut ! Pensez-vous !... Oh ! elle recevait des hommes... Il faudra le médecin des morts... A la mairie. Non, pas à la police, à la mairie... Au fait, et son cousin... Comment qu'il s'appelle ? Celui du 77... »

On obligea l'enfant à retirer les mains de son visage :

« Ton cousin. Comment qu'il s'appelle ? C'est Jean, hein, c'est Jean ? Où est-ce qu'il travaille ? Où ? Réponds, mon petit, on comprend bien... mais réponds ! Il y a le téléphone ? »

Olivier ne comprenait pas le sens des phrases qu'il entendait. Il restait stupide, hébété, comme si son visage avait été gagné par la contagion de la mort. Il se mit à trembler de nouveau et on le laissa cacher son visage mouillé.

C'est alors qu'entra un infirme qui habitait le quartier. Ses jambes déformées s'écartaient des deux côtés de son corps et il marchait de côté en s'aidant de deux bâtons qu'il tenait au bout d'excroissances cornées qui lui servaient de bras. On l'avait surnommé L'Araignée car il était digne de la baraque foraine. Quelques légendes le concernant circulaient : il se nourrissait de détritus comme un rat, de mou comme un chat, il ne connaissait pas son origine, il lisait beaucoup... C'était étonnant de le trouver là car il ne parlait à personne, pas plus qu'on ne lui parlait car sa présence gênait. Il fixa la scène de ses gros yeux noirs, s'arrêtant sur l'enfant immobile, secoué de temps en temps par un sanglot. Son visage tout tanné était expressif. Ses grosses lèvres bien dessinées laissèrent passer un filet de voix très doux :

« Je sais où est son cousin Jean. Il travaille dans une imprimerie. Donnez-moi un peu d'argent. Je vais téléphoner de chez Ernest. Ne dites encore rien à sa femme. Elle est si jeune... »

Mme Haque lui tendit une pièce avec un air dégoûté. Olivier découvrit un instant son regard et vit l'infirme s'éloigner péniblement, comme un insecte malhabile, tandis qu'un peu de silence s'établissait. L'enfant cacha encore son visage, mais l'apparition fantastique de

L'Araignée, par la terreur même qu'elle provoquait, semblait atténuer celle que la mort venait de lui faire ressentir.

« Il est orphelin, maintenant. Qui va le recueillir ? »

Il sentit qu'on le soulevait, qu'on le tirait hors du magasin : Albertine venait de prendre la décision de l'emmener dans sa loge en attendant l'arrivée du cousin Jean.

Comment parcourut-il ce chemin ? Comment se retrouva-t-il devant un énorme café au lait qu'il ne pouvait pas avaler et que la femme poussait sans cesse devant lui ? Il ne devait pas se le rappeler. Ce qui subsisterait, c'est l'odeur du liquide tiède, écœurant, avec une peau de lait surnageant comme une ignoble petite loque blanche.

Albertine le poussa jusqu'au cosy-corner paré de velours gaufré. Il s'y assit tout au fond, dans une zone d'ombre. La femme jeta à côté de lui des magazines : *Eve*, *Ric et Rac*, *Vu* et le journal *L'Excelsior* ouvert à la page de Félix-le-Chat. Il ne vit pas ces journaux, il fixa une tache sur la cafetière en émail bleu. Il ne vit plus qu'elle, noire comme une grosse mouche. Plus rien d'autre n'exista.

Albertine s'affairait en désordre, remuait des ustensiles, faisait entendre un murmure confus comme une prière, grattait ses joues, lissait ses sourcils avec ses index mouillés de salive, venait vers l'enfant, se croisait les doigts, repartait, soupirait, se mouchait. Puis, elle ne put plus tenir : elle partit aux nouvelles.

Olivier alors pleura doucement. Les secondes tombaient de l'horloge. Le silence prolongeait le temps. Parfois l'enfant s'apaisait, se demandait si tout cela n'était pas un mauvais rêve, puis les larmes revenaient dans un hoquet ou un sanglot. Le chien rouge aux oreilles tombantes s'était assis près de lui et le regardait. L'enfant finit par poser sa tête contre le bois du meuble, à l'angle, là où une arête vive faisait mal. Il resta ainsi immobile, prostré, cloîtré en lui-même par la peur et la douleur.

★

Dans la rue chaude, tout était figé. Des maçons tout

blancs appuyés sur un mur blanc cassaient la croûte et les mains et les visages semblaient seuls avoir une vie.

Olivier marchait, tête baissée, fixant des traces de craie sur le trottoir. Il avait tenté de s'éloigner de la rue, de marcher jusqu'aux magasins *La Maison Dorée*, à Château-Rouge, pour regarder les chevaux du manège ou les clients du glacier penchés avec gourmandise sur des coupes d'argent chargées de boules roses, blanches, café ou chocolat. Il était allé jusqu'à hauteur de l'école communale pour imaginer ses camarades dans les classes. Jean avait jugé que son année scolaire était perdue et qu'il redoublerait ; alors il trouvait naturel de ne pas le renvoyer à l'école. Olivier était donc revenu vers la rue, vers les volets clos du magasin de mercerie qui l'attirait comme une niche où il ne pouvait plus pénétrer.

Plus tard, quand la grosse cloche à voix de basse du Sacré-Cœur, la Savoyarde, sonnerait de tout son bronze, la rue Labat s'animerait. Pour l'instant, elle restait figée dans cette lumière blessante qui aplanissait ses reliefs, la plongeait dans un bain décolorant.

Olivier monta jusqu'à la rue Bachelet pour s'asseoir sur les marches chaudes. Il croisa ses jambes en tailleur et sortit de sa poche cinq osselets jaunis dus à la générosité du boucher de la rue Ramey. Il commença à jouer dans la poussière qui salissait ses phalanges. Il était assez habile à ce jeu, sachant lancer les osselets et les rattraper sur le dos ou dans le creux de la main selon de multiples figures. Il put réussir la « passe », mais manqua le « puits » et la « tête de mort ». Il finit par abandonner le jeu, se contentant de faire grincer les petits os l'un contre l'autre.

Ses moments les plus pénibles étaient ceux où chacun se mêlait de parler de son sort. Il devenait alors un objet qu'on ne sait où ranger, chaque lieu étant trop plein et refusant de le recevoir.

Il avait fallu parer au plus pressé : l'enterrement, et cela voulait dire chercher de l'argent pour la cérémonie. Dans le tiroir-caisse du magasin, on n'avait trouvé que de modestes sommes et les piles de linge ne cachaient pas d'économies. Puis, on avait découvert sous le gros aimant les factures rédigées de l'écriture malhabile de l'enfant et toutes prêtes à être acheminées. Après avoir consulté la maison de pompes funèbres Roblot, Mme Haque et la cousine Elodie chargèrent une couturière amie de la maison d'aller faire les encaissements. Albertine expliqua en rougissant qu'elle était momentanément gênée et qu'elle ne pouvait pas régler les pelotes de laine qu'elle devait.

Malheureusement, la commissionnaire ne trouva que des débiteurs récalcitrants. Une idée germa alors : on enverrait Olivier. Sa triste mine, sa condition d'orphelin pouvaient attendrir. La chose était odieuse, mais on oublia de s'en aviser. Alors, Olivier, la pile de factures à la main gauche et un vieux sac à main sous le bras, partit pour accomplir sa mission. Seul le tailleur d'en face (sur une plaque de marmorite, sous son nom, le mot *Tailor* était gravé en lettres d'or) paya sans broncher en demandant à l'enfant d'écrire « pour acquit » et de signer sur un timbre rouge.

Plein de honte et de timidité, l'enfant poursuivit sa mission, s'arrêtant parfois dans un couloir pour essuyer une larme avec sa manche. Il parcourut bien des rues, leva les yeux sur les numéros de bien des immeubles, monta bien des étages, hésitant avant de frapper ou de sonner, débitant dans un bredouillement informe un discours qu'on lui avait préparé. Il n'obtint pas grand-chose. On lui répondait qu'on passerait plus tard, qu'il y avait une erreur sur la facture, que ce n'était pas le moment, qu'on attendait soi-même de l'argent... Ou bien, on lui faisait parler de la mort de sa mère, on s'apitoyait, on lui demandait qui le recueillerait. Il n'en pouvait plus, il avait le visage ravagé, les yeux brûlés, le front fiévreux, et il devait expliquer, la tête basse, d'une voix morte : « C'est pour payer l'enterrement... » et il cherchait des mots d'excuse qu'il ne trouvait pas.

Quand, au retour, il montra le peu d'argent recueilli, il crut lire des reproches dans les regards. Pour chaque facture, il tentait de se souvenir de ce que le client lui avait dit, mais mélangeait tout. Il finit par dire : « C'est pas ma faute, c'est pas ma faute... »

Une semaine seulement s'était écoulée depuis tout cela. Le soleil n'avait jamais cessé de briller. Il était là, assis sur la pierre, avec des osselets près de lui.

Cependant, peu à peu, la rue s'anima. Les ouvriers de

l'Entreprise Dardart se rendirent au café *Le Transatlantique* pour prendre l'apéritif, comme ils le faisaient une fois par semaine, après la paie, se perdant quelques instants dans la magie des interjections et des liquides gras et colorés. Les gens ayant terminé leur travail commençaient à monter la rue avec des mouvements lents, des gestes las. La plupart des ouvriers portaient des casquettes larges à visière huileuse et cassée, celles qui après avoir été « du dimanche » étaient devenues « de la semaine ». Certains gardaient leurs vêtements de travail et on pouvait distinguer aux taches les marques de leur métier. Dans des musettes ou des mallettes cubiques en carton bouilli, ils rapportaient les gamelles vides, la chopine où tremblotait un fond de liquide rouge. Ils paraissaient harassés, inquiets, en attendant que les rencontres et le sourire béat des fins de semaine vinssent chasser leur torpeur.

Olivier recula devant eux. Il ne voulait voir personne, il ne désirait pas entendre de paroles. Il suivit la rue Bachelet jusqu'aux escaliers Becquerel où il avait fait tant de glissades sur les rampes. Il s'arrêta au premier palier et pénétra dans un immeuble donnant directement sur ces escaliers. Il se glissa furtivement dans la cour. Là, il connaissait un cagibi qu'il avait choisi pour refuge. Il pouvait s'y tapir indéfiniment parmi les balais-brosses, les têtes de loup et les chiffons, derrière des poubelles, dans une odeur âcre d'ordures et de produits d'entretien, il s'y était déjà réfugié plusieurs fois et même endormi sans jamais avoir été dérangé. Il cala son corps entre des vieux cartons et, accroupi, les mains croisées sur les genoux, il resta immobile, « comme quand on est mort », et il ferma les yeux.

Le choc ressenti avait produit en lui un étrange déclic. Auparavant, il vivait sa vie de petit garçon choyé, se blottissant auprès de Virginie à la moindre peine, allant à l'école sans être meilleur ni plus mauvais écolier qu'un autre, ne connaissant jamais un moment de solitude et vivant dans la chaleur du magasin de mercerie comme un mot heureux dans un poème. Parce qu'il grandissait dans un climat de fête et de jeux perpétuels, il ne s'était jamais interrogé sur aucune chose, sur aucun aspect de la vie. Et voici que des questions souvent imprécises cheminaient dans sa tête, s'imposaient sans qu'il pût trouver de réponses. N'ayant plus que ses propres bras pour s'y blottir, tout lui apparaissait dans une autre réalité, il se sentait marqué par des signes particuliers, les autres devenaient hostiles, dangereux, tout en lui était vulnérable, tout son être tendait vers un autre être qui ne pouvait lui répondre.

Ses cousins Jean et Elodie avaient parlé à son propos d'un « conseil de famille » : encore une expression qui lui causait un malaise. Inconsciemment, il l'assimilait à quelque conseil disciplinaire ou à une réunion de juges sévères où il serait l'accusé. Dans le monde simple où il était né, on craignait tout ce qui porte marque d'officialité : notaires, magistrats, commissaires, gendarmes, et il se sentait faible, misérable, vaincu d'avance par toutes ces forces conjuguées.

La question de son sort se posait et sans doute plusieurs personnes y réfléchissaient-elles, chacune se demandant ce que ferait l'autre. Serait-il recueilli par son cousin Jean ? Au retour du service militaire, celui-ci venait de se marier et habitait la rue, mais il était si jeune ! Ou bien par ses grands-parents paternels qui vivaient dans un village de Haute-Loire, à Saugues. Ou encore par un oncle et une tante, riches disait-on, mais qui habitaient un quartier si lointain qu'il lui donnait une idée d'exil.

Et puis une ombre redoutable planait : celle de l'Assistance publique. L'expression tombait plus lourdement encore que toutes les autres. Il avait passé une fois un mois à la campagne, à Valpuiseaux, chez des fermiers prenant durant l'été des enfants parisiens en pension. Là, vivait un gosse de l'âge d'Olivier, apeuré et soumis, que l'on faisait travailler comme un domestique en lui rappelant constamment qu'il était « de l'Assistance » sur un ton le chargeant d'infamie.

Olivier, loin de se complaire dans ces pensées, les repoussait de toutes ses forces. Il serrait les poings, tentait de se durcir, se persuadait qu'il était impossible de lui faire quitter la rue. Il poussait des cris plaintifs ou, entièrement fermé, entrait en léthargie.

Il entendit un bruit. La concierge ouvrait la porte du cagibi pour sortir les poubelles et les placer dans le couloir à la disposition des locataires. Il retint son souffle. Comme une autruche, il cacha ses yeux pour qu'on ne le voie pas. L'obscurité sut le dissimuler et, après que la femme eut fait trois voyages en tirant ses poubelles, il comprit qu'il serait tranquille. Alors, il pensa à la rue toute proche, il s'efforça de l'imaginer toute bruissante de gens et il revit la mercerie et ses volets de bois comme si elle était le centre de ce monde.

II

Les gens du quartier présentaient des visages différents selon les heures de la journée. Tôt le matin, c'était la grande migration des ouvriers et des employés. Ils se hâtaient avec des airs endormis, comme si la nuit, au lieu de manger leur fatigue, les avait chargés d'un nouveau fardeau. Le soir, au retour, les traces d'une journée de travail se lisaient sur leurs visages. Les hommes montraient un teint terreux. Sur les visages pâlis des femmes, le rouge à lèvres et les fards paraissaient plus criards. Tous ne retrouvaient la gaieté que pendant la « semaine anglaise » qui venait de naître en France : le samedi après-midi, les hommes flânaient, les mains dans les poches, avec des airs insouciants ; le dimanche, rasés de frais, vêtus de costumes amples, aux revers et aux pantalons larges, cravatés de couleurs voyantes, ils allaient jusqu'à chanter un refrain : *Le chaland qui passe* ou *Dans la vie faut pas s'en faire*. Ils discutaient entre eux, par groupes, du sport, de cyclisme et de boxe surtout, des courses de chevaux, du cinéma, de la politique ou du syndicalisme. Il suffisait que traînât une boîte de conserve vide pour qu'après un premier coup de pied, une partie de football s'organisât à grand renfort de feintes et de shoots vers des buts approximatifs, le métal chantant sur les pavés. Ou bien on chipait une casquette et on se la passait dans d'aimables chahutages. Ce monde semblait trop jeune pour qu'on s'y souciât de dignité.

Et pourtant, on disait encore le « Vieux Montmartre » : celui-là, il existait plus volontiers là-haut, du côté des chansonniers du samedi et des peintres du dimanche, dans la nostalgie du village d'avant la guerre, avec des marlous à la Carco, mais pas dans ces ruelles étagées sur la colline. Malgré la grande quantité de vieilles gens, ce monde semblait neuf, neuf parce qu'il était pauvre, composite, cosmopolite, donc prêt aux conquêtes. Malgré les coups durs, le chômage, les grèves, les mises à pied, n'ayant rien à perdre, on vivait d'un espoir toujours renouvelé par une sorte de bonne santé née comme une chanson de l'air des rues.

Les soirs d'été, les anciens s'asseyaient devant les portes des immeubles autour des concierges. Ils arrivaient en traînant leurs chaises, souvent choisies parmi les plus belles du logement : on voyait celles cannées qui accompagnent les buffets Henri II, d'autres en bois courbé, mais aussi des pliants, parfois un banc de couturière ou même un fauteuil. Les hommes, en gilet ouvert et les manches retroussées, se plaçaient à califourchon, les coudes posés sur le dossier en fumant leur pipe. Parfois, une femme mangeait lentement sa soupe dans un bol qu'elle tenait à la main comme à la campagne. Certains jouaient au jaquet, mais ils étaient surtout réunis là pour la conversation qui restait lente et languissante quand il ne s'agissait pas de la dernière guerre ou de la politique avec les noms de Pierre Laval, de Briand qui venait de mourir, de Hitler, de Mussolini, du Négus, de Staline. Sur tout cela planait l'ombre d'une guerre future mais on n'y croyait pas vraiment : avec les moyens de la guerre moderne, avions, chars et gaz asphyxiants, ce serait trop horrible et seul un fou pourrait y entraîner son pays. Parfois la discussion s'envenimait et chacun, croix-de-feu ou communiste, faisait valoir ses mérites civiques, les phrases commençant par des « Moi, monsieur, je... ». Les étrangers écoutaient avec scepticisme et évitaient d'émettre des opinions trop tranchées car quelque nationaliste leur aurait jeté : « Si la France ne vous plaît pas, on se demande ce que... » Des fenêtres, surtout celles donnant sur le rez-de-chaussée, on entendait la T.S.F., mise en sourdine et qu'il fallait régler de temps en temps à cause des parasites. Les gros postes aux formes tarabiscotées diffusaient à qui mieux mieux du Paris-Tour Eiffel, du Radio-Vitus ou du Poste Parisien, mais on ne les écoutait pas toujours. On était là pour « prendre le frais ».

Une atmosphère gaie régnait alors. Les enfants, imitant le *Bol d'Or de la Marche* qui tourne autour du Sacré-Cœur, se contentaient de faire le tour du pâté de maisons, les poings serrés à hauteur de la poitrine et balançant les coudes avec des allures de canetons frileux. Des groupes de jeunes, répartis selon les âges, discutaient aussi, taquinaient les filles ou essayaient des prises de catch à la Deglane, des uppercuts ou des gauches à la Marcel Thil ou à la Milou Pladner. Les adolescents se tenaient généralement assis en haut de la rue Labat sur les marches de l'escalier dégradé n'aboutissant qu'à un promontoire où des orties poussaient parmi les détritus.

Pour la rue Labat, c'était un temps de liesse. On aurait pu se croire loin de Paris, dans un petit village grec ou à la *passagietta* des cités italiennes, avec quelque chose de moins cérémonieux, de moins convenu que remplaçaient la gouaille, la bonne humeur et le débraillé, un rien de vulgarité aussi, mais saine et naturelle.

Il existait un langage particulier qui empruntait à l'argot, mais s'apparentait surtout au parler populaire à base de sobriquets, d'images et de traits rapides. Les cheveux passés à la gomina Argentine ou au Bakerfix, les jeunes employaient des tournures plus précieuses, mais n'évitaient pas quelque « Ça boume ? » quelque « Mon pote ! » ou quelque « P'tite tête, va ! » On parlait du « bisenesse », de la « boîte », de la « piaule » et le patron était le « singe ». On disait « môme » avec tendresse, « gonzesse » avec mépris. Les désignations familiales empruntaient au latin : le « pater », la « mater » ou à d'obscures transformations : le « frangin », la « beldoche », le « beaufe » quand ce n'étaient des termes campagnards : « le pépé et la mémé », « le tonton et la tata », ce dernier terme étant aussi employé pour les homosexuels.

On ne voyait que groupes animés, qu'enfants tapageurs, toute une flottille de gens et, aux fenêtres, les spectateurs contemplaient une véritable scène de théâtre comme dans une comédie interminable et sans cesse recréée.

Telle était la rue aux soirs d'été. Et c'est ainsi qu'Olivier, qui avait fini par sortir de son réduit, la retrouva. Il resta quelques instants au coin de la rue Bachelet, tout seul, appuyé contre un bec de gaz, puis il enfonça ses mains dans ses poches et s'efforça de prendre un air naturel. Sur la manche gauche de son pull-over, Elodie avait cousu un brassard de deuil trop large pour son bras. Nanti de cette signalisation, il savait qu'il ne pouvait pas se mêler aux jeux des garçons de son âge. Aussi se dirigea-t-il du côté des vieux, se plaçant entre la fenêtre d'Albertine et le magasin fermé, les mains derrière le dos et feignant d'être intéressé par la conversation d'Albertine, de la vieille, élégante et précieuse Mme Papa (diminutif d'un nom grec très long) qui ne sortait jamais sans chapeau, de Lucien le Bègue, sans-filiste et réparateur de postes de T.S.F., et de Gastounet, ainsi appelé parce qu'il ressemblait vaguement au président Doumergue et aussi parce que ses resucées patriotiques d'ancien poilu s'apparentaient à une idée tricolore de la République.

Mme Papa, quand elle ne parlait pas d'un petit-fils chéri qui faisait son service militaire dans l'Est, tentait de mettre la conversation sur des pièces de théâtre qui s'appelaient *Le Sexe faible* avec Marguerite Moreno ou *Domino* avec Louis Jouvet. Sa commère, Albertine Haque, un tant soit peu féministe, parlait des exploits de Maryse Bastié et de Maryse Hilsz, en les confondant, puis enchaînait sur l'absence de vote pour les femmes. Aussitôt, Gastounet, frottant du pouce toute une mercerie de décorations, jetait vulgairement : « Non, mais ! Qui c'est qui l'mouille le mur ? Qui c'est qui s' fait tuer à la guerre ? »

Quand ils s'aperçurent de la présence de l'enfant, ils échangèrent des regards significatifs. Gastounet redressa le crayon qu'il portait sur l'oreille comme un épicier et dit tout à trac :

« Alors, citoyen. N'oublie pas que l'homme mûrit devant l'épreuve... »

Olivier crut entendre Lucien le Bègue murmurer pour lui seul « Que... que., quel œuf ! » Il aimait bien Lucien, disant de lui : « C'est mon pote ! », ce qui représentait beaucoup. Dégingandé, osseux, vêtu en toutes saisons d'un pantalon taillé dans une couverture de l'armée et d'un chandail tricoté à mailles lâches qui lui tombait jusqu'à mi-cuisse et qu'il tiraillait sans cesse, Lucien partageait son temps entre une femme étique, atteinte de tuberculose pulmonaire, un misérable bébé, et surtout des postes de T.S.F. à galène ou à lampes dans une pièce pleine d'antennes sans cesse améliorées, d'antifading de sa composition pour mieux écouter Lyon-la-Doua ou Bordeaux-Lafayette. Son infirmité de parole lui valait des plaisanteries qui l'irritaient et ne faisaient qu'accentuer son bégaiement. Par exemple, on engageait la conversation avec lui sur un ton aimable et tandis qu'il vous répondait, on tournait un bouton de sa veste comme pour régler un poste de T.S.F. Dès lors, Lucien, fasciné par ce bouton tourné et retourné entre deux doigts, bégayait de plus en plus.

Il contourna le groupe formé par ses voisins installés sur leurs chaises et vint auprès de l'enfant pour lui passer le bras autour des épaules, mais Olivier eut un geste de recul, celui d'un chat sauvage qu'une main effleure par surprise. Lucien toussa, tira sur son chandail qui descendit un peu plus bas encore : bientôt ce serait une robe. Il chercha une phrase courte, mais ne trouva que : « Bon gars, bon gars... » qu'il pouvait assez bien prononcer.

Une bonne heure s'écoula avant qu'Olivier songeât à changer de place. Parfois, un camarade lui adressait un signe et il répondait : « Salut ! » Il ne ressentit qu'un choc : c'est lorsque Capdeverre, qui avait cette manie, commença à graver ses initiales sur les volets de la mercerie, mais Albertine lui dit d'aller faire cela ailleurs.

La nuit tombait peu à peu et les êtres, les choses perdaient leurs apparences, les contours devenaient moins nets, tout paraissait flou comme sur une de ces vieilles photographies qui jaunissent sur les cheminées. Maintenant à un moment ou à un autre, quelqu'un rentrerait chez lui en bâillant, en disant : « A chloff ! » ou « Au pageot ! » et tous les autres, tirant paresseusement leurs chaises, l'imiteraient. Seuls resteraient quelques jeunes et, çà et là, des couples chuchotant dans l'ombre.

Olivier n'attendit pas cela pour s'éloigner. Il marcha dans les ruelles mal éclairées où les chats se poursuivaient, où les becs de gaz jetaient sur les trottoirs des ronds de lumière jaune. Les bruits s'étaient apaisés, avec seulement au passage une conversation ensommeillée derrière des volets, des entrechocs d'ustensiles de ménage, le soliloque d'un ivrogne ou le grondement lointain d'un moteur. Il entendit le glissement des bicyclettes de deux agents en pèlerine et se cacha dans l'encoignure d'une porte cochère avant de reprendre sa marche indécise.

Il aurait pu ainsi déambuler toute la nuit pour goûter son apaisement, regardant un arbre maigrelet sur un fond d'affiches multicolores avec les tigres du cirque Amar, ou cherchant la Grande Ourse dans le ciel, mais la fatigue se faisait sentir, et aussi la faim. Il se souvint qu'il n'avait pas dîné. Jean et Elodie l'attraperaient, prononceraient le mot de voyou. Après un soupir, il revint vers la rue Labat. Des fenêtres étaient encore éclairées. Il les vit s'éteindre l'une après l'autre. Ernest, le gros patron du café *Le Transatlantique*, avec ses moustaches mérovingiennes, chassait un dernier pochard avant de poser des barres de fer sur ses volets. Devant les persiennes d'Albertine, un couple se serrait et la femme, l'oreille contre le bois, devait écouter les paroles et les bruits de baisers.

Après avoir sonné, Olivier pénétra dans le couloir de l'immeuble du 77, le plus élevé, le plus moderne de la rue. Il s'arrêta dans le noir, hésitant à appuyer sur le bouton de la minuterie. Ses yeux s'habituant à l'obscurité, il distingua les grandes fleurs évanescentes en céramique qui ornaient les murs. Il avança le plus lentement qu'il put, les bras tendus devant lui, comme lorsqu'on joue à l'aveugle. Il aurait dû crier son nom puisque la concierge venait de lui donner le cordon. Il imagina sa présence dans un lit, guettant les bruits, derrière cette porte à vitre dépolie, et il frissonna légèrement.

Son cousin Jean était conducteur d'imprimerie (sur des machines mystérieuses qui s'appelaient *Cordon*, *Centurette*, *Minerve*, *Victoria* ou *Phénix*). En attendant qu'une décision fût prise, il l'avait provisoirement recueilli. Âgé seulement de vingt-quatre ans, il venait de se marier et avait contracté des dettes. La crise économique le menaçait de continuelles mises à pied. Brusquement, le vendredi soir, son patron lui disait :

« Tu ne viendras pas la semaine prochaine ! »

Alors, il allait faire la queue devant les studios de la rue Francœur pour tenter de trouver un emploi de figurant (on le voyait dans *Soir de rafle* et il n'en était pas peu fier !) en se recommandant d'un ami nommé P'tit-Louis. Comme il était assez joli garçon et ressemblait à l'acteur Albert Préjean, on le retenait parfois. C'était un être pacifique, droit de caractère, indécis, timide, et qui, sans aide, avait élaboré une philosophie quotidienne, assez courante dans le quartier : il avait décidé une fois pour toutes de fuir les complications et de se fixer dans une existence monotone, sans ambitions et sans surprises, son destin idéal était contenu dans une expression imagée : « Vivre en Père Pénard. »

Il avait été chercher en Lozère, à Saint-Chély-d'Apcher, une « Barrabane » (ainsi appelle-t-on les habitants de ce village en souvenir de barres médiévales et courageuses qui repoussèrent l'Anglois), une Elodie brune et jolie comme un bouquet, aux yeux couleur ardoise, à la bouche mûre et attirante comme une fraise, au corsage bien rempli, pleine de vivacité et qui faisait retentir le logement de ses sonorités méridionales. Ils vivaient main dans la main, yeux dans les yeux, sachant bien qu'il en serait ainsi toute leur vie.

Ils ne rejoignaient la foule que pour le cinéma du samedi soir, toujours au *Roxy-Palace*, rue de Rochechouart, où, en plus des deux films présentés, on donnait toujours une attraction : c'était tantôt un illusionniste, un fakir ou un jongleur, tantôt des vélocipédistes, tantôt un de ces descendants du pétomane, comme l'homme-aquarium qui avalait des grenouilles et des poissons rouges pour les rejeter ensuite merveilleusement vivants et, aux grands jours, une vedette en représentation : Jean Lumière et *La Petite Eglise*, Jean Tranchant et *Les Prénoms effacés*, Lys Gauty et *La Guinguette a fermé ses volets*, Lucienne Boyer et *Si petite*. La société n'était pas encore consommatrice et seul le « Cinq et Dix » (tout à cinq francs ou à dix francs) du boulevard Barbès pouvait donner une idée de ce que serait le Supermarché. On s'émerveillait facilement, on riait de peu, et ces soirées enjolivaient la semaine. La grande ambition du couple était, aussitôt les meubles payés, d'acheter deux bicyclettes ou un tandem pour pédaler sur les routes.

Dans cette économie difficile, Olivier posait maints problèmes. Pour se donner une illusion d'amélioration du niveau de vie, le couple était passé du pain fendu avec pesée au pain boulot, puis au fantaisie, et de faibles moyens pécuniaires obligeaient à de constantes rétrogradations. Atteindrait-on jamais au luxe de la baguette !

Quand l'enfant s'accoudait auprès des amoureux à la table de palissandre, ils lui adressaient un sourire aimable, mais qui devenait vite trop pensif. Des feuillets de chansonnettes étalés devant eux, ils s'efforçaient de chanter en duo *Marilou qu'il fut doux le premier rendez-vous*, et Olivier ajoutait un *Bad zoum !* qui ne suffisait pas à disperser l'exotisme du *Ciel clair de Sorrente un beau jour* ou de *C'est à Capri que je l'ai rencontrée*. Quand les têtes de Jean et d'Elodie se cherchaient, quand les bouches se rapprochaient, l'enfant comprenait qu'il devait aller jouer et trouvait rapidement la permission de filer dans la rue.

Assis sur la première marche de l'escalier, celle qui est en pierre, les poings sous le menton, il tenta de rassembler ses idées, mais vit surtout des images floues, des formes vagues, des objets lui appartenant et qui peu à peu se précisaient. La nuit distillait de lentes terreurs et il se terrait en lui-même, tressaillant aux bruits de tuyaux, ou aux craquements du bois.

Dans le deux-pièces-cuisine bien propre, orné d'un papier peint à colonnes torses et fleuries remontant vers la retombée du plafond blanc bleuté et arrêté en bas par une frise de papier vert pomme au-dessus de la plinthe, un renfoncement de la salle à manger formait une alcôve protégée par une porte dépliante à trois battants avec petits carreaux recouverts de vitrophanie. Olivier couchait là sur un divan-lit encastré dans un mince assemblage de bois plaqué façon macassar, avec rayonnages pour livres et bibelots. Ce meuble léger tremblait et il n'était pas rare de recevoir sur la tête le dernier Pierre

Benoit (ou Raymonde Machard ou Claude Farrère ou Henry Bordeaux).

Un placard contenait la garde-robe d'Olivier : un costume marin avec béret Jean-Bart trop petit pour lui, un complet gris avec culotte de golf (pour le dimanche), quelques sous-vêtements, des souliers vernis, des espadrilles à semelles de corde, un capuchon, un ciré noir à fermeture métallique, plusieurs pulls tricotés par Virginie, des tabliers d'écolier en satinette noire à lisérés rouges.

Ces tabliers, les remettrait-il un jour ? Il préférait n'y pas penser, regardant de loin ses camarades à la sortie de quatre heures et les enviant obscurément. S'il avait demandé à retourner à l'école, on le lui aurait accordé, mais il était persuadé que cela faisait partie d'un ensemble de commandements du destin contre lesquels il ne pouvait rien. Parfois, il posait son cartable en vachette sur le cosy, s'agenouillait et inventoriait son contenu, les livres de classe fournis par l'école, couverts de papier gris-bleu et ornés d'une étiquette à coins coupés (*livre d'arithmétique appartenant à...*), le livret scolaire cousu sur le même papier, les cahiers, à réglure multiple et ligne de marge en rouge, avec pages de couverture moirées comportant les tables de multiplication et de division. Il ne cessait de remettre en ordre l'écrin noir des compas et leur mécanique précise de pointes, de rapporteurs, de tire-lignes, de portemine, se logeant dans les creux à leur forme, le plumier noir laqué à décoration florale dorée avec compartiments : ici les plumes canard, sergent-major, de ronde ; là, les crayons durs ou tendres, les porte-plume, l'un mince comme une cigarette, l'autre, en bois d'olivier, gros comme un cigare et, à part, celui en os, à manche plat, tout dentelé autour d'un orifice minuscule permettant de voir quatre vues de Paris ; ailleurs, les gommes, une Mallat sculptée par lui à ses initiales et pouvant servir de cachet, une autre plus tendre et toute mordillée (le goût de la gomme-crayon, du buvard rose, de la colle blanche parfumée), le taille-crayon en forme de sphère terrestre avec l'océan Pacifique cabossé, la superbe règle en acajou à quatre arêtes de cuivre, le double décimètre taché d'encre, la toile émeri pour affiner les mines, l'estompe noircie. Des copeaux de crayon donnaient un parfum de bois à tout le cartable. Et il y avait encore la chimie du Corector (produit rouge, produit blanc), la carte découpée à la forme de la France avec l'indication solennelle et patriotique : *Enfant, voilà ton pays !*, la boîte noire d'aquarelle avec ses creux dans le couvercle, ses godets blancs et ses pastilles de couleurs creusées par le pinceau, la boîte de crayons de couleurs en carton avec fenêtre, les chiffons, le tube de gouache blanche.

Olivier appuya mélancoliquement son front contre un montant de la rampe. Les terreurs nocturnes poursuivaient leur marche sournoise. Il n'osait plus bouger. Et pourtant il devait s'enfouir au fond des draps où, roulé en boule, il serait bien protégé. Comment s'arracher à cette torpeur paralysante ? Le seul fait de bouger pouvait déclencher des forces hostiles, le danger se cachait partout, à chaque tournant de l'escalier, à chaque encoignure, derrière chaque porte.

La brusque apparition de la lumière lui blessa les yeux. Toutes les lampes de l'escalier et du couloir venaient de s'allumer et la minuterie faisait retentir un tic-tac que le silence général amplifiait. Il entendit un pas léger et souple : quelqu'un descendait l'escalier. Il se redressa et monta jusqu'à l'entresol pour s'effacer et laisser passer celui dont il venait de reconnaître le pas : un homme toujours vêtu de clair, qui menait une vie nocturne et méprisait les gens du quartier.

★

L'homme était vêtu d'un élégant costume d'alpaga clair, avec une chemise bleu outremer en soie sur laquelle tranchait une cravate d'un orangé voyant, portait des chaussures jaune clair et cachait une coiffure brune, bien gominée, sous un feutre mou à bord baissé sur le front. Malgré son nez légèrement aplati, comme celui d'un boxeur, il était beau garçon, avec ses yeux noirs, sa peau mate. Sa bouche trop grande, ses lèvres lisses lui donnaient un air équivoque et on lisait dans ses yeux une incroyable méchanceté. La taille haute, les épaules larges, il descendait les marches deux par deux avec un dandinement affecté. Pur produit de son époque, il aurait pu figurer parmi les compagnons d'Al Capone.

Maladroitement Olivier voulut se déplacer et le gêna dans sa marche. Une large main se posa sur son visage, les doigts se crispant comme pour presser une éponge, et une poussée le projeta contre le mur où sa tête cogna tandis que l'homme, en poursuivant sa descente, se décontractait, les bras ballants comme un sportif, et, réjoui d'avoir utilisé sa force, ricanait.

Tout étourdi, Olivier l'entendit crier « Cordon ! » sans ajouter l'habituel « S'il vous plaît ! ». La concierge, peut-être dans son sommeil, tira sur la grosse corde à gland au-dessus de son lit et la porte bourdonna. L'enfant se pencha sur la rampe et regarda l'homme allumer une cigarette avec des gestes précieux et désinvoltes. Olivier le connaissait, il s'appelait Mac et bénéficiait dans la rue d'une célébrité de mauvais aloi, mais les jeunes ne pouvaient s'empêcher d'admirer ce qu'ils croyaient être de l'élégance.

Mac était venu plusieurs fois à la mercerie. Il se plantait en face de Virginie, lui faisait les doux yeux et lui expliquait qu'elle était trop belle pour rester mercière. Elle l'écoutait avec ironie et lui demandait ce qu'il lui proposait. Il finissait toujours par lui montrer un bouton qu'il avait arraché pour la circonstance. Elle acceptait de le lui recoudre, mais en lui demandant de lui tendre le veston et de rester de l'autre côté du comptoir de vente.

Olivier palpa l'endroit de sa tête qui avait heurté le mur et se décida à monter l'escalier jusqu'au troisième étage. Là, il glissa la main sous le paillasson boursouflé et prit la clef à laquelle un gros os était attaché par une ficelle. Il pénétra sans bruit dans le logement. De la lumière filtrait sous la porte de la chambre à coucher et on entendait des chuchotements et des soupirs. Il entra dans l'alcôve dont il tira les portes sur lui et se déshabilla dans ce mince espace pour se glisser très vite sous les draps. C'était rassurant au début, mais lentement les craintes s'intensifiaient. Il redoutait les cauchemars qui, depuis la mort de Virginie, le rejoignaient dans son sommeil. Il voyait tantôt un grand homme noir venu pour le saisir à bras-le-corps et l'emporter, tantôt une forme féminine au visage voilé qui se tenait immobile près de son lit et l'observait en silence. L'avant-veille, il avait hurlé dans son sommeil et Elodie lui avait pris les mains pour tenter de le rassurer. Ces cauchemars, le temps ne devait jamais en effacer le souvenir et, plus tard, il lui faudrait avoir recours à toute sa raison pour ne pas croire qu'au lieu de fantasmes, il voyait vraiment ces inconnus redoutables qui lui rendaient visite la nuit.

Il s'efforçait donc de lutter contre l'envahissement du sommeil et, en même temps, il n'osait pas sortir la tête des draps sous lesquels il étouffait. Mais ce soir-là, il se trouvait dans un état de lassitude extrême. Il revit encore quelques images de la journée : l'attaque des voyous de la rue Bachelet, le chien rouge d'Albertine, le cagibi aux balais, la bousculade de Mac et, à son corps défendant, il sombra dans un profond sommeil.

Pour l'enterrement au cimetière de Pantin, cinq jours auparavant, sa cousine Elodie l'avait vêtu de son costume de golf en lui nouant simplement une cravate noire autour du col et en ajoutant un brassard de deuil à son bras. Elle lui avait prêté des gants noirs bien trop grands en lui recommandant de les tenir à la main. Des femmes qui se trouvaient dans le magasin voulurent qu'il vît sa mère une dernière fois avant que les employés de Roblot assujettissent le couvercle de sapin, mais l'enfant devint livide de frayeur et Jean demanda aux autres de ne pas insister.

Les gens de la rue étaient venus nombreux, les femmes surtout. On voyait Albertine, habillée en dimanche, Gastounet qui tenait un béret noir à la main, Lucien, triste parce qu'il pensait à sa femme poitrinaire, Mme Papa avec un chapeau à voilette mauve, les Ramélie, les Schlack, Mme Chamignon, Mlle Chevallier, des concierges, des commerçants, des couturières, les habitants des immeubles voisins, enfin deux hommes que personne ne connaissait, à l'exception d'Olivier qui les avait vus se succéder dans les faveurs de Virginie.

Les membres de la famille, proches ou lointains, envahissaient le magasin. Il y avait là un homme très grand, très large, en pardessus de demi-saison mastic, et qui était venu en automobile, une berline *Reinastella* que les jeunes admiraient en bas de la rue. Âgé d'une cinquantaine d'années, ses cheveux rares, d'un blond roux, brillants comme de la soie, étaient tirés en arrière et son visage ne ressemblait à aucun autre, avec ses épais sourcils, son grand nez droit, ses traits marqués et fermes comme sur les portraits de notables des anciens peintres allemands. Le couple des cousins poussa l'enfant vers lui comme pour le lui confier :

« Embrasse ton oncle ! »

Le géant débonnaire se pencha et fit claquer un baiser sec sur le haut du front d'Olivier. Beau-frère par alliance de Virginie, aucun lien de parenté ne l'unissait à Jean. Olivier ne l'avait vu qu'une fois dans sa vie, mais il en avait maintes fois entendu parler car l'oncle avait « réussi » dans la vie, grâce à de l'instruction et de l'argent au départ. Parce que cet homme était au fond très timide, l'enfant se sentait intimidé par lui. Ses vêtements mieux coupés, faits de belles étoffes, son attitude fière, sa tenue de grand bourgeois, sa haute taille le distinguaient des autres et il paraissait gêné d'être le point de mire des regards. Auprès de lui se tenait un vieillard malingre en redingote démodée, avec un binocle et une chemise à col et à manchettes de celluloïd. Il caressait une barbiche pointue d'un mouvement agaçant et presque caricatural. L'oncle le présentait à tout venant en ces termes :

« J'ai amené M. Ducornoy. »

Disant cela, il prenait un air grave et entendu que chacun se croyait tenu d'imiter. Toute la matinée, Olivier entendit cette phrase : *J'ai amené M. Ducornoy*. Parmi le flot des paroles, des consolations et des condoléances, c'est tout ce qu'il devait retenir. Il ne devait jamais savoir qui était M. Ducornoy.

Autour de ces personnes d'un autre milieu, les gens du quartier se tenaient à quelque distance avec une considération cérémonieuse. En face du magasin, devant l'Entreprise Dardart, L'Araignée regardait la scène et quelques curieux se penchaient aux fenêtres.

Après des palabres, il fut décidé qu'Olivier ne monterait pas dans le fourgon mortuaire où seuls Jean, Elodie et un parent éloigné prirent place, devant le cercueil. La voiture démarra lentement et la foule des participants s'étira comme un ruban noir et gris. L'oncle fit monter Olivier dans la voiture qu'il conduisait lui-même. M. Ducornoy et Mme Haque se tenaient derrière, à distance l'un de l'autre, en se jetant de côté des regards polis. L'enfant, tout pâle, avait l'air absent. Il n'était jamais monté dans une automobile et les mouvements lui causaient un malaise dont personne ne s'aperçut. Il restait la tête basse, fixant les pieds de son oncle qui actionnaient les pédales.

Plus tard au cimetière, une dame brune, en grand deuil, rejoignit l'oncle qui dit à l'enfant :

« Tu ne reconnais pas ta tante ? »

Olivier se laissa baiser les joues par cette femme au maintien noble et sévère. Elle le tint un moment serré contre sa hanche en lui caressant les cheveux. Elle consulta son mari du regard et il haussa les épaules comme pour dire : « On verra bien... »

Après un certain laps de temps, le convoi arriva et la grosse Albertine, secouant le misérable renard jadis argenté qui recouvrait ses épaules en répandant une odeur de naphtaline, prit Olivier sous sa coupe comme pour le protéger de la foule. La dette de laine qu'elle n'avait pas réglée lui conférait des devoirs. Au cimetière, elle montra à son protégé comment jeter une poignée de terre qui fit un drôle de bruit en tombant sur le bois du cercueil.

La cérémonie terminée, une réunion rapide se tint dans un café en face du cimetière. Une conversation s'engagea entre les membres de la famille, avec des « Il faut savoir ce que vous voulez », des « La première chose à faire, c'est de », des « Attention, entendons-nous bien », puis il dut y avoir des discussions d'intérêts car on entendit : « C'est un peu fort ça... » et aussi : « Pourquoi nous, pourquoi pas vous ? » et le ton monta, les propos tournèrent à l'aigre. L'oncle, son chapeau à la main, s'approcha d'Albertine :

« Il vaut mieux éloigner le petit... »

La femme entraîna l'enfant au bout de la salle, près de la cabine téléphonique. Après une demi-heure de bavardages, un accord provisoire semblait s'être établi.

« Bon, eh bien, on le garde jusqu'au mois d'août, dit Jean, après on verra...

— C'est le conseil de famille qui décidera ! jeta la tante.

— Nous avons déjà deux enfants », répéta l'oncle.

Et une voix féminine :

« Il est trop dur pour nous, on ne pourrait jamais le tenir, c'est un gosse des rues, vous savez, un vrai voyou ! »

Et plusieurs personnes sur des tons différents :

« D'ici les vacances, nous trouverons bien une solution ! »

Finalement, après un bref conciliabule avec les autres, Albertine prit Olivier par la main :

« Allons, dis au revoir à ton oncle, à ta tante, à tes cousins, à... »

On n'oublia pas le mystérieux M. Ducornoy et Olivier sentit des haleines passer sur son visage, sa main disparaître et se perdre dans des contacts de peaux molles et moites.

La grosse Albertine Haque se déplaçait avec un dandinement pachydermique en tirant Olivier par la main. Ils marchèrent ainsi assez longtemps dans cette banlieue dont le soleil ne parvenait pas à effacer la grisaille. Une fois, à l'arrêt d'un passage clouté, Albertine se rengorgea, éclaircit sa voix, avala sa salive pour dire sur un ton sentencieux :

« C'est à l'oncle de te prendre. D'abord, il est riche. Et puis c'est un bel homme. Seulement il faut qu'ils réfléchissent. Tu sais, ils n'étaient pas bien avec ta mère. Elle avait son caractère, elle aussi. Il faut dire... »

Elle conclut en agitant sa main aux doigts boudinés à hauteur de sa joue. Elle paraissait en savoir long sur Virginie. Olivier ignorait que sa mère avait mauvaise réputation, il l'apprendrait peu à peu, à petits coups d'allusions malveillantes. Il faudrait bien des années pour qu'il entrevît la vérité, sa mère était jolie, elle prenait des amants et ce n'était pas du goût de la famille qui aurait exigé de cette jeune veuve une fidélité exemplaire au mari mort.

« S'ils pouvaient te prendre... », répéta Albertine.

Pour économiser le prix de deux tickets de métro, et

aussi parce que la marche fait du bien, elle avait décidé qu'ils rentreraient à pied en passant par les boulevards extérieurs. Une fois cependant, elle fit halte à une terrasse de café bien dessinée par la sciure humide balayée en arceaux sur les bords. Se disant « toute retournée », elle demanda au garçon d'une voix mourante « un vulnéraire » et on lui servit sous le nom d'Arquebuse un petit verre d'eau-de-vie, tandis qu'Olivier trempa ses lèvres dans un diabolo-grenadine.

Les mains croisées sur son ventre, sa fourrure rejetée en arrière, Albertine se laissait envahir par la béatitude. Son gros visage, laqué par la sueur, faisait penser à un légume. Elle regardait d'un œil bienveillant les hommes qui sortaient du café en s'essuyant les lèvres et en claquant la langue sur la saveur verte du vin blanc matinal, tandis que les premiers pèlerins de l'apéritif entraient pour siroter leur picon-grenadine ou leur byrrh-cassis.

« On ne peut pas vivre avec les morts », dit Albertine.

Sans se rendre bien compte d'une association d'idées, elle ajouta sur un ton presque jovial :

« Tiens ! On va cueillir des pissenlits ! »

Ils gravirent les buttes formées par les restes des fortifications de 70 (les fortifs) où erraient quelques gitans, des groupes d'enfants, des clochards et des chiens qui se poursuivaient en levant de temps en temps une patte allègre. Dans le mouvement, les culottes de golf d'Olivier glissaient le long de ses jambes et il devait se pencher pour remonter les élastiques. Il retira sa veste, puis il pensa au brassard noir et la remit. Les pissenlits, déjà en boutons, à défaut d'offrir une nourriture tendre, avaient du moins le mérite d'être gratuits. Et puis, cette cueillette prenait un air de campagne. Un couteau à tire-bouchon à la main, la grosse femme se penchait en soufflant et coupait les plantes au ras de la terre. Elle finit par se laisser tomber en avant et marcha à quatre pattes comme un curieux animal, rejetant sans cesse son renard par-dessus ses épaules et se consolant de sa fatigue en se disant à elle-même :

« Ma petite, tu verras ce régal ! »

Elle s'allongea un moment dans l'herbe rare et ferma les yeux. Après un assoupissement, elle ramassa un papier journal pour emballer tant bien que mal ses pissenlits. Ils reprirent leur marche en faisant un détour par l'immense cour des miracles de la Zone et du Marché aux Puces avec ses trimardeurs, ses chiffonniers, ses brocanteurs et ses camelots, mais seulement pour acheter deux cornets de frites à la graisse de chevaux de bois. Ils revinrent vers la rue Labat en prenant la rue du Ruisseau. Albertine avançait de plus en plus péniblement. De temps en temps, elle s'arrêtait pour se masser les jambes et respirait très fort. Olivier la suivait, tout égaré, en plongeant ses doigts au fond du papier gras où les frites refroidissaient.

Les gens de la rue qui avaient assisté à l'enterrement étaient rentrés depuis longtemps. Les employés de chez Roblot avaient retiré l'écusson marqué d'un C et les tentures de deuil de la porte de l'immeuble. Devant la boutique de son père, le fils du boulanger, Jacot, réparait une chambre à air de bicyclette. Olivier s'arrêta, regarda cette saucisse rouge pincée partie par partie dans la bassine d'eau pour faire jaillir les bulles décelant l'endroit de la fuite.

« Ça, c'est un clou ! » dit-il en montrant à Olivier un trou étroit.

Le vélo retourné, la bassine, les démonte-pneus, le grattoir métallique, le tube de dissolution, tout cela prenait une apparence insolite. Un vieux chien se promenait en reniflant le trottoir. On vit passer un garçon de recettes, avec un uniforme vert et un bicorne, son échéancier noir à soufflets attaché au gilet par une chaîne argentée. Venus de loin, des accords de piano se faisaient entendre, couverts parfois par le crépitement d'une motocyclette. Un poste de T.S.F. diffusait une chanson publicitaire sur l'air de la *Marche militaire* : *D'un coup de Tumbler je fais briller mon auto...* Plus tard, quand Olivier entendrait la musique de Schubert, toujours cette scie viendrait l'encombrer.

Tout dans la rue paraissait calme. Normal. Comme si rien ne s'était passé. Plat, comme l'eau de la mer refermée sur le naufragé. Aucune trace de rien. Seulement un magasin avec des volets tirés. Et Olivier restait là, frôlé par l'aile de l'absurde. Le soleil jetait ses rayons entre deux nuages blancs. Olivier regarda les toits des immeubles qui semblaient immenses et majestueux. Il ferma un œil, puis l'autre et continua ce jeu, les maisons, alors, se déplaçaient dans le ciel. Il renifla un peu. La rue l'entourait et il se sentait mieux, comme si, après avoir retenu longtemps son souffle, il respirait enfin.

« Allez, tes cousins doivent être rentrés », finit par dire Albertine.

Elle le poussa devant elle, esquissant un geste amical que sa lassitude ne lui permit pas d'achever. Et elle rentra chez elle, bien vite, pour préparer ses pissenlits.

III

Si la rue connaissait ses heures de fête, elle possédait aussi ses acteurs. Ainsi ce personnage ébouriffé et riche en couleurs qu'était ce vieux routier de Bougras. Méprisant aussi bien l'argent que ses contemporains, il subsistait avec un minimum de travail en se livrant au pis-aller à des métiers épisodiques allant de l'emploi d'homme-sandwich à la tonte des caniches en passant par des collaborations avec des entreprises de déménagement, de pose de vitres ou de peinture. En bref, il donnait « des coups de main ».

S'apparentant comme tout individu à une race de chiens, il tenait, lui, du saint-bernard et du griffon pyrénéen. Assez grand, solide, mafflu, son visage rude disparaissait sous une broussaille pileuse descendant du haut des pommettes, ses cheveux retombant sur son front en une frange inattendue. Un nez couperosé et des oreilles violacées, des yeux d'anthracite pétillants et mobiles éclairaient cet ensemble touffu de poils noirs, blancs et roux mélangés. Vêtu été comme hiver de tricots superposés que recouvrait le velours noir à côtes des charpentiers, avec pantalon bouffant et serré à la cheville, il évoquait l'ouvrier de l'ancien temps, bougon et râleur, truffant ses rares propos d'expressions d'anarchiste désabusé.

Lui aussi venait parfois à la mercerie, mais seulement pour demander à Virginie d'enfiler « ce sacré fil dans cette putain d'aiguille ». Il en tirait ensuite de grandes longueurs pour pouvoir se livrer à divers travaux avec la même aiguillée. Il fallait le voir coudre alors, assis près de sa fenêtre en ronchonnant : c'était cocasse car son bras ne semblait jamais assez long pour tirer tout ce fil qui s'embrouillait.

Il logeait au premier étage, au-dessus de la Blanchisserie Saint-Louis, dans une pièce de cet immeuble étroit. C'est là qu'il avait réuni pour améliorer son confort, le produit d'innocents chapardages : son mobilier se composait de chaises de square, de guéridons de café, d'un banc de métro peint en brun avec la réclame des magasins *Allez Frères* du Châtelet, et surtout de sa plus parfaite réussite : le haut d'un réverbère à gaz sur la vitre bleue duquel le mot *Police* se détachait en lettres blanches. Quant au lit, il provenait d'un terrain vague et son squelette métallique, mal réparé, jetait de temps en temps une note sonore. Comme par hasard, sa vaisselle portait la marque de cafés tels que *Dupont*, *Biard* ou *La Bière*. Sur un établi de menuisier, on trouvait des pots en métal argenté jauni, des soucoupes avec indication de prix de consommations, des tasses marquées *Viandox*, des verres à absinthe, un siphon en verre bleuté.

Bougras défraya la chronique de la rue par son ambition d'élever des poules auxquelles il donna un superbe coq à crête écarlate qui, le matin, réveillait le quartier par ses cocoricos retentissants. La Police dut brandir des arrêtés municipaux. Furieux, Bougras répéta pendant un mois :

« Et cet abruti de coq, je lui avais pourtant fait des objurgations instantes ! »

Comme il butait sur le mot « objurgations », il se mettait d'autant plus en colère. Ayant dû céder pièce par pièce son élevage, il décida de jouer de la trompette de cavalerie à sa fenêtre et quand un passant ou même un agent de police l'apostrophait, il criait d'une voix de stentor : « Vive la Sociale ! »

A la basse-cour succéda la bergerie, un matin, il ramena de Dieu sait où un mouton qu'il porta jusqu'à son logement. Nouvelles plaintes, nouveaux heurts avec les voisins et le propriétaire. Il dut revendre ce mouton qu'il appelait « Mon ami Azale ». Maintenant, il élevait des cochons d'Inde et des lapins. En bref, dans la rue, il ne s'écoulait pas de semaine où l'on ne parlât de « la dernière de Bougras » : tonte d'un caniche sur un seul côté de manière à donner à la mémère l'impression d'avoir deux chiens, suspension de balais et d'ustensiles de ménage à ses persiennes, descente directe de sa fenêtre dans la rue au moyen d'une corde à nœuds (pour éviter les mauvaises rencontres dans l'escalier), etc.

Ce matin-là, Olivier, un rayon de soleil faisant briller ses cheveux, était adossé contre le mur près de la mercerie fermée, à l'endroit où tous les jeunes du quartier gravaient ou dessinaient à la craie messages amoureux ou politiques, sans oublier la traditionnelle mention du mot de cinq lettres *pour qui le lira*. De sa fenêtre, Bougras lui cria :

« Hé, petit ! Attrape donc ces dix balles et va me faire la monnaie. Cinq pièces de quarante sous. Pas autre chose ! »

Le billet voleta et Olivier le cueillit comme un papillon. Quand il revint avec la monnaie demandée, il monta chez Bougras, habité par une certaine curiosité. Le vieux le fit asseoir sur le banc, frotta les pièces de deux francs avec les pouces, les soupesa, les regarda d'une manière particulière non comme s'il s'agissait d'argent, mais comme lorsqu'on examine du simple métal. Il en retint trois qu'il jeta sur son établi et plaça les autres dans une blague à tabac ronde en caoutchouc rouge qui lui servait de porte-monnaie.

Il alla jusqu'à la fenêtre, se moucha dans un immense mouchoir à carreaux et jeta un coup d'œil vers la mercerie en bourrant une pipe recourbée à même le paquet de tabac gris grosse coupe. Quand il l'alluma, quand il tira sans se presser les premières bouffées bleues, la satisfaction se répandit sur son visage. Puis il regarda de nouveau dans la rue, à droite, à gauche, en face encore vers le magasin, et, se retournant, il faillit dire à l'enfant quelque chose en rapport avec son deuil, mais il ne le fit pas et lui proposa simplement un coup de vin en ajoutant aussitôt : « Mais non, c'est vrai, t'es trop jeune, trop délicat... » Il se versa un verre, but lentement et d'un seul trait, il frotta encore les pièces et jeta :

« Secoue-toi, l'artilleur ! Tu vas m'aider... D'accord ? »

Il annonça qu'avec ces trois misérables pièces, il allait confectionner des bagues belles comme de l'or. Il initia alors Olivier au maniement du burin et du marteau en emboutissant la première pièce sur un gros boulon. Il lui enseigna la manière d'agrandir l'anneau obtenu, et de lui donner forme en le martelant après l'avoir enfilé dans un fer rond. Il lima ensuite bien soigneusement les côtés et traça sur le dessus une surface plate destinée à recevoir éventuellement des initiales.

« Prends de la toile émeri dans le tiroir ! »

Olivier se mit à polir le métal. Cela lui noircissait les doigts mais la bague brillait de plus en plus. Ils travaillèrent ainsi toute la matinée en silence. Vers midi, ils mangèrent du gros pain et un camembert très avancé que Bougras avait acheté « à profiter ». Ils reprirent bientôt leur travail et, vers deux heures de l'après-midi, une première chevalière était prête et une deuxième en voie de l'être. Olivier béait d'admiration et il ne cessait pas de tourner et de retourner le bijou entre ses doigts.

« Celle-ci, dit Bougras, c'est pour le contremaître de chez Dardart. J'en ai deux autres en commande. Et nous n'avons pas fini ! »

En fait, les bagues ne lui rapportaient guère. Ce qui lui plaisait, c'était le côté Système D et l'impression de faire une vacherie à l'Etat en transformant sa monnaie. Il écarta ses gros doigts noirs devant les yeux d'Olivier :

« Tu vois ces mains. J'en fais ce que je veux. Je suis né fantassin. »

Cette phrase serait restée sibylline pour qui n'aurait regardé autour de lui : des cannes sculptées avec un serpent de bois les entourant et un cendrier décoré avec des balles de fusil évoquaient l'artisanat dans la tranchée. Il dit à l'enfant :

« Et toi ? Montre tes mains ! »

Olivier tendit ses mains devant lui, les doigts levés, comme s'il mimait *Ainsi font font font les petites marionnettes*. Bougras fit une grimace dédaigneuse et répéta :

« Avec des mains pareilles, avec des mains pareilles... »

Puis il sortit de l'herbe fraîche d'un sac pour alimenter ses clapiers qui se trouvaient au fond de la pièce. Olivier regarda les lapins et fit des mouvements avec son nez pour les imiter. Ensuite, il observa ses mains en se demandant ce que l'homme leur reprochait. Pendant plusieurs jours, il les agiterait ainsi sous ses yeux, les examinant attentivement et les comparant à celles des autres enfants sans trouver de réponse.

Quand les trois bagues furent prêtes, le soleil était déjà un peu rose. Olivier se mordit la lèvre. Et Elodie ? Ne le voyant pas dans la rue, elle avait dû le chercher partout. Il dit rapidement :

« M'sieur, il faut que je parte...

— Bougras, j'm'appelle ! Et pas "M'sieur"... Quand j'aurai besoin d'un coup de main, je te ferai signe. Et quand tu auras de vrais doigts, je t'en ferai une, de bague ! »

Bougras lui ouvrit la porte et Olivier sortit en faisant le geste d'enfiler des bagues à chacun de ses doigts.

Dehors, il éprouva une curieuse sensation : le besoin de raconter sa journée à quelqu'un vers qui il tentait de se diriger alors que des forces hostiles l'en empêchaient. Cependant, son esprit se désembruma et il comprit que c'était à sa mère qu'il aurait voulu raconter tout ce qu'il avait vu, tout ce qu'il avait fait. Subitement, pour tenter d'échapper à l'impossibilité qui le contraignait, il se mit à courir très vite, les bras écartés, le visage offert, comme poussé par un vent de folie.

Rue Bachelet, il essaya de passer entre les « deux dames » qui arrivaient en face, mais l'espace était trop étroit, il les bouscula, ne trouvant rien d'autre à dire pour s'excuser que : « Je fais l'aéroplane... » En regardant repartir Olivier, ses cheveux blonds flottant, la dame de droite dit à celle de gauche :

« Ce qu'il est joli, ce petit ! »

L'autre la regarda sévèrement, haussa les épaules, la prit par le bras et l'entraîna avec un air de possession.

Pour Olivier, « les deux dames » représentaient un mystère. Toutes les deux brunes, ayant le même visage sévère, la même coupe de cheveux à la Jeanne d'Arc, le même costume tailleur croisé très « strict », le même chemisier à cravate Club et les mêmes souliers à talons plats, elles ressemblaient à des sœurs jumelles et on ne pouvait les comparer à aucune femme du quartier. Un jour, Olivier ayant entendu dire par Lucien, l'homme aux postes de T.S.F. : « C'est... c'est un petit ménage ! » cela avait donné naissance chez l'enfant à quelques idées imprécises où se mêlaient « femme de ménage », « pain de ménage », « ménagères » et l'expression « vivre en ménage ». L'une d'elles, celle qui était moins hommasse, venait parfois à la mercerie et chaque fois lui caressait la joue en le regardant avec intensité et en comparant ses yeux verts à ceux de sa mère.

« De la manière dont elle s'y prend, elle n'est pas près d'en avoir un, de gosse ! » avait dit Albertine à Virginie.

Et elles avaient pouffé de rire.

Courir, pour Olivier, c'était presque obligatoirement contourner le pâté de maisons, parcourir les rues Bachelet, Nicolet et Lambert pour revenir rue Labat à son point de départ. Cet itinéraire était pour tous les enfants la représentation d'une piste de stade ; on disait : « J'ai fait deux fois (trois fois, quatre fois...) le tour ! » Rue Lambert, la teinturière et son ouvrière, une bossue, écossaient des petits pois, laissant les cosses creuser le tablier écarté entre leurs cuisses et ouvrant les mains sur les petites billes vertes qui tombaient dans la bassine émaillée avec un bruit inoubliable.

Plus loin, au coin de la rue Labat, Gastounet, l'ancien combattant, parlait de politique avec un égoutier enfoncé dans des cuissards noirs. Pour souligner ses argumentations, la moustache farouche et l'œil convaincant, il tiraillait l'ouvrier souterrain par le revers de son bourgeron tandis qu'un index persuasif pointait comme un poignard sur la poitrine de l'homme. Quand Olivier passa près d'eux en courant, Gastounet retira son index pour le porter à sa tempe et le faire tourner dans les deux sens : ce gosse était fou !

À bout de souffle, Olivier finit par s'arrêter à hauteur de la mercerie, d'autant qu'il venait d'apercevoir son ami Loulou avec lequel il n'avait pas parlé depuis la mort de Virginie, les deux enfants se contentant d'échanger de graves signes de tête. Comme Olivier, Loulou allait sur sa dixième année. Loulou, on le dénommait aussi « Loulou tête-à-poux » à cause d'une énorme chevelure bouclée qui moutonnait au-dessus d'un visage très drôle, avec un nez à la retroussette, des yeux vifs. Fils d'un Russe blanc conducteur d'un taxi « Citron », il avait tous les caractères du titi parisien. Son vrai prénom était Serge, mais personne ne l'appelait ainsi.

Pour l'instant, Loulou s'approchait furtivement du mur aux inscriptions. Immobile comme un chien d'arrêt, la main arrondie, il s'apprêtait à attraper une mouche qui se frottait les pattes de devant l'une contre l'autre. D'un geste rapide, il y parvint et la glissa dans le trou d'une de ces cages en mica que vendaient les marchands de couleurs. A travers le transparent jauni, on voyait une demi-douzaine d'insectes groupés sur un morceau de sucre sale. Avec une grimace, Olivier dit :

« C'est dégoûtant !

— Et ta sœur ? » rétorqua Loulou en levant sa prison de mica face au soleil.

A cette question, il était habituel de répondre : « Elle bat le beurre... » et cela continuait avec des enchaînements sur tout ce qu'on pouvait battre avec un bâton. Ou bien, on disait : « Elle pisse bleu. T'as rien à teindre ? » ce qui coupait court à tout prolongement de la discussion. Olivier, en serrant la main que lui tendait Loulou, répondit seulement :

« J'ai pas de sœur ! »

Ils marchèrent côte à côte, puis Loulou observa :

« De sœur, tu n'en auras jamais... »

Et comme Olivier s'exclamait : « T'en sais rien ! » Loulou ajouta : « Réfléchis un peu. »

Ils s'assirent en bas des marches. En effet, Olivier réfléchissait. Il était habitué depuis longtemps aux mystères de la naissance. Son ami Capdeverre l'avait initié aux rapports physiques en faisant vulgairement coulisser l'index de sa main droite entre les doigts de sa main gauche fermée en anneau. Ensuite, Olivier, dégoûté, avait observé tous les couples mariés de la rue en essayant d'imaginer la chose. Par exemple que le vilain père Grosmalard puisse « faire ça » avec sa maritorne de femme lui semblait impensable. Et puis, un soir, alors qu'il jouait à la bataille avec Virginie, il avait jeté une observation sur les rapports du roi avec la reine et sa mère avait compris qu'il était temps de lui donner des explications. Elle l'avait fait sans avoir recours à des histoires de fleurs et de papillons, mais, tout simplement, en lui expliquant que l'amour, c'est bon comme

48

quand on mange de la tarte aux prunes et qu'en plus, cela donne des enfants.

Olivier finit par secouer la tête sur la pensée de la sœur qu'il ne pourrait jamais avoir, car cette impossibilité le blessait et lui donnait une idée d'irrémédiable affreusement injuste.

Il demanda à Loulou des nouvelles de l'école, des copains, de Bibiche l'instituteur, du « dirlo » et des jeux de la « récré ». Tandis que Loulou racontait avec force boutades des farces de préau, des plaisanteries d'écoliers, des menus riens innocents et même un peu bêbêtes qui les faisaient rire, Olivier revivait des sensations déjà lointaines : le crissement de la craie sur le grand tableau noir, la poudre blanche autour du chiffon quand un enfant avait la charge d'effacer les textes et les opérations d'arithmétique, les pupitres entaillés avec les reflets mordorés des taches d'encre luisantes comme des mouches bleues, le fond pâteux des godets en plomb que les femmes de ménage remplissaient toujours trop... Et sa place à lui, la troisième du deuxième rang, auprès d'un gros garçon surnommé Bouboule, était-elle vide ou y avait-on installé un autre écolier ?

« Pourquoi tu ne viens plus à l'école ? » demanda Loulou.

Olivier se passa la main dans les cheveux, se gratta au-dessus de la tempe et dit :

« Ben, ben... c'est parce que je suis en deuil. »

Mais il n'était pas tout à fait sûr que ce fût la bonne raison. Il éprouva de la nostalgie en même temps qu'un soulagement inattendu. Il regardait la bouche de Loulou : quand son camarade parlait, elle se tordait un peu sur le côté et on voyait briller ses dents. Alors Olivier n'écoutait plus tellement ses paroles, il attendait le moment où les dents apparaîtraient.

Il dit : « Ecoute, Loulou... », puis, brusquement, il prit son copain par les épaules et l'embrassa sur la joue.

Au « T'es dingue ? » du garçon, il ne sut que répondre et pensa à Gastounet faisant tourner son index sur sa tempe. Il rougit légèrement. Comment aurait-il pu expliquer à Loulou tout ce qu'il ressentait confusément ? Par exemple que dans cet univers devenu hostile, tout espoir n'était peut-être pas perdu, qu'il était resté un garçon comme les autres, qu'il aurait pu raconter à Loulou sa journée chez Bougras, que c'était « comme avant ». Il tira de sa poche une bille de verre à spirales orange, belle comme un bonbon, et la fit sauter dans sa main.

★

Selon les moments de tristesse ou de joie, la rue changeait de costume. Tantôt les immeubles paraissaient vieux, vétustes et sales, aussi usés que les dames qui montaient péniblement les marches des escaliers Becquerel ou ceux de la rue du Mont-Cenis pour se rendre à la messe dominicale du Sacré-Cœur, tantôt ils criaient leur jeunesse par toutes les voix de toutes leurs fenêtres. Ce soir-là, la jeune radio qui s'appelait encore T.S.F., et où les speakers parlaient d'une voix étudiée et solennelle (le moindre lapsus devenait un scandale) apporterait aux heureux possesseurs d'un quatre, d'un six ou d'un huit lampes, un programme attendu : la soirée de gala du Poste Parisien.

Bien longtemps à l'avance, le malheureux Araignée avait pris sa place, tout près de la fenêtre d'Albertine, pour pouvoir écouter la musique et les chansons. Appuyé contre les volets dans une pose figée de pantin grotesque, il se tenait là, les yeux mi-clos, profitant de la lumière déclinante. Il s'adressa à Olivier qui faisait tourner sa bille de verre entre ses paumes :

« C'est bon, le soleil ! »

L'enfant le regarda timidement. Il n'osait plus s'éloigner. Peut-être voulait-il inconsciemment se mortifier en s'habituant à la hideuse présence. Chacun dans la rue disait que L'Araignée n'était pas « un spectacle pour les enfants », qu'il vaudrait mieux le placer dans une maison spécialisée... Auprès de cette dernière perspective, toutes les misères de l'homme n'étaient rien. Né paria, il ne demandait qu'une toute petite place au soleil, justement auprès de ceux qui le repoussaient.

Pour ne pas voir ce corps désarticulé, habillé de bleus de travail, façonnés à ses étranges mesures, ces pieds déformés, tout tordus dans les espadrilles dépareillées, Olivier fixait le visage souffreteux mais sans laideur excessive. L'Araignée le regardait aussi, avec le coin des lèvres étiré sur un semblant de sourire.

« Bonsoir, Olivier, reprit L'Araignée.

— Bonsoir.

— Si tu pouvais me trouver quelque chose pour manger...

— Pour... manger ?

— Oui, manger, manger, répéta L'Araignée en secouant son moignon devant sa bouche ouverte, un peu de pain. »

Olivier recula comme le Petit Poucet devant l'Ogre et trébucha au bord du trottoir. Les grands yeux noirs étaient plantés dans les siens avec quelque chose d'implorant et d'insoutenable, la bouche aux lèvres épaisses exerçait aussi sa fascination. Peut-être parce que les intonations de la voix de l'infirme n'étaient pas les mêmes que celles des gens qu'il connaissait, l'enfant semblait ne pas comprendre, ne pouvait trouver des mots pour répondre, comme s'ils avaient risqué d'ajouter un lien nouveau et trop fort à la communication secrète qui s'établissait. Il murmura un « Je ne sais pas » que son interlocuteur ne put entendre. Puis il écarta les mains, les paumes en l'air, pour exprimer qu'il n'avait rien, qu'il ne pouvait rien faire.

« Tiens, voilà ton cousin ! » dit Albertine qui s'installait sur un fauteuil devant sa fenêtre ouverte.

En effet, Jean montait la rue Labat. Avec sa veste à soufflets dans le dos, son large pantalon, sa casquette bien placée au milieu de sa tête, il paraissait très jeune. Olivier le regarda, puis regarda L'Araignée. Une voix secrète lui indiqua qu'il vaudrait mieux que Jean le trouve à la maison. Après un coup d'œil furtif en direction de l'infirme, il s'éloigna rapidement.

En lui ouvrant la porte, Elodie, qui, pour accueillir son mari, s'était bien coiffée et avait mis un coquet tablier de cuisinière à volants, lui dit :

« Non mais des fois... Tu deviens un vrai voyou. Si ça continue, c'est au bagne que tu finiras. Où tu étais encore ? »

Sans lui laisser le temps de répondre, elle ajouta :

« Et je suis sûre que tu n'as pas mangé ! »

Elle prononçait « mingé » comme dans le Midi. Olivier l'assura que son ami « M'sieur Bougras » lui avait procuré un véritable balthazar et l'idée de nourriture effaça les reproches mérités. Quand Jean frappa à la porte, quelques secondes plus tard, tout était oublié.

Tandis que les amoureux s'étreignaient dans la petite entrée, Olivier crut bon de s'enfoncer dans l'alcôve et de se plonger dans *Les Aventures de Bicot*. Les membres du Club des Ran-tan-plan participaient à un concours de dégustation de pastèques et, au bas de la page, se tenaient le ventre à deux mains. Olivier se demandait ce que désignait le mot « pastèque ».

Par la porte entrouverte, il aperçut la double silhouette des jeunes mariés qui ne cessaient pas de s'embrasser. Il s'écoula une bonne demi-heure, avant qu'Elodie ne criât : « A table ! A table ! » en le regardant comme s'il était la cause du retard.

Il s'assit devant une assiette décorée de losanges rouges (cadeau de l'huile Lesieur). Au lieu de glisser le coin de sa serviette dans son col, il l'étala largement sur ses genoux. Il commença à manger lentement une savoureuse tarte aux épinards et profita d'un baiser des grands pour en faire tomber un morceau dans sa serviette. Ensuite, il fit semblant d'avoir la bouche très pleine et de manger gloutonnement. Quand vint le plat d'abats de volailles au riz, ce fut moins facile car il y avait de la sauce. Il put néanmoins faire glisser des morceaux dans la serviette, ainsi que du pain. Il répéta : « J'ai une de ces faims ! » et Jean répondit : « C'est une bonne maladie. » De temps en temps, Olivier dissimulait aussi ses mains qu'il n'avait pas lavées et cela lui donnait des airs embarrassés.

« Qu'est-ce qu'il a fait encore, ce sournois ? dit Elodie.
— Rien, euh... j'ai rien fait. »

Quand le regard de Jean se détachait de la peau brune d'Elodie, il devenait soucieux. Malgré sa jeunesse, Jean avait le front creusé de rides profondes. Ses tracas tournaient autour d'additions sans cesse refaites où le salaire des semaines à venir était envisagé avec des marges d'espoir (sans mises à pied) ou de pessimisme (chômage et misère). La partie à soustraire de gains incertains portait au désespoir : traites à payer, dépenses indispensables, on arrivait à de tels déficits qu'il y avait de quoi se frapper la tête contre le mur. Au plus bas de son moral, il regardait de nouveau Elodie. Sur la table, par quelque miracle, se trouvait toujours un petit bouquet de fleurs dans un verre d'eau. Elle lui disait :

« Pourquoi tu fais la grimace ? Si tu avais de l'argent, tu le perdrais aux courses, hé ? »

Et, haussant les épaules, elle chantait une chanson.

Olivier avait conscience d'une chose qui lui paraissait absurde : il aurait suffi d'un peu d'argent pour tout arranger. Et il regardait sur les magazines des gens riches qui se reposaient au soleil de la Côte d'Azur et qu'on photographiait comme pour les récompenser. Il pensait aux pièces avec lesquelles Bougras fabriquait des chevalières en se demandant comment il pourrait faire pour en gagner beaucoup et les donner à Jean. Brusquement, il annonça :

« Quand je serai grand, je serai chanteur d'opéra ! »

Cette phrase revint souvent, avec des variantes : « Je serai boxeur... ou cinéaste... ou caissier », métiers qui lui donnaient une idée de la richesse. Comme Jean ne faisait pas le rapprochement avec ses soucis matériels, il haussait les épaules et disait :

« Ne dis pas de bêtises ! »

C'est au dessert qu'eut lieu la catastrophe. La serviette dans laquelle Olivier venait de faire tomber une pomme reinette s'effondra. Il plongea sous la table, mais Elodie fut plus rapide que lui. Elle mesura le désastre en poussant des cris :

« Hou ! Hou ! Regardez-le, mais regardez-le, ce fada ! Regardez ce qu'il fait avec le manger... »

Un tic d'agacement se mit à battre sous la tempe de Jean et il serra les dents tandis qu'Elodie réunissait les misérables reliefs dans une assiette. Olivier, tout rouge, leva le coude pour se protéger d'une gifle que nul ne songeait à lui donner. Il trouva un mensonge :

« C'est pour... un petit chat ! »

Cela détendit aussitôt l'atmosphère et la jeune femme éclata de rire :

« Tu crois que les chats mangent des pommes ? »

Mais, bonne fille, elle fit glisser les aliments, à l'exception de la pomme qu'elle mordit, dans un sac en papier.

Le repas terminé, tandis qu'elle préparait la gamelle

de son mari pour le lendemain, Olivier se livra au jeu de croiser et de décroiser ses doigts dans des entrelacs qu'il essayait de compliquer. Puis il plia sa serviette et la roûla pour l'enfiler dans un anneau de buis.

Jean rejoignit Elodie à la cuisine. Comme ils s'entretenaient à voix basse, l'enfant croyait qu'ils mijotaient quelque punition. En fait, ils étaient obscurément malheureux. Ils auraient voulu garder l'enfant avec eux, mais ils songeaient à celui qu'ils pourraient avoir, et aussi à un avenir plein d'incertitudes. Alors, ils pensaient qu'ils ne pourraient pas l'élever convenablement et, pour se masquer la chose, ils se répétaient : « Il est dur, il est dur, toujours dans la rue à traîner avec n'importe qui. Ce sera un beau voyou... » Il est vrai aussi que sa détresse, ses peurs, une certaine manière d'être mal dans sa peau donnaient à Olivier un regard fuyant, que ses pauvres vêtements, ses cheveux trop longs, ses vagabondages pouvaient donner libre cours à toutes les interprétations, notamment celles inscrites d'avance dans les esprits comme de mauvais clichés.

Mais le couple, main dans la main, regardait le lieu du plus intense plaisir : le lit, avec son édredon bordeaux, recouvert d'un dessus-de-lit en coton blanc crocheté à jolis rectangles ajourés, travail de tout un hiver aux veillées de Saint-Chély. L'édredon était inutile en été, mais on le laissait pour le décor, et aussi parce qu'il faisait partie des minces richesses.

Ils s'embrassèrent longuement et la main de Jean caressa un sein ferme dont il sentit la pointe contre le creux de sa main. Elodie, en désignant la pièce où se tenait Olivier, murmura : « Pas maintenant... » Alors, Jean prit une décision. Il tendit le sac en papier à Olivier :

« Va donner à manger à ton chat. Mais ne rentre pas trop tard. La clef sera sous le paillasson. Et ne laisse pas la lumière allumée ! »

Olivier demanda s'il pouvait prendre une pomme, choisit la plus grosse, fit semblant d'y mordre, et sortit bien vite.

★

La rue s'était peuplée. Sous les derniers feux du jour, les immeubles prenaient des tons mauves. En bas, au carrefour, les automobiles se faisaient plus rares. Parfois, au tournant de la rue Ramey, on entendait grincer le changement de vitesse d'un autobus. L'Araignée, toujours immobile, écoutait chanter Constantin Rossi en dodelinant de la tête. L'infirme ressemblait à cette vieille voiture à bras reposant sur ses brancards délabrés devant le *Bois et Charbons*.

Olivier marcha vers lui d'un pas résolu. Son paquet caché derrière le dos, il s'immobilisa. Et, brusquement, avec un automatisme presque comique, il lui tendit le sac et la pomme. Vite, L'Araignée les prit et les serra maladroitement contre sa poitrine. Il avait terriblement faim, mais il ne voulait pas manger devant les autres. L'infirme désirait aussi continuer d'écouter la T.S.F. avec l'espoir que de la musique succéderait aux fades romances. Il attendit la fin de la réclame de la Quintonine (sur l'air de la Cucaracha) et écouta André Baugé chanter *Le Pays du sourire* que le petit Ramélie parodiait en chantant à tue-tête :

> *Je t'ai donné mon cœur,*
> *Un quart de beurre*
> *Et un chou-fleur...*

Finalement, L'Araignée s'arrangea pour croquer discrètement la pomme en jetant des regards de reconnaissance à Olivier qui observait le travail de couture de Mme Papa assise sur un pliant près d'Albertine et de Gastounet qui fumait un niñas.

Sur le trottoir de la rue Bachelet, les enfants faisaient tourner une de ces grosses toupies appelées « sabot » en la frappant de coups de fouet pour exciter sa course. Olivier s'approcha d'eux, les mains derrière le dos, en essayant de se faire le moins possible remarquer par ses ennemis de la rue voisine. Il y avait là le grand Anatole, avec son visage chevalin à la Fernandel, son pull à rayures jaunes et noires qui lui donnaient une allure de zèbre. (Anatole, le grand flandrin, à qui on criait cette scie publicitaire : *Anatole pot à colle qui ne connaît pas l'Dentol !*) On voyait encore Nana, une fillette qu'il avait fallu tondre (pour les poux), Capdeverre, le fils du flic, avec ses cheveux coupés en brosse et sa tache brune sur la joue, Ramélie, dont le père, boucher au coin de la rue, vendait à ses coreligionnaires de la viande strictement « kachère » (Olivier croyait que c'était une variante de « pas chère »), Jack Schlack, Riton, Toudjourian qui mâchait du chewing-gum, le môme Albert, tout fier parce que son frère aîné lui prêtait son triporteur, deux des fils Machillot, d'autres encore.

En fin de journée, une trêve s'était établie entre ceux de la rue Labat et ceux de la rue Bachelet et il était même venu des garçons et des filles des rues Lambert, Nicolet et Lécuyer. Pourtant, les lance-pierres dépassaient des ceintures, certains portaient des poignets de force en cuir à lacets comme des héros de western ou des débardeurs, des pattes à la Corse couvraient les tempes, on roulait des épaules, on prenait des airs hargneux à la James Cagney. Olivier regarda la toupie en connaisseur, dit « Salut ! » avec un coup d'index contre son front et s'efforça d'imiter, le plus discrètement possible, les gestes des « casseurs ». Il jetait de temps en temps un coup d'œil derrière lui pour préparer une fuite éventuelle, mais on le laissa tranquille. Les garçons étaient trop occupés à ricaner en désignant les fillettes qui passaient devant eux en se tenant par le bras. Ils disaient : « Vise un peu la sauterelle ! » et ils prenaient des airs méprisants en prononçant des mots grossiers qui se terminaient par « asse ».

Tandis que la toupie continuait à tourner comme une souris folle, la conversation dériva sur le *jiu-jitsu* et le *catch as catch can* qu'on jugeait inférieurs en brutalité au pancrace, puis on imagina des combats entre un catcheur comme Deglane et un boxeur comme Camera ou un haltérophile comme Rigoulot, chacun apportant son point de vue dans la discussion. La conversation s'interrompit sur une interjection d'Anatole :

« V'là Mac ! »

C'était en effet leur aîné, le beau Mac, qui sortait de l'immeuble du 77 en toisant les gens de la rue. Hâbleur, il s'approcha d'eux en se dandinant, avec toujours la même lueur méchante et ironique dans les yeux. Les enfants s'écartèrent en l'observant de côté et il dit :

« Alors, les cloches ? » Il se pencha, cueillit la toupie au vol et la fit sauter d'une main à l'autre. Les plus grands se mirent à murmurer. Alors il se planta devant eux, repoussa son chapeau en arrière et jeta dédaigneusement :

« Des crosses ? »

Comme aucun ne répondait, il observa : « C'est bien. » Puis il jeta la toupie en l'air, shoota de côté, la rattrapa et, d'un nouveau coup de pied, l'envoya en bas de la rue. Puis il ajusta sa cravate, replaça son chapeau en avant et s'éloigna en riant. « Eh, va donc ! » lui cria Toudjourian, mais comme le caïd se retournait, il regarda ailleurs en faisant semblant de rien. Quand l'homme fut assez loin, Capdeverre dit superbement :

« Mac, c'est qu'un barbeau ! »

Mais Mac avait fait surgir des idées de bagarre. Chacun était mécontent d'avoir cédé devant lui et voulait se venger sur un autre. Il y eut quelques bousculades et Olivier jugea bon de s'éclipser, non qu'il eût peur, mais parce qu'il portait le deuil.

Toute la rue était musicale, frémissante de musique braillarde et de refrains. L'enfant éprouva l'envie de marcher, de s'éloigner de cet îlot bruyant. Il passa devant Albertine, Mme Papa, Mme Chamignon, Gastounet, sans les voir. Il aperçut le beau Mac en bas de la rue qui cherchait un taxi en donnant des coups de sifflet entre ses doigts. Olivier se demanda où il pouvait bien aller la nuit et s'efforça un instant de copier sa démarche.

Les mains dans ses poches, l'enfant tâtait ses osselets, une pince à linge, le clou recourbé, des ficelles, des élastiques qu'il tendait entre deux doigts. La civette du tabac *L'Oriental* l'attira et il entra dans l'établissement encombré sans qu'on lui prêtât attention. Les gens étaient attablés devant des demis de bière mousseuse, le sol était jonché d'écorces de cacahuètes, d'emballages de cigarettes et de détritus de toutes sortes qui se mêlaient à la sciure fatiguée. Une odeur chaude de tabac, de café, de liqueur, de parfums féminins se répandait. Les rires retentissaient, ponctués par les chocs des boules de billard, les commandes des garçons en gilet noir, le grelottement des dés dans les cornets de cuir fauve, les toussotements des percolateurs, la voix brisée d'un phonographe. Les bouteilles de liqueurs et d'apéritifs sucrés, les verres étincelants alignés par rangs de taille, la boule nickelée où les garçons rangent leurs serpillières, le cercles de métal des guéridons de marbre, le zinc du comptoir, tout projetait des scintillements splendides.

Emerveillé, Olivier s'approcha de jeunes gens qui jouaient à la grue. La fascination du jeu, l'attente hasardeuse donnaient de la gravité et de la fixité aux regards. L'appareil de métal, enfermé dans sa cage de verre, saisissait rarement un objet, mais les briquets, les étuis à cigarettes, les peignes de poche, les bijoux de pacotille reposaient sur un lit de pastilles colorées de médiocre qualité : à chaque voyage de la grue que le joueur dirigeait au moyen d'un bouton, la pince chromée saisissait quelques-uns de ces galets comestibles pour les lâcher dans la trappe. Il suffisait alors de faire basculer le tiroir de réception pour les recueillir, ce qui était généralement le lot des enfants. Aussi Olivier put-il, entre deux parties, en emplir le creux de sa main et mâcher cette sucrerie fade.

Comme toujours, on finit par s'apercevoir de sa présence. Un garçon brun à fine moustache lui jeta un coup de torchon sur les cuisses que suivit un « Caltez, volaille ! » impératif. Dehors, Olivier hésita. Il était trop tôt pour rentrer. Il pouvait se diriger vers le boulevard Ornano en descendant la partie inférieure de la rue Labat, vers La Chapelle par le boulevard Barbès, vers le boulevard Rochechouart par la rue de Clignancourt. Dans ce dernier cas, il suivrait les boulevards animés et illuminés vers ces relais qui se nomment Pigalle, Blanche, Clichy, enfilerait la belle rue Caulaincourt et reviendrait à son point de départ. Mais il rejeta tous ces itinéraires qui l'auraient conduit vers la foule. Il resta un instant à réfléchir, appuyé contre la grille protectrice d'un marronnier en face du *Café des Artistes*. Ce lieu était plus calme que *L'Oriental*. A la terrasse, on voyait des familles, des hommes gras qui jouaient à la manille, au zanzi, au jaquet, en buvant de la bière dans des chopes pansues aux anses solides.

Pourquoi, brusquement, alors qu'il ressentait la chaleur des autres, en lui vibra une corde qui rendait un son blessé ? Atteint par la mélancolie, Olivier, sans mère, sans sœur, pensa que durant des soirs et des soirs, il errerait ainsi dans la nuit à la recherche de quelque chose qu'il ne pourrait jamais rejoindre, se réchauffant mal, comme aux braseros d'hiver, à des foyers étrangers, les siens étant éteints à jamais.

Il ne sut que faire de son corps. Il s'aperçut avec tristesse que trop de chemins, trop de rues s'offraient à son caprice et que prendre l'un ou l'autre n'avait pas d'importance. Il pensa à la nuit plus noire que la nuit de sa cachette dans le cagibi des escaliers de la rue Becquerel. Or, le soir, l'immeuble restait fermé. Il enfila la rue Lambert parce qu'elle était la plus proche. Un petit vent sec faisait claquer le drapeau du commissariat de police. Il alla jusqu'aux escaliers Becquerel et gravit les marches, trouvant là un moyen d'échapper à lui-même. Au passage, il reconnut l'immeuble au cagibi, le bureau des Contributions directes où Virginie venait payer ses impôts, l'hôtel Becquerel dont l'enseigne lumineuse se détachait verticalement. Arrivé au faîte, il se retourna pour regarder Paris.

Toute la ville semblait ronronner comme un gros chat. Elle cachait tant de mystères que l'enfant qui les pressentait en fut effrayé. Il se sentit à la fois misérable et fort, comme s'il était le maître de la vie nocturne et ne pût exercer sa puissance. A un moment, il eut envie de se laisser glisser sur la rampe jusqu'en bas et de rouler encore, de rouler jusqu'à l'anéantissement. Il croisa les bras pour se protéger et sentit le brassard de deuil sur la manche de son pull-over. Il le tira jusqu'à le découdre en partie. Alors il se mit à courir dans la rue haute pour échapper à sa hantise.

Rue des Saules, il s'attarda devant la maison rustique du Lapin à Gill devenu *Lapin Agile*, parce qu'elle lui donnait une idée de la campagne, Jean lui ayant appris qu'autrefois Montmartre était un village. Devant la porte de la maison, assis sur un banc, se tenait toujours un vieil homme à barbe blanche. Virginie avait dit à l'enfant que c'était le Père Noël et il l'avait longtemps cru, mais les gens de la rue l'appelaient le « Grand Frédé » et lui témoignaient de la considération.

Olivier suivit des rues mal pavées, faiblement éclairées, et longea les tapis poussiéreux de vastes terrains vagues. Tous avaient des noms que seuls les enfants connaissaient : le Terrain de la Terre glaise, le Terrain des Tuyaux, le Terrain de la Dame seule, le Terrain des Souterrains, le Terrain des Macchabées. Ces lieux-dits représentaient les dernières terres vierges de Paris, mais ils portaient tous des pancartes : *Terrain à bâtir*, et disparaissaient peu à peu sous des immeubles. Dans ceux qui subsistaient, des clochards installaient leurs campements, des couples se pressaient aux creux des mouvements de terrain, des manouches y faisaient leurs affaires et on parlait de rendez-vous d'apaches. Parfois aussi, les gens des rues voisines venaient la nuit y déposer subrepticement de vieux fourneaux, des sommiers éventrés, des gravats, afin d'économiser le pourboire qu'ils auraient dû donner aux éboueurs chargés de les débarrasser.

Des rues aux noms pas encore trop célèbres, simples et accidentées, comme on en trouve autour de toutes les hautes cathédrales : rue Saint-Vincent, rue de l'Abreuvoir, rue Girardon, rue Saint-Eleuthère et, à chaque tournant de rue, au-dessus de chaque maison basse, la masse blanchâtre de la basilique aux dômes arrondis. Olivier parcourait le labyrinthe, effaré, inquiet, curieux, sans savoir qu'il devenait la proie d'un émerveillement durable. Quand un passant attardé, un couple, des noctambules, quelques-uns des rares touristes qui montaient là, le croisaient, il sifflotait *Les Gars de la Marine* pour se donner du courage, ou bien il appuyait son dos contre une porte cochère, enfonçait ses mains dans ses poches, arborait un air placide, comme s'il prenait le frais devant sa demeure. Des chiens passaient, le nez au ras du sol, avec une sorte de précipitation désordonnée justement parce qu'ils couraient après rien.

Au centre de ce dédale de rues, comme un hameau aux demeures illuminées dans une plaine désertique, la place du Tertre avec les lueurs rougeâtres de ses cabarets d'où s'échappaient des rumeurs, des airs d'accordéon, des chants, des cris, des rires, parfois un monologue dont l'enfant cueillait quelques mots au passage en s'en approchant timidement, par à-coups, reculant, revenant, enfilant une ruelle, puis une autre, et toujours rejeté comme une phalène vers cette place qui l'attirait.

La nuit se parait de voiles violets. Le vent qui soufflait prenait des allures incongrues. Au ciel, on aurait pu compter les étoiles. Les rues étaient désertes. Elles présentaient des aspects biscornus et médiévaux. Derrière les murs, on imaginait des asiles, des couvents, des dortoirs sombres, des lieux de retraite austères. Olivier longea un mur, se courba sous une fenêtre et s'assit en tailleur derrière une pile de chaises et de tables en métal couleur caca d'oie qui formaient un rempart. Au-dessus de sa tête, entre des persiennes, passait la fumée des cigarettes ; elle devenait la représentation concrète du brouhaha. Dans la masse sonore, brusquement un refrain émergeait : *Nini Peau de Chien* ou *A Ménilmontant* ou bien des couplets grivois, *Les Filles de Camaret* ou *Monsieur le Curé aime la bergère*, repris en chœur. Puis on racontait des histoires lestes que l'enfant ne comprenait pas et qui provoquaient des rires épais, ceux plus aigus et prolongés des femmes perçant parfois. A un moment, le silence se fit car une voix mâle, à la Bruant, récitait des vers :

Seigneur ! je suis sans pain, sans rêve et sans
[demeure.
Les hommes m'ont chassé parce que je suis nu,
Et ces frères en vous ne m'ont pas reconnu
Parce que je suis pâle et parce que je pleure...

Pour l'écouter, les fêtards s'étaient tus. Olivier entendait ces vers sans bien en saisir la signification, mais les accents de solitude le faisaient frissonner. Le mètre, les rimes évoquaient les « récitations » qu'il apprenait en classe, et pourtant, c'était autre chose. La voix du récitant, grave et forte, avait des rudesses campagnardes, mais dans sa déclamation bourrue, il mettait la société et le sort contraire en accusation :

Je les aime pourtant comme c'était écrit
Et j'ai connu par eux que la vie est amère,
Puisqu'il n'est pas de femme qui veuille être ma mère
Et qu'il n'est pas de cœur qui entende mes cris...

Olivier se mit à penser à Virginie. Elle se promenait en

regardant les rayons de la mercerie, elle l'observait pensivement. C'était comme si elle tendait ses mains vers lui et ne puisse le rejoindre. Et lui aussi essayait de trouver ses mains perdues dans un épais brouillard. Il revit la terre sèche de Pantin qui avait laissé sa main empoussiérée et eut l'idée d'une souffrance intolérable. Il crut entendre des gémissements venus de plus loin que la vie, comme s'il subissait éveillé un de ses cauchemars nocturnes.

Puis Virginie elle-même s'approcha de lui. Elle portait une robe gris-bleu en soie, une courte étole de fourrure claire était posée sur ses épaules. Ses cheveux brillaient comme un casque et ses yeux, ses lèvres semblaient éclairés. Elle se pencha et dit d'une voix venue des étoiles :

« Que fais-tu là ? Il faut rentrer maintenant... »

Il ouvrit les yeux. A l'image de Virginie, se substitua celle d'une femme lui ressemblant. Olivier la connaissait pour l'avoir vue dans la rue. Il la regarda avec des yeux embués. Elle portait un sac de soirée noir et soyeux, orné de perles de jais.

« Il faut aller dormir, mon petit ! »

Elle se pencha, lui prit la main, l'obligea à se glisser hors de son rempart, lui proposa de le raccompagner chez lui. Un peu plus loin, un homme attendait en fumant un cigare dont le feu trouait la nuit.

Debout, Olivier sentit ses jambes flageoler. Dans le cabaret, les bruits s'apaisaient. Il respira très fort, arracha sa main de celle qui la tenait et, brusquement, il se mit à courir, à courir dans les rues qui descendaient et accéléraient sa fuite, la bouche pleine d'air frais, la poitrine douloureuse. Il ne s'arrêta qu'à la rue Labat devant le 77 où il appuya très fort sur le bouton de la porte.

IV

Sur la petite table de la cuisine, un papier journal s'entrouvrait sur une belle laitue maraîchère. Obstinée, une minuscule chenille diaprée, venue de la partie pommée de la salade, se déplaçait sur une feuille verte plus molle. Quand elle arriva à son extrémité, elle tenta de la contourner, mais tomba sur la toile cirée. Elle avança alors de plus en plus vite, par à-coups, hésita sur le bord de la table, repartit, ne retrouva pas la salade et finit par tomber sur le carrelage. Prise au piège de la ville, elle ne deviendrait jamais papillon.

Olivier, le torse nu, les épaules fragiles, ses minces bretelles battant sur ses cuisses, semblait emplir tout le lieu. Il frottait le savon cubique *Le Chat*, trop gros pour sa main, sur le gant de toilette trop peu humecté jusqu'à former une masse blanche, pâteuse, qu'il regarda en plissant les narines.

La pierre à évier grise et rongée était trop haute pour lui. Il se haussa sur la pointe des pieds, se pencha, fit couler l'eau du robinet sur son visage, téta l'orifice du brise-jet, tordit le court tuyau de caoutchouc rayé pour faire jaillir l'eau contre le mur où des gouttelettes s'accrochèrent. Puis, avec une grimace dépitée, il se décida à frotter sa nuque.

Le dimanche matin, le chant qui montait de la rue n'était plus le même. La rue bâillait et s'étirait. La rue faisait la grasse matinée et mangeait des croissants chauds. Dès lors, la Savoyarde paraissait sonner plus solennellement, les poubelles tintaient moins fort, les bidons de lait entrechoqués semblaient plus discrets, et la voix humaine se mettait à l'unisson : le marchand d'habits poussant sa voiturette jetait son « *Chand d'habits, ferraille à vendre !* » avec moins de conviction, le poseur de vitres, tout le reflet de la rue sur son dos, enlevait quelques *r* à son « *Hôôô... vitrrrier !* ».

Du logement de ses cousins, Olivier n'entendait pas les rumeurs comme il les percevait de la mercerie. Un autre espace, d'autres distances les atténuaient, les transformaient et il s'étonnait de ne pas les reconnaître.

Le dimanche matin, Virginie dépliait les volets de bois

du magasin mais plaçait sur la porte vitrée un écriteau portant l'indication *Fermé* suspendu à une chaîne de métal doré. Vers midi, elle acceptait cependant de servir quelques clientes en panne de laine ou de fil. Tôt levée, ses cheveux blonds dénoués sur sa robe de chambre en coton aubergine, elle déplaçait de la vaisselle, passait de l'argenterie à la pâte « Au Sabre », nettoyait les vitres à l'alcool, épluchait des légumes, préparait la pâte d'une tarte feuilletée, faisait mousser des lainages ou repassait, et le chant de la rue n'était plus là que pour mettre en valeur des bruits familiers.

Et puis, ce jour-là, chacun prenait ses distances avec le temps, tout devenait plus lent, plus élaboré, mieux conduit. Virginie mettait à griller des tranches de pain sur une plaque ronde en amiante recouverte d'un fin grillage métallique. Une bonne odeur se répandait qui devenait meilleure encore quand on étalait sur les rôties dorées à point, toutes fumantes, une bonne couche de beurre fermier à goût de crème et de noisette. Toute la matinée, la pièce retenait ce parfum.

Plus tard, l'eau chantait dans une large bassine qui servait de tub. Olivier, tout nu, tâtait peureusement l'eau tiède avec son pied, avant d'y pénétrer debout, pour s'accroupir lentement, se relever, le corps dégoulinant, et se laisser laver par sa mère. En appuyant de la plante des pieds sur une bosse au fond de la bassine, il faisait retentir un coup de gong. Ils riaient autant l'un que l'autre, s'éclaboussaient, se chamaillaient, poussaient des petits cris. « Non, m'man, pas les yeux, pas les yeux ! » Virginie affirmait que la mousse de la savonnette ovale ne pouvait pas piquer, mais quand elle frottait son visage tout grimaçant, l'enfant exagérait son désagrément pour se faire plaindre.

Ces scènes qui lui paraissaient si éloignées, il les revivait par bribes en faisant seul sa toilette. Il mit soudain plus d'ardeur à frotter « bien dans les coins » comme le lui avait appris Virginie. Il était seul, il prenait tout son temps. Elodie assistait à la messe de l'église Saint-Pierre où Jean l'accompagnait jusqu'au seuil pour se rendre ensuite au Pari Mutuel Urbain. Aussi Olivier pouvait-il laisser s'écouler plusieurs minutes entre chaque geste, musarder, jouer avec la mousse et avec l'eau. Après s'être essuyé soigneusement les mains avec un torchon et le visage avec une serviette nid d'abeilles, il frotta sa brosse à dents sur le rond de pierre dentifrice Gibbs qui répandait un parfum douceâtre et brossa ses dents verticalement comme Virginie le lui avait appris. Il entreprit ensuite de se coiffer, mais ses cheveux résistaient au peigne et il poussa à chaque tentative de petits *aïe, aïe, aïe...* Il s'arrêta soudain et se regarda dans la glace suspendue à la planchette du compteur d'eau, en s'interrogeant du regard. Il éprouvait la sensation d'oublier quelque chose.

Après la toilette, tandis que Virginie le coiffait avec une brosse, il lui demandait :

« M'man, tu me mettras du sent-bon ? »

Il s'en souvint et y pensa mélancoliquement, mais il secoua la tête d'un air résolu. Après s'être contenté de frotter sommairement ses genoux et ses chevilles avec la serviette humide, il déboutonna sa culotte courte pour la laisser tomber par terre, enfila un caleçon Petit-bateau, une chemise Lacoste et des socquettes écossaises. Il mit son pantalon de golf et ses sandales de cuir. Ainsi vêtu, il alla à la chambre pour se planter devant l'armoire à glace. Là, il eut un mouvement de coquetterie, écrasant de la main une mèche qui se dressait trop sur sa tête, à l'endroit de l'épi, puis il baissa les élastiques de sa culotte bouffante pour la faire ressembler à un pantalon de ski.

Au moment du départ d'Elodie, il s'était produit un incident désagréable, sa cousine lui ayant demandé de l'accompagner à la messe, il avait refusé avec obstination. Alors, elle s'était mise en colère :

« Tu es un grimacier, tu seras toujours comme une bête sur la terre ! »

Il est vrai qu'elle avait aussi dit cela pour Jean qui gardait quelques idées fortes sur ce sujet. Aussi ce dernier répondit-il pour Olivier :

« Il a bien le temps, il choisira quand il sera grand ! »

Mais Elodie n'était pas contente. Et bientôt Jean craignit de lui avoir déplu. C'est à ce moment-là qu'Olivier en rajouta, indiquant : « Et puis, d'abord, j'aime pas les curés ! » parce qu'il l'avait entendu dire par le père Bougras. A quoi Jean, pour se rapprocher d'Elodie, répondit :

« Ne parle pas de choses que tu ne connais pas ! »

Les véritables raisons du refus de l'enfant se situaient ailleurs. Avec ses camarades de la rue Labat, Loulou, Toudjourian et Capdeverre, il était souvent entré au Sacré-Cœur : le lieu lui plaisait pour son mystère. C'était amusant de jouer à allumer les cierges en faisant couler du suif, de faire clapoter l'eau du bénitier, d'escalader les rangées de prie-Dieu ou de regarder les dévotes baiser le pied tout usé de la statue de saint Pierre. Mais depuis la mort de sa mère, il redoutait de retrouver les voûtes sombres, les odeurs d'encens, les chuchotements des prières, les robes sombres des prêtres, tout cela si triste, si funèbre qui lui donnait une idée de la mort et qui rejoignait les mauvaises visions de ses cauchemars.

Il prit un croûton, un morceau de sucre et sortit en les grignotant. La rue s'offrit, animée, bruissante, pleine de gens, comme si tous les immeubles s'étaient vidés d'un coup. Il y avait des pères à chiens et des mères à chats, des dames concierges fières et moustachues, des femmes en cheveux au buste affaissé, des femmes d'âge en fichu, des retraités plongeant les doigts dans leur cornet de prise, des matrones à jupes larges où s'accrochaient des marmots morveux, des jeunes endimanchés qui remontaient leurs pantalons d'un geste canaille en regardant des ingénues à la bouche trop rouge, des enfants en costume marin, des mijaurées aux lèvres pincées, des loustics en pull-over, des élégants en chapeau melon, des progénitures nécessiteuses vêtues de hardes rapiécées, mais avec un peu plus d'ordre dans la chevelure que les autres jours, des Arabes qui restaient entre eux près de la porte de leur hôtel.

Devant la boucherie juive, le grand-père Samuel, qui avait dépassé ses quatre-vingts ans, tirait ses élastiques noirs sur ses manches de chemise, et, méditatif, se grattait la barbe. Son chapeau noir à large ruban ne quittait jamais sa tête et il passait tout son temps à appeler son petit-fils Ramélie qui ne serait jamais un bon boucher parce qu'il lisait trop. De l'épicerie de la rue Bachelet venait un bruit de balances, de litres remués, de commandes de clientes avec des « Merci, m'sieur dame », des « C'est tout ce qui vous faut pour aujourd'hui ? » et des « C'est esstra, c'est essquis ! » et des odeurs de pétrole qui se mêlaient à celles des fromages trop faits.

Assis sur une caisse, Bougras lisait le *Paris-Midi* de la veille. Parfois, il entrouvrait son bourgeron sur un cochon d'Inde qui humait l'air précautionneusement avant de s'enfoncer sous le tissu contre la chaleur du corps. Mme Chamignon, en chapeau violet, passait, son sac à provisions en moleskine noire attaché à son bras, son porte-monnaie à soufflets à la main, en se dandinant. Le fils du boulanger astiquait les rayons de son vélo-porteur à frein sur moyeu. Pour la dixième fois, Capdeverre gravait ses initiales sur un mur, au-dessus de la grille par laquelle on pouvait voir, dans son sous-sol, le boulanger et son mitron, en maillots de corps et tout enfarinés, travailler aux fournées de pain fantaisie, polka, saucisson ou fendu.

Les immeubles, les boutiques, les murs semblaient pris d'un rire satisfait. Des fenêtres passaient de généreux effluves d'ail, d'oignons frits, de beurre chaud, de fricots bien mijotés. Le dimanche, toutes les femmes devenaient des cuisinières. Elles se questionnaient : « Qu'est-ce que vous faites aujourd'hui ? » et les réponses étaient détaillées, énoncées sur un ton grave et fier, comme si l'avenir de l'humanité devait dépendre du haricot de mouton, du pot-au-feu, du bœuf bourguignon, des côtelettes aux pois cassés, des pieds de veau ou du navarin.

Olivier errait d'un trottoir à l'autre, cueillant au passage des mots, des odeurs, des couleurs, des impressions rapides. Chaque personnage était devenu une sorte de bateleur et toute la rue, une scène de théâtre. Il aperçut un camarade de classe qui donnait la main à un grand nègre élégant, puis Riri Chamignon qui avait le hoquet et répétait très vite : « J'ai le hoquet. Dieu me l'a fait. Petit Jésus, je ne l'ai plus... », la petite Italienne qui limait ses ongles. Des turfistes parlaient du *Prix de Diane* en se demandant si *Bourrasque* pourrait battre *Perruche* et *Ligne de Fond*, de l'écurie Rothschild. Loulou, vêtu d'un costume de velours noir uni sur lequel tranchait la blancheur d'un col Danton, lui dit en tapant sur un sac de billes à cordonnet :

« On fait une partie ? Je t'en prête cinq... »

Ils se déplacèrent en sautant à pieds joints par petits coups et entreprirent au milieu de la rue une partie de « tique et patte », jetant à chacun son tour les billes qui s'immobilisaient vite parmi les courtes herbes entre les pavés. De temps en temps, l'un d'eux, ayant bien visé, criait : « Y'a patte ! » et l'autre répondait : « Des clous, oui ! » ou bien : « Des queues, Marie ! » Le premier, alors, écartait les doigts entre les deux billes pour montrer que l'espacement correspondait aux règles. Ou bien, on « tiquait », levant la bille pincée entre le pouce et l'index arrondis en forme de monocle à hauteur de l'œil droit, visant bien et la laissant retomber sur l'autre. Olivier perdit les cinq billes prêtées et se lassa du jeu, d'autant plus qu'il croyait toujours, lorsqu'il jouait, que les grands lui jetaient des regards de reproche à cause de son deuil.

Près de sa fenêtre, qui était, en quelque sorte, l'œil de la rue, la grosse Albertine léchait des tickets-prime d'alimentation pour les coller dans les cases d'un carnet vert. De temps en temps, elle allait lever le couvercle d'une marmite ou feuilletait *Le Miroir du Monde* pour admirer le bateau d'Alain Gerbault, la stratosphère du professeur Piccard ou le Graf Zeppelin. Elle cria à Olivier d'une voix presque tendre :

« Tu traînes encore, toi, sale gosse ! »

Au *Bois et Charbons* dont le comptoir était étroit, seuls quelques buveurs se pressaient, se disputant une place près du zinc. Au café *Le Transatlantique*, au coin de la rue Bachelet, il y avait foule et certains buveurs se tenaient devant la porte, dans un rayon de soleil, verre en main. C'était une débauche de Mandarin-curaçao, de Suze-citron, de Guignolet-kirsch, de Dubonnet, de Saint-Raphaël et de mêlé-cass. Le Pernod laiteux venu de Pontarlier se colorait de grenadine pour devenir « une tomate » ou de menthe verte pour s'appeler « perroquet ». Ernest versait des apéritifs « secs » dans des petits verres à pied de faible contenance ou « à l'eau » dans des verres coniques à base torsadée de taille plus grande. Pour être servi dans ces grands verres et éviter le jet de siphon complémentaire, on commandait des apéritifs « à l'eau sans eau ».

La voix nasale et claironnante de Gastounet, l'ancien

« juteux », couvrait toutes les autres. Caressant du pouce une dizaine de rubans colorant son revers, il jetait ses affirmations comme des « Portez armes ! ». Le dimanche, il se mettait au vin blanc, mais, pour assurer le repos de sa conscience, il faisait ajouter quelques gouttes d'eau de Vichy en relevant bien vite de l'index le goulot de la bouteille. A la troisième tournée, il racontait la bataille de la Marne ; à la sixième, lyrique, il avait des mouvements de tambour-major ; plus tard, il devenait agressif et parlait des tire-au-flanc et des embusqués en jetant autour de lui des regards accusateurs. Ayant été blessé à la jambe, il exagérait alors sa claudication et répétait qu'il se rendrait la semaine suivante à l'intendance pour toucher un embout en caoutchouc destiné à la canne d'ancien combattant dont d'ailleurs il ne se servait guère.

Après avoir caressé ses cheveux d'arrière en avant (car il les ramenait sur son front pour tenter de cacher sa calvitie), il laissa flotter sa main dans l'air pour la poser sur la tête d'Olivier qui se trouvait près de lui. Il appuya comme s'il voulait planter l'enfant dans le sol tel un pieu et dit d'un ton incertain :

« Alors, la France ? »

Il sortit du café en tenant toujours la tête de l'enfant devenu bâton de vieillesse et le poussa devant lui jusqu'à la rue Lambert devant le bistrot *Au bon Picolo*. Là, il s'effondra sur une chaise en osier devant l'unique guéridon de la maigre terrasse et commanda à l'Auvergnat du blanc-citron pour lui et du blanc-limonade pour son jeune compagnon.

Olivier se tenait tout droit sur sa chaise en fixant son verre sans oser y poser les lèvres. Gastounet se pencha sur le sien et aspira la première gorgée avant de s'essuyer les moustaches d'un geste gaulois. Après avoir examiné Olivier de l'œil critique qu'il réservait jadis aux jeunes recrues, bonasse et protecteur, il entra dans le vif du sujet :

« Le mieux, garçon, pour ton avenir, c'est que l'oncle du Nord te recueille. D'ailleurs, les chtimis... Et puis il y a de l'argent là-dedans. Du solide. Le Jean et l'Elodie, ça ne fait pas le poids. Des gamins ! Ou alors. Ou alors : les Enfants de Troupe ! J'ai connu ton paternel. Pas à dire :

c'était un brave, la croix de guerre avec palme... S'ils se débrouillent, tu seras Pupille de la Nation. Et alors... (Ses bras s'arrondirent sur un pactole.) Dans ton malheur, tu as de la chance. C'est pas comme si... »

Olivier écoutait tout ce verbiage la tête penchée sur le côté, avec un air poli. Parfois un mot, une expression le frappaient, mais, entre deux discours, il s'écoulait d'assez longues périodes de temps pendant lesquelles son esprit vagabondait. Quand il revenait à la surface de lui-même, il était tout étonné d'entendre encore Gastounet qui prenait cette rêverie pour de l'attention. L'enfant savait que les grands aiment parler en bombant le torse, conseiller, répéter plusieurs fois les mêmes choses, vous caresser les joues et se taper sur la poitrine. A un moment, il n'osa plus regarder Gastounet en face, mais l'homme, tout éméché, eût-il lu dans les yeux verts ce mélange de mélancolie et d'ennui qu'il ne pouvait cacher ?

« Bon, bon, finit par dire Gastounet en vidant son verre, il est temps d'aller à la soupe », et il ajouta : « En route, mauvaise troupe ! »

Olivier, en se levant, prit machinalement la boîte d'allumettes suédoises que Gastounet avait laissée sur le guéridon. En le quittant, l'homme lui tapa sur l'épaule un peu plus fort qu'il n'aurait fallu et lui dit encore quelque chose sur la gloire des Enfants de Troupe.

★

Habitée de traditions provinciales, la belle Elodie avait décidé de porter durant trois mois le deuil de la cousine de son mari. Le noir lui allait très bien, mettant la pureté de son teint en valeur et faisant contraste avec la joie de vivre qui l'habitait. Et puis, non seulement les teinturiers étaient tentants avec leur *deuil en vingt-quatre heures*, mais aussi la teinture donnait un semblant de neuf aux tissus usagés.

Le repas terminé, elle entreprit d'écrire une lettre à sa mère sur une feuille de mauvais papier à réglure extraite d'une pochette (cinq feuilles, cinq enveloppes) portant la marque *Germinal*. Si les parents de Saint-Chély-d'Apcher se faisaient une idée scandaleuse de la vie parisienne, ils seraient rassurés. Au fond, la rue Labat ressemblait à celle de son village. Paris ne lui avait pas même ajouté une touche de rouge à lèvres (Jean la voulait « naturelle ») et ses yeux gardaient leur brillant, ses joues peau de pêche leur velouté. Elle menait une existence de ménagère modèle, moins troublée que son mari par les soucis d'argent et y trouvant même une raison d'exercer avec utilité ses qualités d'économie domestique. Les meubles et le parquet luisaient de propreté et, chaque jour, elle glissait quelques pièces de cinquante centimes dans le goulot d'une bouteille : ne disait-on pas que lorsque la bouteille était pleine, on se trouvait à la tête d'une fortune ?

Tandis que la jeune femme, une mèche brune couvrant son œil droit, traçait pleins et déliés avec une application décelable dans sa manière de pointer une langue rose entre ses jolies lèvres, Jean lisait *La Veine* en souhaitant que son jeu du matin, avec savants reports de course à course, apportât la somme qui lui manquait pour équilibrer le budget. Les courses : tout ce qu'il avait gardé de ses anciennes habitudes de joueur assagi par le mariage.

Dans ce moment d'accalmie, Olivier marchait d'une pièce à l'autre en prenant soin d'éviter une lame du parquet particulièrement bruissante. Elodie semblait avoir oublié l'incident de la messe, mais comme elle avait glissé le mot « lunatique » dans une phrase à son propos, il en cherchait le sens. On lui reprochait souvent d'être « dans la lune », mais ce « lunatique » paraissait plus désagréable, se compliquant d'acceptions floues : lune, lunettes, optique, lunatique... il cherchait. Et impossible de demander, sous peine de passer pour un impertinent :

« Qu'est-ce que ça veut dire, lunatique ? »

Tandis qu'une purée de pommes de terre bien écrasées au pilon de bois refroidissait dans son assiette, il était resté longuement absent, fixant la salière-poivrière aux récipients d'os réunis par une frêle corne de chamois avec inscription : *Souvenir de Lourdes*. Lorsqu'il avait vu les assiettes de ses cousins déjà vides, il émergeait à peine d'une réflexion triste dans laquelle les propos de Gastounet faisaient leur chemin. Sans appétit, il avait tracé avec les dents de la fourchette, des traits horizontaux, puis verticaux, sur la purée aplatie à la forme de l'assiette, il avait ensuite tenté de la sculpter en forme de bonhomme, comme ce dernier ne lui plaisait pas, il s'était appliqué à manger très vite un bras, une jambe, la tête... pour ne plus le voir.

Au rôti de porc, la conversation s'était animée, Elodie et Jean parlant de Saint-Chély qui apparaissait comme le paradis des vacances, et la Truyère, avec un certain endroit où on se baignait près d'une cascade, le viaduc de Garabit, un chef-d'œuvre d'Eiffel, l'architecte de la Tour, avaient éveillé des images nouvelles.

Quand le silence s'établit, Olivier dit, comme ça, pour apporter sa quote-part à la conversation :

« Avec Gastounet, on s'est jeté un coup de blanc derrière la cravate !

— C'est du propre ! » s'exclama Elodie.

Olivier ne comprit pas le reproche. Encore une chose qu'il n'aurait pas dû dire !

Las de faire des pas dans un aussi modeste espace, il finit par s'enfoncer dans l'unique fauteuil de cuir rouge à clous dorés. Jean, au moyen d'un crayon qu'il mouillait de salive, alignait des noms de chevaux, de propriétaires d'écurie, d'entraîneurs, de jockeys et des chiffres indiquant les poids, les handicaps, les places des chevaux dans leurs précédentes courses. Par association d'idées, Olivier lui demanda :

« Dis, Jean, tu ne vas plus jamais chez Pierroz ? »

Pierroz, c'était un bistrot au coin de la rue Ramey et de l'impasse Pers, quartier général de Jean avant son mariage. Il y retrouvait chaque soir une bande de jeunes de goûts voisins : apprentis, chenapans, oisifs patentés, bons garçons du quartier, durs de durs, spécialistes de la débrouille. Après un regard à la dérobée vers Elodie, il répondit à l'enfant :

« Bien sûr que non. Tout ça c'est bon quand on est jeune ! »

Le café Pierroz gardait son genre, ses habitudes, ses fréquentations bien à part. Les connaisseurs le savent : il n'existe pas deux bistrots identiques à Paris. Des bruits, des odeurs, des manières d'être, des riens impalpables, des personnalités de tenanciers différentes les séparent. *Chez Pierroz*, de grosses marchandes de quatre-saisons du genre Fréhel, avec jupe plissée noire et corsage bien plein et d'un beau brillant satiné, des pochards au nez en enseigne lumineuse, des Arabes couverts de tapis et portant le fez, des peintres barytons ou ténors en blouse blanche, des bouchers rougeauds au tablier taché de sang, des mécanos en salopette, des employés du Gaz en uniforme y menaient un tapage infernal métallisé par les bruits des appareils à sous. Des odeurs de café-crème, de vin rouge, de rhum et de bière, une buée continuelle autour des percolateurs sifflants, des bruits de verres et de tasses, des coups de gueule, des argots et des patois, des javas et des goualantes réalistes à la Damia et à la Berthe Sylva, avec contraltos râpeux et trémolos appuyés, tout contribuait à affirmer la chaleur humaine, la liberté individuelle, le droit d'énoncer ses opinions face à la foule. Le patron, d'origine savoyarde, y organisait de gigantesques parties de billard, de belote, de coinchée et de « tout atout sans atout » s'étalant sur plusieurs soirées, avec lots de volailles grasses bien plumées qu'il exposait à la meilleure place en leur laissant pour le décor quelques longues plumes au croupion. Par un humour bien local, on les baptisait Mistinguett, Cécile Sorel ou Joséphine Baker. Sur les vitres, Pierroz avait tracé au blanc d'Espagne : *Ici Poule au gibier*. Ces concours, de tradition à Montmartre, se célébraient particulièrement chez lui et c'était un honneur que d'avoir son nom au palmarès de la grande ardoise.

Mais l'enfant, posant sa question sur Pierroz, pensait aussi à une autre réjouissance qui s'y rattachait. Certains dimanches matin, du vivant de Virginie, Jean venait siffler le petit cousin Olivier qui se précipitait hors de la mercerie, une serviette-éponge et un morceau de savon à la main. Il l'emmenait à la piscine municipale de la rue des Amiraux. Il fallait partir très tôt car on y trouvait un monde fou et, après huit heures, on devait attendre très longtemps qu'une cabine fût libre. La caissière louait des caleçons de bain en toile rude, à la marque de l'établissement, qu'on nouait à la hanche par un cordon. Ils montaient dans les galeries entourant et surplombant le bain, suivaient un garçon en maillot de corps et en pantalon blanc qui marchait très vite et les faisait énoncer des initiales pour les inscrire à la craie sur une ardoise à l'intérieur de la porte, de manière à les identifier au retour.

Jean disait à Olivier : « Surtout, retiens bien le numéro de la cabine ! » L'enfant se sentait investi d'une grande responsabilité et, pendant tout le bain, se répétait des chiffres. Il y avait donc, à propos de cette réjouissance dominicale, la journée du 83, celle du 117, celle du 22...

Après la course « au premier déshabillé » et la douche tiède et savonneuse suivie d'un jet froid à crier, ils se dirigeaient, fragiles, vers l'eau bleue à odeur de chlore, et descendaient d'un pas précautionneux les marches conduisant dans l'eau mouvante. La piscine, pour Olivier, ne représentait pas seulement le plaisir de barboter dans le petit bain jusqu'aux limites dangereuses où l'on perd pied, de recevoir une leçon de Jean, une main sous le menton et l'autre sous le ventre, de mettre la tête sous l'eau en se pinçant les narines et de s'ébrouer ensuite avec des ronflements de phoque, mais encore mille choses indéfinissables tant elles se mêlaient, l'impression que les soucis disparaissaient, que les corps étaient heureux, toute une féerie aquatique, bruissante de liquide fouetté, des « flocs » des plongeurs se répercutant comme une rumeur contre les carrelages et le toit vitré, des chansons venues des cabines de douche, des conseils de maîtres nageurs guidant leurs élèves comme des bateaux au bout d'une longue perche, des coups de sifflet destinés aux imprudents et aux chahuteurs, des cris de filles recevant des paquets d'eau à la figure... Les noms des nages : le crawl, l'over-arm stroke, la brasse, l'indienne, la planche, la brasse papillon, le tire-bouchon japonais, évoquaient des programmes : Olivier voulait apprendre à les nager toutes et même à en inventer de nouvelles.

« Hé ! j'ai bu la tasse... »

Parfois, Jean engageait la conversation avec une belle fille en maillot et ils restaient assis au bord du bain, les jambes pendantes. Olivier clignait de l'œil vers son compagnon et faisait *hum ! hum !* avec des airs entendus : Jean avait fait « une touche ». Ou bien l'enfant rencontrait dans l'eau un camarade de classe et ils jouaient ensemble à qui arrivera le premier à l'escalier ou à qui ne se dégonflera pas de plonger d'une des marches.

Mais les joies de l'eau mangeaient rapidement le temps et il fallait bientôt repasser à la douche (cette fois sans savonner), attendre le garçon de cabine, énoncer les fameuses initiales, faire la course pour se rhabiller, se passer le peigne mouillé, attendre son tour devant le miroir embué, et sortir, le corps léger, aérien, dans la rue. Ils s'arrêtaient alors chez Pierroz et commandaient de grands bols de café au lait avec une quantité incroyable de croissants dorés. Souvent des copains rejoignaient Jean, et l'enfant, la tête encore humide, se sentait fier de participer à leurs plaisanteries.

Tout cela paraissait déjà lointain. Depuis son mariage, Jean avait déserté Pierroz et la piscine. Il posa son crayon et dit sur un ton fataliste : « On verra bien... » Les chevaux de Rothschild étaient dangereux. Il regarda Elodie qui cachetait soigneusement sa lettre, sortit son porte-monnaie et compta des pièces qu'il tendit à Olivier :

« Tiens c'est pour ton dimanche. Tu peux aller au cinoche. Et ne fais pas le Jacques ! »

L'enfant serra les pièces dans sa main et pensa que Bougras saurait en faire de belles bagues, mais qui seraient trop grandes pour ses doigts, et il embrassa Jean, puis Elodie sur les joues, de façon sonore, et trois fois comme en Auvergne. Ils eurent alors un sourire attendri, Jean dit : « Sois sage ! » et Elodie ajouta cinquante centimes pour la pochette-surprise de l'entracte.

★

Olivier alla se passer un coup de peigne, enfila sa veste et sortit, tout content, pour se rendre au *Marcadet-Palace* sans se soucier d'ailleurs de savoir quel film on y jouait. Il pénétra bientôt dans le hall couvert d'affiches et de photographies d'acteurs par couples : Maurice Chevalier et Jeannette Macdonald, Jean Murat et Annabella, Sacha Guitry et Yvonne Printemps et, au hasard des films, Jules Berry, Larquey, Aimos, Raimu, Fernandel, Harry Baur, Adolphe Menjou, Roland Toutain, André Roanne, Saturnin Fabre, Huguette ex-Duflos, Marcel

Vallée, Pierre Brasseur, Clark Gable... Il se haussa sur la pointe des pieds pour atteindre la caisse vitrée, demanda son billet et prépara un pourboire pour l'ouvreuse qu'il suivit dans la salle aux banquettes de bois tandis que, dehors, la sonnerie grêle appelant les clients se faisait entendre.

Un vaste panneau publicitaire cachait la scène. Olivier lisait et relisait les réclames commerciales réparties dans des cadres de toutes dimensions jusqu'à connaître leur physionomie particulière, avec raisons sociales et slogans entourés d'une sarabande de Mickey et de son concurrent Félix-le-Chat mal dessinés. Sur place un bon quart d'heure avant le début de la séance, il se tenait devant, aux fauteuils d'orchestre bon marché (les cinq premières rangées) et devait lever exagérément la tête pour voir des images déformées.

L'attente, d'un disque à l'autre, paraissait déjà longue et il s'écoulait encore de nombreuses minutes en opérations compliquées qui faisaient partie du spectacle : lever du panneau publicitaire en calicot, suivi de celui d'un rideau de fer taché de rouille, grincement des anneaux du premier rideau rouge et or sur sa tringle (ici, une ouvreuse venait attacher de grosses embrasses à gland) comme au théâtre que le cinéma voulait imiter. Enfin, un autre rideau était remonté, verticalement cette fois, dans un ronronnement de manivelle pour montrer — enfin ! — l'écran nu entouré de noir comme une lettre de deuil. En somme, un véritable effeuillage avant qu'une à une, dans des déclics de commutateurs, une ouvreuse éteignît les lampes et qu'apparût un film documentaire « parlant et sonore » qui donnait toujours l'impression d'avoir déjà été vu, les paysages présentés étant assaisonnés de banalités débitées sur le ton noble du speaker radiophonique avec tout ce qu'il faut de *neigeuses étendues, d'impétueux torrents, de chênes séculaires, d'étendues tasses et de gouffres profonds*. Puis venaient les Actualités annoncées par un coq, avec leur catastrophe hebdomadaire, leur inauguration habituelle, leur président en haut-de-forme, leur course cycliste, leur défilé guerrier et leur présentation de haute mode qui faisait s'esclaffer un public dominical de petits vieux, de concierges et d'enfants tapageurs. Suivait une saynète comique, un dessin animé ou un film de moyen métrage avant qu'un interminable entracte (pochettes-surprises, pastilles de menthe, caramels et oranges) ne vous rejetât après les multiples cérémonies de rideaux et panneaux, vers le grand film attendu.

Devant Olivier, des garnements de tous âges tiraient sur de repoussants mégots (chaque dossier de banquette était muni d'un cendrier sale entouré de marques de brûlures) ou visaient l'écran en faisant « Tah ! tah ! tah ! » avec des pistolets à flèches de bois terminées par une ventouse en caoutchouc rouge qu'on aimait se coller au milieu du front. Ils faisaient claquer les banquettes et se retournaient pour jeter un coup d'œil vers les ouvreuses en tablier blanc toujours prêtes à les réprimander ou à les menacer de renvoi. Olivier, non par sagesse, mais par intérêt et émotion devant le spectacle, ne participait pas à ces débauches de turbulence. Il restait digne et droit comme un mélomane, tout empli d'images et de sons, figé dans un émerveillement mélancolique, ayant conscience de vivre un moment important de sa vie.

Ce dimanche-là, le film s'intitulait *Don Quichotte*. Plus tard, il apprendrait qu'il était l'œuvre d'un grand cinéaste allemand : Pabst. Là, il ne prit pas garde aux noms du générique. Il ne savait pas grand-chose du héros du film, ce Don Quichotte de la Manche (il croyait qu'il s'agissait de la mer), sinon qu'il était grand et maigre et toujours accompagné d'un nommé Sancho Pança, au contraire petit et gros. De là à les apparenter à Double-patte et Patachon et à Laurel et Hardy, il n'y avait pas loin.

Dès les premières images, Olivier fut subjugué. Chaliapine, la basse russe, et Dorville, le comédien français, devenaient ces personnages de légende. Les aventures du Chevalier à la Triste Figure, coiffé de son plat à barbe, mirent l'enfant dans un état d'exaltation inconnu de lui jusque-là. Il ne comprit pas grand-chose au déroulement de cette histoire, mais les chants, la musique le firent frissonner. Chaque image aiguisait sa sensibilité, le bouleversait. Par-delà l'intelligence du sujet, il ressentait la solitude et quand les livres de l'hidalgo furent jetés au feu, l'émotion grandit en lui jusqu'aux limites de l'insoutenable. Don Quichotte chantait sa douleur et l'enfant, habité de ses propres tristesses, la vivait avec lui. Au moment où le brasier s'écroulait, il revit les grosses cordes entourant le cercueil de sa mère, et, quand la lumière se fit, il resta longtemps face à l'écran vide comme si Don Quichotte n'avait pu le quitter.

★

Il quitta le *Marcadet-Palace* bouleversé. Dans les rues, il marchait les yeux mi-clos pour ne pas voir les passants, mais garder en lui cet incendie de livres jetant ses flammes dans le regard du héros trahi par tous. Il se dirigea tout enfiévré, tout ébloui par ce qu'il venait de voir, vers les escaliers Becquerel, vers sa cachette qui, seule, pouvait lui procurer assez de recul, de solitude et d'obscurité. Il gardait tout le feu de l'autodafé dans la tête. Des pages de livres tournaient sous la flamme qui les dévorait une à une et le papier, tordu sur lui-même, semblait jeter des cris avant de mourir en cendre.

Olivier tira la targette du cagibi et se cacha tout au fond du réduit. Encore une fois, il put faire le hérisson entre les balais et les poubelles. Il versa des larmes sans savoir pourquoi il pleurait, mais cela lui fit du bien. Il finit même par ne pas trouver désagréable cette senteur d'humus, de poussière et d'encaustique à laquelle une odeur de bête se mêlait.

Olivier avait creusé son terrier, il était à l'abri de tout, dans un autre monde, au-delà de lui-même, il pouvait essayer de rassembler des idées, des images, il trouvait la possibilité de se réunir. Il ne perçut pas immédiatement un gémissement tout proche, croyant peut-être qu'il venait de sa propre poitrine. Ce ne fut que lorsque la plainte reprit en s'amplifiant qu'il distingua dans l'ombre les deux petites lueurs des yeux d'un animal. Il glissa la main dans la poche de son pantalon. Elle était trouée et la boîte d'allumettes suédoises de Gastounet avait glissé contre sa jambe, dans la poche de tissu où elle s'était arrêtée. Il enfonça le bras, élargissant le trou, puis ramena la boîte et fit craquer une allumette.

Près de lui, la grosse chatte de gouttière au pelage gris tigré se hérissa un instant, puis, rassurée, étendit ses pattes de devant, se coucha sur le côté et montra des mamelles gonflées vers lesquelles elle tentait de ramener une petite chose inerte, laide, sorte de limace. Ses yeux semblant prendre l'enfant à témoin, elle léchait son chaton mort, sans doute repris après la noyade et qu'elle tentait de ranimer.

Olivier fit craquer successivement plusieurs allumettes. La flamme jaillissait comme une fleur, parcourait le bois et lui brûlait les doigts. Il fermait les yeux, il revoyait encore les images du film, tandis que, près de lui, la chatte continuait d'émettre sa plainte.

Dans l'arrière-boutique de la mercerie, l'hiver, bien que le fourneau fût chauffé au rouge, Virginie préparait pour le plaisir un feu de charbon de bois dans la cheminée. Au début, la fumée piquait les yeux, mais quand les bâtonnets charbonneux devenaient braise, quand, avec un son inoubliable, on faisait glisser le contenu du sac en papier Bernot par légères quantités, assis près de la chaleur sur des coussins, la mère et l'enfant passaient des moments agréables : le feu leur brûlait le visage, les plongeait dans une somnolence très douce, et ils restaient là, immobiles et silencieux, contemplant les flammes rouges et bleues en ne faisant qu'échanger du regard leurs impressions heureuses.

Olivier réunissait des paquets de fils embroussaillés trouvés au magasin et les jetait dans le feu, prenant plaisir à voir leur masse s'embraser et leur centre former une dentelle noire qui finissait par s'écrouler.

Enfoncé dans son cagibi, en faisant craquer une à une ses allumettes, il revivait ces moments-là. Il secoua la boîte dont le contenu s'épuisait et pensa qu'il ne pourrait pas la rendre à Gastounet. Il aurait voulu rester toujours ainsi, dans la contemplation des allumettes qui brûlaient. Aussi, quand la dernière fut sur le point de s'éteindre, pour prolonger la vie du feu, il enflamma un papier d'emballage qui se trouvait devant lui. La chatte s'était blottie sur des friselis de bois dont on se sert pour les paquets fragiles. Il en tira une pincée et la jeta dans le feu : c'étaient encore les fils de la mercerie qui brûlaient, c'était le feu de Don Quichotte, c'était aussi un ami qui dansait tout rouge devant lui...

Enfermant le feu dans sa rêverie, il ne vit pas que l'autre feu, le réel, le concret, s'échappait, mordait, s'étendait, faisait bondir la chatte avec des *crrrr, brrrria, grrrr*, et se ruer, son chaton mort à la gueule, vers la porte heureusement entrouverte. Ce feu, Olivier aurait pu facilement l'éteindre, mais il continuait à le regarder, fasciné. Bientôt les flammes gagnèrent des chiffons humectés de produits d'entretien qui se consumèrent en laissant échapper une épaisse fumée noire.

Toussant et pleurant, l'enfant sortit de sa torpeur et tenta d'étouffer les flammes, mais le souvenir de ses leçons de choses ne lui servit guère. Quand, après des essais infructueux, il se précipita, les yeux rouges et à demi asphyxié, hors du réduit, la concierge et des locataires ameutés débouchaient dans la cour. Il tenta de s'enfuir, mais un homme tout sec, au visage noueux, le retint par le bras.

« Hé là, hé ! Ne te sauve pas, toi, tu auras des comptes à rendre... »

Olivier répéta affolé : « J'ai rien fait, m'sieur, j'ai rien fait ! » tout en désignant absurdement la boîte d'allumettes suédoises qu'il tenait à la main. Des mots qu'il ne comprenait pas : pyromane, maniaque, incendiaire, furent prononcés avec un docte mépris par les habitants de cet immeuble « bien » qui n'abritait que des petits-bourgeois rangés et contents d'eux-mêmes.

Accablé, Olivier baissa la tête sous ce nouveau coup du sort. Il prit le parti de l'immobilité. Comment d'ailleurs aurait-il pu échapper à cet étau qui lui broyait le bras ? Une des jambes de son pantalon de golf tombait sur sa sandale et il était couvert de poussière. Ses joues étaient maculées comme celles d'un ramoneur et ses cheveux blonds eux-mêmes portaient des traces noires.

Tandis qu'on achevait d'éteindre ce feu avec des seaux d'eau tirés à la fontaine murale de la cour, le *pin-pon pin-pon* des pompiers alertés par téléphone sur l'initiative de quelqu'un des étages, se fit entendre en bas des escaliers et, bientôt, bottés et casqués, tout de cuir et de cuivre, une demi-douzaine de pompiers tirant un énorme tuyau apparurent. Ils aspergèrent d'abondance et une eau noire vint couler jusqu'aux pieds des spectateurs. Ensuite, un gradé sortit un carnet de sa poche et entra en conversation avec la concierge. Des doigts accusateurs se tendirent vers Olivier qui, pris de panique, se secoua comme une bête piégée, échappa à la main qui le tenait, voulut fuir, mais buta contre chacun et fut ramené au centre de la cour où il se mit à trépigner en proie à un début de crise de nerfs. Un pompier lui fouetta alors le visage avec un linge humide. Une voix féminine cria d'une fenêtre :

« Laissez-le, il est tout petit ! »

On répondit que les parents étaient responsables, que les gosses des rues devenaient un véritable danger... et tout cela qui fut bref (mais tellement long dans les temps de la détresse) se serait prolongé si une voix connue n'avait fait entendre ses intonations rugueuses :

« Et alors, bonnes gens, c'est l'Apocalypse ? »

Bougras passa entre deux pompiers, se plaça au premier rang, en face d'Olivier auquel il adressa un signe d'amitié. Il répéta entre ses dents : « L'Apocalypse, l'Apocalypse... » Il posa sa main sur l'épaule d'Olivier et continua :

« L'Apocalypse, vous n'en méritez pas tant ! »

Avec sa face poilue, ses larges épaules et ses grosses pattes d'ours, il en imposait. Pourtant, l'homme qui avait maintenu l'enfant commença une phrase sur un ton pointu :

« Mais enfin, monsieur, ce jeune voyou vient mettre le feu chez les honnêtes gens et en plus...

— "Honnêtes gens !" rugit Bougras, vous m'en mettrez une caisse et trois bidons de vos "honnêtes gens". Qu'en savez-vous ? »

Et s'adressant aux jeunes pompiers qui se poussaient du coude, il désigna tous les participants :

« Regardez-les : ils ont tous des têtes de faux jetons, d'hypocrites, de repris de justice, de couards, de marchands de soupe...

— Mais enfin, monsieur...

— Vous n'avez jamais fait une connerie, vous ? »

Les locataires secouèrent la tête en prenant des airs dignes. Ils ne voulaient plus se donner en spectacle avec un tel individu. Ils pensaient : « Encore un communiste ! » Mais Bougras, dont les yeux pétillaient de gaieté, jucha Olivier sur ses épaules et reprit avec une voix tantôt douce, tantôt rude :

« Alors, on s'ennuie ? Parce que c'est dimanche. Et il

vous arrive une distraction : le feu dans les poubelles. Alors, on se fait justiciers. Retirez-vous, bourreaux ! »

Il se tourna vers le chef des pompiers et lui dit courtoisement :

« Notez mon adresse, glorieux capitaine, s'il y a des frais, vous m'enverrez la note... »

Il ajouta *mezza voce* : « Et je ne la paierai pas ! » mais seul Olivier entendit. Après avoir dicté son adresse, Bougras sur un « Salut la compagnie ! » sortit de l'immeuble. Sur ses épaules, Olivier se demandait ce qui lui arrivait, mais Bougras descendait allégrement les marches des escaliers Becquerel en sifflotant comme si de rien n'était.

Au coin de la rue Bachelet, il le posa à terre en lui donnant une petite tape sur les fesses :

« Eh bien, remets-toi. Tout ça n'est pas si grave... »

Il ajouta pour lui-même :

« D'ailleurs, rien n'est grave ! »

Olivier oublia de remercier. Il s'éloigna en courant, mais avant d'atteindre la rue Labat, il se retourna deux fois. Le père Bougras, la pipe à la gueule, se tapait sur les cuisses en riant de tout son soûl.

V

L'immeuble du 77, rue Labat était le mieux habité de la rue. Dans un studio, au cinquième étage, logeait la dame aux Ric et Rac. Quand un taxi ne l'attendait pas au coin de la rue Bachelet, et qu'elle devait se rendre à la station de la rue Custine, toute la rue se retournait sur son passage. Indifférente jusqu'à l'impertinence, parce qu'elle était belle, parce qu'elle était élégante, elle avait reçu le sobriquet de « La Princesse ».

Dans son secret, Olivier l'admirait : pour lui, cette dame, dont le prénom, Madeleine, s'était raccourci en Mado, correspondait vraiment à une idée princière. Avec ses robes à la mode, collées aux hanches et aux cuisses, ne s'évasant que sous le genou par des godets de tissu, elle allait à pas menus sur ses hauts talons, un pied se plaçant rapidement devant l'autre comme si elle suivait une ligne droite tracée sur le sol, sans que cette démarche entravée lui fît rien perdre des mouvements de Ric le chien blanc et de Rac la chienne noire tirant sur leur double laisse de cuir.

Femme-liane, sa tête s'épanouissait au-dessus du corps comme une fleur colorée : cheveux blond platine à bouclettes et à crans, sourcils tracés d'une fine ligne de crayon, yeux cernés d'un halo sombre, mais égayés de cils retroussés sur un regard bleu, teint lisse et pâle, nez comme une esquisse, bouche rouge sang qui paraissait vernie, elle s'éclairait encore d'un scintillement tapageur de bijoux Burma qui, pour l'enfant, représentaient le luxe.

Le principal reproche que les gens de la rue pouvaient lui faire était de ne rien savoir d'elle. Aussi se livraient-ils à des suppositions malveillantes. « Elle fait la vie ! » disait Albertine avec un air d'en savoir long. « Une poule de luxe, quoi ! » ajoutait un Gastounet égrillard. « Elle doit être entretenue, mais on ne lui connaît personne ! » s'étonnait Mme Papa. Ces calomnies, et plus encore le ton sur lequel elles étaient prononcées, agaçaient Olivier, mais il ne savait que répondre. Il distinguait chez Mado quelque chose qui existait chez sa mère, une sorte de grâce lointaine, d'élégance douce, fleurissant dans chacun de ses gestes. Quand il la croisait dans l'escalier, il levait timidement les yeux sur elle et, quand elle était passée, il respirait longuement son parfum. Quel homme ne rêvait dans la rue de ses jambes de soie, de sa longue taille souple, de ses bras frais, de sa bouche, mais aussi d'un air de liberté en soi provoquant et qui faisait penser à des voyages impossibles ? Et chacun savait très bien au fond qu'elle n'était pas ce qu'on disait, mais il fallait bien se venger de la savoir inaccessible.

Un matin que l'enfant était assis sur la marche de la porte d'entrée de l'immeuble, lisant *Cri-Cri*, elle se pencha et lui ébouriffa les cheveux. Comme il levait vers elle des yeux mélancoliques, elle lui sourit et dit en regardant vers le magasin de mercerie : « Ah ! c'est le petit qui... » Elle se rappela qu'elle l'avait vu une nuit place du Tertre blotti derrière des chaises et qu'il s'était enfui.

Pour tenter de l'apprivoiser, elle lui caressa gentiment la joue, un peu comme elle l'aurait fait à un gracieux animal.

La caresse était si douce qu'Olivier en rougit de plaisir. Lorsqu'elle se fut éloignée, il passa sa main sur sa peau comme si ce contact avait dû y laisser sa douceur.

Pourquoi Anatole qui frottait sur le trottoir un noyau de prune pour l'user et le transformer en sifflet, vit-il cette courte scène ? Il appela aussitôt Capdeverre, Ramélie et Toudjourian pour leur apprendre la nouvelle :

« Eh ! les gars, le môme L'Olive est amoureux de la Princesse... Ah ! Ah !... »

Ils accoururent, tapèrent sur l'illustré d'Olivier et s'esclaffèrent. Capdeverre dit un mot grossier à propos de Mado et Toudjourian ouvrit sa grande bouche en quartier de melon pour assurer que s'il voulait, lui, la Princesse, il pourrait, etc., et Ramélie ajouta que quand il serait grand, des « comme ça », il s'en paierait tant qu'il voudrait. Olivier replia *Cri-Cri*, déplia *L'Epatant*, haussa les épaules, et dit tranquillement :

« Vous pouvez vous marrer. De toute façon, je vous ai tous où je pense... »

Et Bougras jeta de sa fenêtre : « Très bien ! »

Deux semaines après l'incident du feu, les inquiétudes d'Olivier ne s'étaient pas effacées. Demain, à son insu, ne ferait-il pas encore quelque chose de mal ? Si ses cousins ne semblaient pas au courant de sa mésaventure, sans doute n'en était-il pas de même pour bien des gens : les langues vont vite. Aussi voyait-il dans toute allusion à du feu ou des allumettes une menace directe.

Un des jeux de la rue consistait justement à poser une allumette verticalement sur le frottoir, à appuyer avec l'index et, d'une pichenette, à la faire s'envoler tout allumée : c'était très joli, cette flamme qui traversait l'air comme une fusée de feu d'artifice ! Il existait ainsi toutes sortes de tours à exécuter avec des allumettes, qu'on les pique dans une pomme de terre pour figurer un animal, qu'on joue à des jeux subtils appelés « le chiffre neuf », « le guidon de la bécane », « les allumettes collées » ou « le pont d'allumettes ».

Impénitent, Olivier s'était procuré une nouvelle boîte

d'allumettes suédoises qu'il allumait une à une en les tournant pour mieux animer la flamme, en les tenant en l'air pour imiter une bougie. Mais il n'était pas pour autant promis à des hantises funestes, il faisait très attention et se rendait pour cela dans des endroits isolés comme l'un ou l'autre des terrains vagues de la Butte. Quant aux escaliers Becquerel, il les éviterait un certain temps, de peur de fâcheuses rencontres.

A part cela, dans la rue, on continuait encore de se mêler de statuer sur son sort. Gastounet passait ses doigts nicotinisés sur sa courte moustache poivre et sel et faisait voyager Olivier de l'Assistance publique aux Enfants de Troupe avec, au passage, des allusions perfides à l'Orphelinat ou même à la Maison de Correction. Cela devenait romanesque et presque optimiste quand Albertine Haque parlait de l'oncle (qui a du bien au soleil et ne doit pas être un mauvais homme) comme du havre souhaité. Et Mme Papa prenait des airs bucoliques quand les grands-parents de Saugues en Haute-Loire chaussaient l'enfant de galoches noires.

Le père Bougras, citadin bougon, penchait pour cette dernière solution. Un soir, alors que l'enfant lui apportait pour ses lapins et ses cochons d'Inde des croûtons de pain trouvés dans la poubelle d'un restaurateur, il l'entretint longuement des joies campagnardes. Olivier avait commencé par lui confier le peu qu'il savait de sa famille paternelle et, ensuite, le trimardeur assagi avait reconstitué le tableau agreste à sa manière.

Olivier ne connaissait pas son grand-père, un maréchal-ferrant de village qui avait appris à lire tout seul et qui était respecté de tous. De sa grand-mère, il ne gardait que quelques images guidées par le souvenir d'un tablier en vichy à carreaux rouges et blancs qu'elle portait la seule fois qu'il la vit. Il n'avait alors pas plus de quatre ans. Son père, Pierre Châteauneuf, un bel homme au teint mat, coiffé en arrière, fier de moustaches d'un noir bleuté retroussées au petit fer et cosmétiquées, vivait encore. Blessé de guerre et gazé (cette expression restant obscure pour l'enfant), il boitait et c'est avec peine qu'il avait été chercher la vieille femme à la gare du P.L.M. C'était la première fois qu'elle venait à Paris, ce fut aussi la dernière. Elle portait une coiffe paysanne en dentelle du Puy retenue par un ruban violet piqué d'une épingle à tête de jais, deux tresses grises dépassant sur ses oreilles. Son visage de parchemin brun était anguleux et le regard perçant de ses yeux d'un bleu dur n'avait rien de tendre. Cette montagnarde était vêtue d'une blouse-tablier uniformément noire comme en portent toutes les vieilles femmes de village et, habituée aux sabots, elle boitillait dans ses bottines. Dans son langage particulier, mi-français, mi-patois, elle devait décréter une fois pour toutes que Paris était un pays de sauvages et qu'elle n'y remettrait jamais les pieds.

Dès que l'enfant la vit apparaître, au bas de la rue, au bras de son père, il descendit la rue en courant si vite qu'il tomba, se fendit la lèvre inférieure au beau milieu, ce qui devait laisser une légère cicatrice, et se cassa une de ses premières dents. Il fallut le consoler, l'emmener chez le pharmacien, le soigner, et son mal prit le pas sur le plaisir qu'il augurait de la rencontre. Comme la « mémé » était repartie le soir même chez sa fille, la femme de l'oncle du Nord, il n'avait pas eu la possibilité de bien la connaître. Mais depuis, deux ou trois fois l'an et, à coup sûr, le 1er janvier et le 15 août, jour de la Sainte-Marie, il lui écrivait une lettre laborieuse où, selon les conseils qu'on lui donnait, il lui demandait uniformément des nouvelles de sa santé et de celle du pépé, lui parlait du temps qu'il faisait et terminait *en vous embrassant bien fort, votre petit-fils qui vous aime et qui pense à vous, Olivier.*

Mais il y avait aussi l'aspect viril. Toute une famille de maréchaux-ferrants et de forgerons, de solides gaillards à la poitrine large et aux bras musclés qui faisaient chanter l'enclume dès l'aube, parlaient fort et riaient franc. Olivier était encore tout petit qu'il entendait narrer les exploits d'un grand-oncle Ernest, bagarreur jovial des jours de foire, défenseur d'idées rouges dans ce pays de « blancs » (on définissait le Sauguain : un chapelet dans une main, un couteau dans l'autre) et, au besoin, fameux trousseur de jupons. Pour Olivier, prompt à l'émerveillement, il tenait à la fois du chevalier Bayard et du Grand Ferré des livres d'histoire. Quant à la forge, décrite par son père, elle devenait quasi cosmique, le soufflet à poi-

trine de cuir de bœuf mariant le vent et le feu, la chair
défiant le métal rouge, la braise jetant ses joyeuses flam-
blées, des lampées de vin noir éteignant les soifs.

« C'est là qu'il faut que tu ailles ! » rugit Bougras.

Et il ajouta au tableau naïvement brossé par l'enfant,
ses couleurs personnelles, réinventant la grand-mère
et le grand-père à partir de ses propres souvenirs
d'enfance, leur ajoutant une dimension prise chez Zola,
leur attribuant des exploits dans le goût traditionnel des
« forgerons de la paix ».

Pour parler de la campagne, il fut épique et surgit tout
un monde de meules de foin, de brouettes de fumier,
d'oies grasses et de vaches pansues, de cours de fermes
et de marchés sonores, de braconnages et de franches
lippées, de filles aux joues rouges et de gars dansant bien
la bourrée. Dès lors, chaque fois qu'il voyait Olivier, il
ajoutait quelque trait : courses aux champignons, bat-
tues de sangliers, piégées d'oiseaux, pêches d'écrevisses
avec des balances, à la grenouille au chiffon rouge, pru-
nelles acides, odeur pourrie des feuilles mortes, étrillage
de chevaux, pique-niques campagnards...

Olivier l'écoutait avec ravissement, mais sans rien
croire vraiment de ce que l'homme disait, tant tout prenait des allures outrées et légendaires. Bougras faisait
partie de ces gens qui ne se consolent pas d'avoir quitté
leur généalogie terrienne mais qui, pour rien au monde,
n'abandonneraient la simple ruelle à laquelle ils sont
attachés comme des ceps.

Le rappel d'une famille, bien située dans un lieu
donné, arrachait quelques instants l'enfant à sa solitude,
mais il soupirait et, un peu plus tard, marchait le long du
trottoir en se disant : « Si j'arrive au bout de la rue en
moins de cinquante pas, je resterai avec Jean ! »

Il s'était habitué à aller parler avec Bougras, toujours
prêt à le recevoir, inventant pour lui toutes sortes de
mondes auxquels il avait rêvé toute sa vie. A la différence
du belliqueux Gastounet, il restait muet sur « sa
guerre » : il s'était promis de ne jamais en parler. Il vivait
au présent, il fabriquait de nombreuses bagues et se faisait payer en vin rouge qu'il buvait dans un quart de
soldat en y trempant d'énormes morceaux de mie de
pain qui disparaissaient entre ses grosses lèvres, des

gouttes coulant sur les fils de sa barbe de Bacchus. Il en tendait un petit verre à l'enfant et ils trinquaient avec des : « A la tienne et casse pas le bol ! » ou des : « Tiens-toi bien, y'aura de la compagnie ! »

Tout en ponçant les chevalières, en les frottant à la peau de chamois, Olivier écoutait son vieil ami chanter d'une voix caverneuse *La Chanson des peupliers, Fleur de blé noir* ou *Amis, je viens d'avoir cent ans*. Dans la conversation, toujours vive, toutes sortes de sujets étaient abordés et, sur un certain plan, l'enfant en apprenait beaucoup plus qu'en rédigeant ces absurdes problèmes d'arithmétique avec leurs baignoires dont on ouvre à la fois le robinet et la vidange, leurs trains qui se croisent ou les gens qui font des économies en les augmentant d'intérêts à cinq pour cent.

Un jour qu'ils étaient accoudés côte à côte sur la barre d'appui de la fenêtre, Mado, la Princesse, passa dans la rue avec ses chiens, en robe à fleurs décolletée dans le dos, bien poudrée et maquillée, ses cheveux clairs cachés en partie par un large béret mauve. A la surprise de l'enfant, Bougras haussa les épaules avec un air agacé et dit :

« Et en route pour la Madeleine ! »

Si Olivier avait compris, cela lui aurait fait de la peine, mais il crut qu'il s'agissait du prénom de la Princesse et non de la place célèbre près de laquelle on accusait fort injustement la jeune femme de se livrer à des activités réprouvées par la morale.

★

La suite des jours ménagea à l'enfant d'autres rencontres et l'une d'elles devait lui laisser un parfum d'aventure.

Dès le matin, il avait parcouru le quartier, le nez en l'air, passant par la rue Hermel, le boulevard Ornano où le *Fantasio* proposait des spectacles pour enfants, la rue Marcadet et son cinéma, la place Jules-Joffrin et sa mairie, la rue Duhesme, la rue du Roi-d'Alger... pour se retrouver comme toujours à son point de départ.

Il essaya de bavarder avec Albertine, mais c'était jour de lessive et elle le rabroua. Il finit par se rendre rue

Lambert dans la pièce où vivait, travaillait, luttait son copain Lucien, l'homme bégayant, avec ses maillots étirés sur les cuisses et ses charentaises déchirées, entouré de postes de T.S.F. de toutes dimensions et de toutes marques, diffusant en même temps, dans une confusion effarante de sons, les programmes les plus divers.

« Tiens, te te te voilà, ve've'vieux !

— Bonjour, Lucien, bonjour, madame Lucien ! »

La jeune femme de Lucien était tuberculeuse. Lui, il disait « phtisique », mais on traduisait par des expressions comme « elle s'en va de la caisse » ou « elle crache ses poumons ». Elle était toujours alitée et finissait de perdre sa vie dans une pièce poussiéreuse et sans air, encombrée de postes de T.S.F., de coffres à dos ronds et d'instruments de travail. Il y régnait une odeur de médicaments, de caoutchouc brûlé, de lampes radio surchauffées et de métal rouillé. Lucien ne quittait son travail que pour donner une potion à sa femme ou le biberon à un bébé défiguré par des croûtes de lait.

Il aimait bien Olivier. Sur la mort de sa mère, on avait fait toutes sortes de suppositions, mais pour Lucien, aucun doute elle était partie d'un mal de poitrine. Il ne savait pas lequel, mais cela l'avait rapproché de ce jeune garçon blond qui venait le voir de temps en temps et ne parlait pas trop.

Olivier le regardait. Il tournait des boutons, collait des écouteurs de postes à galène déjà démodés aux oreilles de l'enfant, lui parlait de musique ou de chansons, lui expliquait que chez lui c'était gai avec « toute cette musique », disposait des systèmes compliqués d'antennes à l'intérieur de portes de placards pour varier selon les degrés d'ouverture l'intensité des sons, employait toutes sortes de termes techniques comme *super-hétérodyne, bouchon-secteur, bobinage, fading, prise de terre* ou *sélectivité*.

En fin de matinée, ivre de sons, Olivier quitta ses amis, serrant les mains et jetant un regard gêné vers le bébé. Tandis qu'il remontait la rue Labat, des eaux grasses se mirent à couler dans le ruisseau pour se perdre dans la bouche d'égout. Des livreurs portaient sur leurs épaules des blocs de glace destinés au café *Le Transatlantique*. De sa fenêtre, Bougras jetait du pain aux pigeons. Plus loin, un rémouleur pédalait sur place pour actionner sa meule montée sur une machine grêle, jugeait du fil des couteaux sur son pouce, et agitait de temps en temps sa clochette en jetant d'une voix nasale : « *Rémouleur couteaux ciseaux !* » Olivier s'arrêta devant lui pour le regarder travailler, reculant devant les jets d'étincelles et recevant au passage un regard assez fier de l'artisan.

Il s'était perdu dans cette observation rêveuse, quand une main fine se posa sur sa nuque. Il reconnut tout de suite la voix de Mado :

« Tu aimes les gâteaux, toi ?... Oui ? Alors, viens chez moi, on va manger des gâteaux. »

Et comme Olivier, les pieds en dedans, la bouche serrée et les yeux trop grands, hésitait :

« Mais viens donc ! Est-on timide ? Tiens, porte le paquet, tu es un homme, après tout ! »

Elle lui mit dans les mains le paquet rose en forme de pyramide avec le traditionnel ruban l'attachant au sommet et lui recommanda de le tenir par en dessous. Il monta les escaliers dans son sillage parfumé. A chaque demi-étage, elle se retournait en lui adressant un sourire encourageant. Il passa un peu plus vite devant le palier du troisième étage où habitaient ses cousins.

Ils pénétrèrent dans un studio moderne qui sentait la poudre de riz et la cigarette anglaise. Elle lui fit signe de poser le paquet sur une table basse dont la glace biseautée emprisonnait un napperon de dentelle.

« Assieds-toi où tu voudras. »

Après un bref « Tu permets ? » elle quitta sa robe fleurie et apparut dans une parure de rayonne couleur tilleul. Avec la même simplicité, elle dégrafa ses jarretelles et fit rouler ses bas de soie jusqu'à ses chevilles. Ses jolis pieds dansèrent un instant avant de glisser dans des mules en satin vert. Elle enfila ensuite un peignoir brillant, orné de marabout, drapé sur le buste et à manches kimono.

« Tu m'attends un peu ? Je vais préparer le thé. Dis-moi, comment tu t'appelles ?

— Olivier Châteauneuf.

— Je t'appellerai Olivier. Moi, c'est Mado. »

L'enfant quitta une chauffeuse pour aller s'asseoir sur un pouf rond recouvert de velours gris perle. Autour de lui, il y avait abondance de miroirs, certains encadrés de bois argenté, d'autres, les plus grands, encastrés dans du noyer sculpté en forme de grappes et de fruits. Les murs, revêtus d'une épaisse matière décorative, étaient découpés en losanges aux angles desquels un bouton doré donnait une idée de capitonnage. Sur une coiffeuse ornée de tiroirs et de faux tiroirs galbés, avec une psyché ovale, de nombreux flacons s'étalaient en désordre : crèmes de beauté Phébel, Simon, Malacéine, grosses boîtes rondes de poudre de riz Caron, houppes de cygne de tons pastels, vaseline pure Panafieu pour le démaquillage, vaporisateurs à eau de toilette et à brillantine, parfum « Soir Hindou », fards et rouges à lèvres marque Louis-Philippe, et aussi des accessoires de toilette en nacre, des pinces à épiler et des ciseaux, l'écrin d'un nécessaire à ongles...

Au pied d'un lit bateau, des revues et des magazines : *Lisez-moi bleu*, *Séduction*, *Les Œuvres libres*, *Pour lire à deux*, un roman de Binet-Valmer, *Le Désir*, un autre de Victor Margueritte dans la *Select-Collection*. Un peu partout, des partitions de chansonnettes avec des reproductions de photographies dans des tons bistres, mauves ou verts : Milton, Alibert, Mireille, Biscot, La Môme Piaf, Marie Dubas. Près d'un phonographe portatif *Parisonor* et d'une pile de disques dans leurs enveloppes de papier kraft percées d'un œil rond, les deux chiens Ric et Rac étaient couchés dans une corbeille d'osier. Parfois l'un d'eux se levait, tournait en rond et se recouchait. On entendait alors la frêle note d'un grelot.

Mado revint bientôt de la cuisine d'un pas décidé, portant un plateau noir laqué garni d'un service à thé en chine et d'assiettes hexagonales sur lesquelles étaient placées des serviettes ajourées et des cuillères dorées.

« J'ai pensé que tu aimerais les mokas... »

Ainsi, elle avait acheté les gâteaux avant même de l'inviter. Olivier, un peu gêné, prenait des airs de monsieur en visite. Il faisait son museau de souris et il se sentait assez mal à l'aise pour avoir envie de fuir. Autour de lui, il jetait des regards à la fois curieux et apeurés et tous ses gestes devenaient maladroits. Il se demanda quelle bêtise il allait encore faire et se tint très raide. Il n'avait jamais mangé de gâteaux autrement qu'en y mordant à pleines dents, même avec Virginie. Aussi attendit-il que la Princesse commençât à déguster sa tartelette et à boire sa première gorgée de thé pour l'imiter, en pinçant l'anse de la tasse et en déployant les autres doigts en éventail. Albertine ou Mme Papa agissant ainsi, il les aurait accusées de faire « des chichis », mais Mado, c'était autre chose !

Elle sentait bon. Parfois son peignoir s'écartait et montrait ses genoux ronds ou la naissance de sa poitrine. Ses cheveux bouclés paraissaient irréels. Entre deux bouchées, ses jolies lèvres laissaient passer des mots très doux, des « C'est gentil », des « Tu es mon ami », des « On est gourmands, s' pas ? » En fait, elle pensait à cette nuit où elle l'avait rencontré place du Tertre, accroupi derrière ses chaises et ses tables. Ce soir-là, elle avait rompu avec un ami et la fuite de l'enfant lui avait paru symbolique.

Olivier, son assiette à la main, ne s'en tirait pas trop mal. Le thé répandait un parfum de jasmin et il avait l'impression de boire des fleurs.

« Encore un gâteau ? Mais si ! Prends le millefeuille... Mange donc avec tes doigts, tiens ! »

Elle lui donna l'exemple. Peu à peu, il s'habituait. Un rayon de soleil filtré par les rideaux en voile jetait des taches dorées dans la pièce et il faisait chaud. Il regarda Mado croiser les jambes et, après une hésitation, il en fit autant. Ils parlaient à peine. Elle disait : « C'est bon, non ? » et il faisait oui oui d'un mouvement de tête décidé. Elle lui posa quelques questions le concernant et il répondit vite sans paroles inutiles. Elle lui demanda :

« Qu'est-ce que tu feras quand tu seras grand ? »

Il resta un instant interdit. Que faire quand on est grand ? Il lui sembla qu'il n'y avait plus rien à faire : on était grand, voilà tout. Puis il se souvint que son instituteur, le père Bibiche, avait posé une question semblable pour une « compote » de français. Il avait rédigé une histoire compliquée où il était successivement marin, capitaine de cuirassier, chanteur d'opéra (comme Jan Kiepura), explorateur et prince de Monaco. La note avait été *3 sur 10* et Bibiche avait écrit en marge à l'encre rouge : *Ne forçons point notre talent.* Tout cela passa rapidement dans sa pensée et il répondit à Mado :

« Je me marierai. »

Elle ne savait pas qu'il avait envie d'ajouter « avec vous ». Elle éclata de rire, lui tapota la joue et répéta :

« Oh non ! oh non ! pas ça, tu es bien trop joli, Olivier. »

Olivier... Comme elle prononçait bien son prénom ! Elle alluma une cigarette à bout doré. Sur le bord de sa tasse, elle avait laissé un baiser de rouge à lèvres. Il y en eut un second sur sa cigarette. La Savoyarde sonna ses douze coups. Olivier pensa à Elodie. Il savait qu'elle avait acheté deux friands chez le charcutier en lui disant qu'ils les mangeraient à midi tous les deux dans la petite cuisine. Comment lui avouerait-il qu'il n'avait pas faim ? Quelque chose lui disait qu'il devait taire cette visite chez la Princesse, non parce que c'était mal, mais parce qu'il ne voulait pas voir ces instants abîmés par des commentaires.

Il se préparait à demander la permission de partir quand des coups frappés du plat de la main retentirent à la porte. Avec un soupir, Mado alla ouvrir. Le beau Mac, chapeau sur la tête, foulard de soie à pois noirs autour du cou, surgit dans la pièce. La chienne Rac se dressa, jeta deux aboiements et fut payée d'un coup de pied.

« Brute ! » s'écria Mado.

Mac prit une pose à la Maurice Chevalier, fit basculer son chapeau en arrière et désigna Olivier en ricanant :

« Comme c'est touchant ! »

Il se tourna brusquement vers Mado et la saisit par les épaules pour l'embrasser. Elle se laissa faire, passivement. Il la serra plus fort, mais elle se dégagea et lui dit sur un ton méprisant :

« Tu as froid à la tête ? Tu tiens à garder ton chapeau ? »

Et comme il rabaissait son chapeau sur son front en la regardant avec son mauvais sourire, elle pencha la tête de côté, le toisa d'une certaine façon et lui dit sur un ton autoritaire, sa belle voix tirant vers les notes graves :

« Ecoute, mon petit, ce n'est pas parce qu'il y a eu ce que tu sais qu'il faut que tu te croies chez toi. Tu viendras quand je t'inviterai, tu veux ? Et je recevrai qui je veux. Noté ? »

Mac parut gêné. Elle était aussi grande que lui et elle

lui en imposait. Il haussa les épaules et, d'une pichenette, fit basculer son chapeau qui tomba sur la
moquette où il le laissa. Alors Mado, avec un léger sourire, lui dit :

« Je te présente Olivier. Tu dois le connaître : c'est le
fils de la belle mercière. Enfin... c'était. »

Mac s'assit sur un pouf en face d'Olivier et le dévisa-
gea. L'enfant se dit qu'il ne devait pas baisser les yeux. Il
serra les lèvres, tendit le menton en avant, plissa les paupières, et attendit.

« Pauvre pomme, dit Mac, il se fait tabasser par toutes
les cloches du quartier...

— Si je voulais... », fit Olivier entre ses dents.

Sur une assiette, il restait un moka en forme de cube,
avec des miettes d'amandes. Mac s'amusa à l'écraser
avec le dos d'une cuillère et à l'arroser de thé. D'un coup
de tête, Mado désigna son visiteur à Olivier :

« Tu vois, ce "petit jeune homme", c'est la méchanceté
à l'état pur. »

Cela fit beaucoup rire Mac. Puis il se donna un air
lointain, jeta sa veste par terre, près du chapeau, s'étira,
fit jouer sa musculature, et, à la surprise de l'enfant,
sortit d'une poche de son pantalon une corde à sauter
comme en ont les petites filles, avec deux manches
peints de raies rouges. Olivier crut qu'il allait s'en servir
pour le frapper, mais Mac recula, tendit la corde derrière
ses jarrets et se mit à sauter sur un pied, sur l'autre, avec
une rapidité folle.

« Voilà qu'il se croit au gymnase ! » dit Mado.

Elle prit Olivier par la main, essaya de remettre ses
cheveux en ordre, et lui dit qu'il fallait partir. Elle
l'accompagna jusqu'à la porte tandis que Mac continuait
à sauter en cadence. Elle embrassa l'enfant sur le front :

« Ils étaient bons, les gâteaux ?

— Oh oui !

— Tu reviendras en manger ?

— Merci, oh merci ! répéta Olivier dans un élan
d'enthousiasme, merci, oh merci ! Au revoir, madame !

— Non : Mado.

— Au revoir, mad... Mado. »

Il resta immobile sur le palier quelques instants après
qu'elle eut refermé la porte, non qu'il voulût écouter

mais parce que le parfum demeurait. Il entendit Mac qui répétait en prenant une voix de fille pour imiter Mado : « Ce petit jeune homme, ce petit jeune homme... la méchanceté à l'état pur... » Il reprit sa voix normale pour ajouter : « Je t'apprendrai à être polie ! » Olivier crut entendre une dispute, puis Mado se mit à rire. Après, ce fut le silence.

L'enfant serra les poings. Ce Mac, il devait le détester car il dit à voix haute : « Quand je serai grand, je lui casserai la margoulette ! » Mais tout cela n'avait pas d'importance. Il redescendit les étages en se dandinant avec un air extasié.

★

Au retour de son travail, Jean se mettait à son aise : il enfilait une chemisette légère, un pantalon à pont en toile bleue, et chaussait des espadrilles à semelles de corde. Au cours du repas du soir, il parlait rarement d'autre chose que de sa journée à l'imprimerie. Intarissable alors, il faisait le portrait de ses camarades d'atelier, des typos, des conducteurs, du massicotier ou des employés de bureau « qui s'en croyaient » ou bien il narrait des mésaventures : une mise en train manquée, une galée renversée, un abus de pression sur un imprimé, un faux repérage de couleurs, la mauvaise humeur du prote. Parfois il rapportait des prospectus d'agences de voyages avec des trains, des bateaux sur fond de mer bleue que l'enfant découpait. Elodie écoutait avec bonne volonté des explications techniques sans les comprendre et jetait des regards admiratifs sur son mari.

Tout cela plaisait à Olivier. Surtout lorsque Jean parlait des apprentis auxquels il apprenait à marger, moyennant quoi ils devaient faire des corvées : balayer, aligner le papier, encarter ou laver au pétrole les rouleaux caoutchouteux enduits d'encre grasse, ce qu'ils détestaient. La plaisanterie habituelle du conducteur de machine était de leur demander :

« Tu aimerais jouer de la clarinette ? »

Quand l'apprenti, pas encore au courant, répondait affirmativement, on rétorquait :

« Alors, prends le bidon de pétrole et lave la machine ! »

Ensuite, il suffisait de faire trembler ses doigts sur un instrument imaginaire pour qu'ils comprennent, il y avait encore bien d'autres blagues d'atelier, bien des argots de métier qui faisaient rire Olivier. Il demandait l'âge des apprentis et pensait que dans trois ans, dans quatre ans, il apprendrait peut-être à fabriquer ces beaux imprimés.

Au fond, ils s'entendaient assez bien tous les trois. Malgré son absence d'éducation religieuse, l'enfant répétait parfois, s'adressant à quelque dieu inconnu : « Faites que je reste avec eux... Faites que je reste avec eux... » Non seulement il les aimait bien, mais auprès d'eux, il se sentait plus proche de la mercerie, de Virginie aussi, imaginant on ne sait quel miracle. Toujours hanté par sa mère, ses cauchemars perdaient en fréquence et il pleurait plus rarement. Il est vrai qu'il traînait les rues si tard qu'il s'endormait d'un sommeil lourd dès que couché. Pour des raisons de solitude à deux, Jean le laissait toujours sortir le soir car la rue c'était un peu comme une cour et il ne pensait pas qu'il pût arriver quelque chose à l'enfant. Il se croyait pourtant obligé de gronder :

« Si tu devais rester avec nous, ça ne se passerait pas comme ça, crois-moi !

— Comment je pourrais le tenir, un diable pareil ? Il est voyou, voyou, voyou, hou là là ! » ajoutait Elodie sans méchanceté et sans colère, comme on énonce un fait connu.

Depuis quelque temps, Olivier se regardait souvent dans le miroir, se haussait sur la pointe des pieds pour paraître plus grand, enfilait sa culotte de golf en dehors des dimanches, brossait ses vêtements, faisait briller ses sandales, chipait du « sent-bon » à Elodie, empruntait parfois une cravate usagée à Jean. Le thé de Mado n'y était pas pour rien.

« Regarde comment il tient sa tasse maintenant, ce maniéré », disait Elodie.

Pendant plusieurs jours, il fit exprès de rabattre ses cheveux sur ses yeux en répétant avec agacement :

« Ah ! ces cheveux... »

Jean finit par comprendre et l'envoya chez un coiffeur de la rue Custine en lui recommandant de demander « une demi-américaine », nom d'une coupe qui dégageait bien les tempes et la nuque, ne laissant qu'une galette de cheveux courts séparés par une raie sur le haut de la tête.

Le coiffeur avait encore une vieille enseigne : une boule de cuivre à laquelle pendait une natte de crin noir. Il s'était donné pour raison sociale *Vite et Bien*. Olivier omit volontairement de parler de « demi-américaine ». Il se laissa jucher sur deux annuaires téléphoniques et soumit sa tête aux mouvements que, sans ménagements, lui faisait prendre le figaro, essayant même de les prévoir, mais non ! quand il penchait la tête en avant, l'homme la lui ramenait en arrière en grognant : « Ne bouge donc pas ! » Les ciseaux voletaient en donnant leurs coups de bec et les cheveux blonds tombaient comme une buée. La tondeuse cliquetait et, en fin de course, lui arrachait quelques cheveux ; il se disait tout bas, pour lui seul : « Ouille ! ouille ! ouille ! » Le coiffeur, un Levantin au visage gras et noir, sentait la sueur. Sous ses manches, on apercevait ses gros bras poilus. Il parlait du prochain Tour de France avec un jeune homme tout maigre que son collègue rasait, rinçait, passait à la pierre d'alun, tapotait avec des serviettes chaudes, arrosait d'eau Gorlier... et ils faisaient des pronostics, le premier parlant de Di Paco, le second d'André Leducq.

Quand Olivier eut senti le rasoir égaliser les cheveux sur ses tempes, autour des oreilles et dans le cou (le moment qu'il détestait), il attendit le « Pas de friction ? » pour répondre : « Non, mais de la gomina ! » Son ambition était d'avoir une coiffure plate, brillante et calamistrée qu'on pût toucher du bout des doigts comme une plaque de caoutchouc. Le coiffeur s'enduisit les paumes d'une gelée rose qu'il appliqua avant de tracer une raie impeccable, de faire avec deux doigts un cran sur le devant et d'écraser la chevelure avec une brosse douteuse. Il présenta le miroir derrière la tête de l'enfant qui n'eut pas le temps de voir. Il oublia aussi de le débarrasser des poils tombés dans le col de sa chemise. En payant et en ajoutant le pourboire que Jean lui avait indiqué,

Olivier demanda combien de jours la gomina tiendrait. Le coiffeur haussa les épaules et ne répondit pas.

Olivier n'avait pas les moyens de s'offrir un pot de cet ingrédient, mais le lendemain Toudjourian lui indiqua des recettes économiques : en achetant de la gomme adragante chez le pharmacien, il pouvait en préparer d'énormes pots. L'inconvénient, c'était qu'en séchant, cela laissait des traînées de poudre blanche sur la chevelure et qu'il fallait sans cesse avoir la tête mouillée. Ramélie lui indiqua une recette pour faire briller : il suffisait d'appliquer un mélange composé d'une cuillerée d'huile et de six cuillerées d'eau de Cologne. Olivier inversa les proportions et ses cheveux gras répandirent une odeur d'huile d'arachide. Pour dissimuler ses fâcheuses expériences à ses cousins, il enfonçait profondément un béret sur sa tête en laissant dépasser le liséré de cuir, ce qui lui donnait un aspect misérable.

Près de sa fenêtre, devant un miroir attaché à l'espagnolette, Albertine Haque prenait soin, elle aussi, de sa coiffure, tordant les mèches avec un fer à friser chauffé à la flamme dont elle éprouvait la chaleur en pinçant des morceaux de papier journal qui répandaient une odeur de brûlé. Olivier l'observa car elle y mettait beaucoup de dextérité. Quand elle eut fini, elle jeta d'un ton rogue :

« Entre, espèce de mal élevé. Je t'ai gardé deux beignets aux pommes. »

Elle l'installa devant une assiette, saupoudra de sucre cristallisé les beignets froids, puis observa :

« Quand on est chez une dame, on ne garde pas son béret sur la tête ! »

Olivier se souvint que la Princesse avait fait la même remarque au beau Mac. Il en reconnut donc le bien-fondé, mais il fit semblant d'éternuer et dit :

« Heu... j'ai froid à la tête... »

Avec un air offensé, Albertine lui retira le béret et vit le désastre. Les cheveux, le front, les oreilles étaient huileux et sentaient la friture. Elle resta stupéfaite tandis qu'Olivier disait sur le ton le plus naturel qu'il pût prendre :

« C'est de la brillantine... »

Mais il dut avouer qu'il s'agissait d'une préparation toute personnelle.

Albertine mit de l'eau à chauffer, y vida un sachet de poudre jaune pour shampooing et lui annonça qu'elle allait lui laver la tête. Assez penaud, Olivier, penché sur une cuvette, dut se laisser frotter. Puis elle le coiffa à sa manière en tirant les cheveux en arrière en lui disant qu'il était mieux ainsi.

La tête encore humide, il mangea les beignets aux pommes tandis qu'elle prononçait sentencieusement :

« Avec de bons restes, on fait de bons repas ! »

Il s'essuya la bouche du revers de sa main et la remercia en l'assurant qu'il n'avait jamais rien mangé de si bon. Alors, elle lui caressa la joue et lui dit : « Grand bandit, va ! » mais elle ajouta aussitôt :

« Tu as assez fait le pitre, va-t'en, je t'ai assez vu ! »

Il fit exprès d'oublier son béret chez elle et rejoignit dans la rue Loulou et Capdeverre qui flânaient avec des airs fureteurs et complices. Les mains dans les poches, penchés en avant, ils courbaient les épaules comme s'ils mijotaient de sérieux projets. Olivier glissa à son tour ses mains dans ses poches, fit grincer les osselets, et marcha près d'eux en les imitant. Ils firent deux fois le tour du pâté de maisons sans parler.

Ils finirent par s'arrêter rue Bachelet devant une épicerie aux vitres poisseuses. Graves, fureteurs et importants, ils contemplèrent les boîtes de camembert Lepetit, les œufs « à la coque » dans leur bocal rond, le pâté de campagne entamé dans sa terrine, le bleu d'Auvergne suintant sous sa cloche, le gruyère et ses yeux, l'étiquette de la *Vache qui rit* avec sa boucle d'oreille représentant une deuxième *Vache qui rit* portant une troisième *Vache qui rit* qui elle-même... jusqu'à l'infini, les tablettes de chocolat Meunier disposées en escaliers tournant sur eux-mêmes, les boîtes de thon au naturel en quinconce, les paquets de nouilles Rivoire et Carret et Bozon-Verduraz alignés comme des fantassins, les bouteilles de vins fins enduites de poussière pour faire vieux... Ils passèrent devant la porte et ses réclames en décalcomanie le poisson-fourchette des produits Amieux *(toujours « à mieux »)*, le Pierrot des bonbons, le « Kub » du bouillon, pour arriver à la deuxième vitrine, ô combien plus intéressante, avec ses fouets et ses rouleaux de réglisse, ses boîtes de coco ocre, sa forêt de sucettes piquées comme des peupliers sur un support de bois, ses sachets de chewing-gum (les enfants disaient « du sem sem gum »), ses bouchées au nougat, ses sucres de pomme, ses biberons emplis de petits bonbons ronds, ses sachets de sucre-farine vanillé avec chalumeau en réglisse...

Ils se léchèrent les lèvres en faisant *miam miam*. Puis Loulou appuya sur le bec de cane sans faire de bruit et fit : « Eh ! Eh !... » Une fillette rousse s'approcha en se tortillant :

« T'es seule ? demanda Loulou, file-nous des bonbecs... »

Elle regarda vers l'arrière-boutique et plongea sa main dans un bocal pour lui tendre un agglomérat de berlingots colorés. Ils coururent alors jusqu'à la rue Nicolet, s'arrêtèrent devant l'hôtel des Nord-Africains *(eau et gaz à tous les étages)* et se partagèrent le butin, écrasant avec énergie les bonbons entre leurs molaires.

Mis en joie, Loulou octroya une « frite » à Olivier, c'est-à-dire qu'il fit claquer le bout de ses doigts contre ses fesses. Olivier tenta de le saisir par le col de sa veste et le fond de son pantalon pour l'obliger à courir devant lui selon la méthode dite « course à l'échalote », mais sans y parvenir. Alors, posant son index sur la poitrine de Capdeverre, il lui dit « T'as une tache ! » et comme l'autre baissait la tête, il lui effleura de l'index le bout du nez. Tout le répertoire y passa, avec des prises, des feintes, des bousculades, des courses, des tapes suivies de « C'est toi le chat... »

Olivier rayonnait. Auprès de ses copains, il oubliait tous ses malheurs. Ils chipèrent la balle étoilée de la petite Nana qui jouait en la lançant contre le mur avec les figures habituelles : « *Partie simple, petite tapette, grande tapette, petit rouleau, grand rouleau, une jambe en l'air, l'autre, sans rire, sans parler...* » et, après se l'être passée de l'un à l'autre, ils finirent par la lancer en bas de la rue pour faire courir la gamine qui, d'une voix perçante, cria : « Bande d'idiots ! » en faisant le geste de promettre des gifles.

Rue Lambert, d'autres fillettes jouaient à la corde en chantant :

Le Palais-Royal est un beau quartier.
Toutes les jeunes filles sont à marier.
Mademoiselle Yvonne est la préférée...
De monsieur Olivier qui veut l'épouser.

Alors, Capdeverre leur cria :

« C'est pas vrai, les quilles ! C'est la Princesse qu'il aime, la grande bringue avec ses cheveux en ficelle ! »

Furieux, Olivier le toisa et le repoussa à coups d'épaule. Ils se regardèrent du coin de l'œil et se bousculèrent, aucun n'osant vraiment attaquer.

« Retire ce que t'as dit !

— Va donc, hé ! »

Ils se défièrent comme des chats, puis Loulou, bonasse, les sépara « Allez, les gars, allez... » Le jour n'était pas à la bataille.

Rue Labat, appuyé contre le bois verni de la mercerie, L'Araignée, calé sur ses jambes déformées, ses moignons écartés, faisait penser à une énorme chauve-souris clouée sur une porte de ferme.

Le magasin de mercerie, obstinément fermé, prenait, dans cette rue mouvementée, une apparence absurde. La poussière s'agglutinait sur les rainures, le bois se couvrait de traces de craie, les chiens venaient y lever la patte, tout se dégradait. Derrière les volets, on imaginait cet espace clos ne servant à rien ni à personne. Pour le règlement de la succession, la famille attendait toujours un conseil sans cesse retardé, chacun guettant les réactions de l'autre. Le mot « tuteur » avait été prononcé devant l'enfant, évoquant pour lui un rosier ou des rames de haricots. Parfois, une image furtive le visitait il revoyait la table demi-ronde, le buffet, la desserte, la machine Singer, son lit, les innombrables tiroirs de la boutique. Parmi tous ces trésors, les souris devaient s'en donner à cœur joie. Tout dormait comme dans le palais enchanté de la Belle au Bois Dormant. Puis s'insérait dans la vision une Virginie enfermée derrière les volets ou une Virginie couchée dans le lit, un bras retombant sur le côté.

Et L'Araignée, immobile, comme un gardien fidèle.

Les trois enfants s'approchèrent, le nez en l'air, à la recherche de la première distraction venue.

« Hé, les gars, dit ironiquement Capdeverre, visez L'Araignée... »

Choqués, Loulou et Olivier se regardèrent. Se moquer de l'infirme, dans la rue, cela ne se faisait pas. Les gens se contentaient de l'ignorer. On pouvait « charrier » un bègue comme Lucien, un sourd, un bossu, mais pas L'Araignée à qui le sort en avait vraiment trop fait. Loulou gratta sa chevelure noire et mousseuse qui contrastait avec les cheveux brillants d'Olivier et lança un vigoureux coup de poing sur le haut du bras de Capdeverre.

« T'es cinglé, non ? Je vais avoir un bleu ! »

Mais Loulou le menaça d'un « coquard », autrement dit un coup de poing dans l'œil qui serait « au beurre noir ». Et Olivier ajouta :

« L'Araignée, c'est un pote à moi.

— Ah ! fit Capdeverre, L'Araignée c'est ton pote et la Princesse c'est ta poule... »

Puis il cracha par terre, remonta sa culotte et s'éloigna en dodelinant de la tête et en faisant d'affreuses grimaces.

« C'est bien un fils de flic ! dit Loulou.

— Ça lui passera... », répondit Olivier.

Ils saluèrent courtoisement Mme Audouard qui portait des bigoudis sur un crâne tout pelé par endroits. Ils caressèrent le chien rouge d'Albertine et brandirent un sucre imaginaire pour qu'il fît le beau.

« Si on parlait à L'Araignée ? dit Loulou.

— T'es fou ? fit Olivier.

— Chiche ? »

Loulou s'approcha de L'Araignée et dit :

« Bonjour, m'sieur ! »

L'infirme ne répondit pas tout de suite. Ses membres, jusque-là figés dans leur immobilité, bougèrent lentement, tandis que ses yeux s'ouvraient imperceptiblement, jusqu'à devenir immenses. Il observa les enfants et dit de sa voix brisée :

« Salut, Serge. Salut, Olivier.

— Ça, alors ! s'exclama Loulou. Vous connaissez mon nom ? »

Avec un sourire désabusé, L'Araignée précisa :

« Oui, Serge, et Loulou pour les amis. »

Les deux enfants, en face de lui, ne savaient plus que

dire. Ils prenaient un air vaguement aimable, dansaient d'une jambe sur l'autre et se regardaient de côté comme pour s'inciter à prendre la parole. Olivier risqua un « Ça va bien ? » et l'infirme répondit : « Ça va », puis, du menton, il désigna une poche de sa veste de tissu bleu :

« Dedans, il y a une cigarette. Si tu pouvais me la mettre à la bouche... mais il faudrait du feu. »

Olivier plongea sa main dans la poche et en tira une gauloise tordue qu'il redressa du mieux qu'il put. Il la lui plaça entre les lèvres et fut tout fier de sortir sa boîte d'allumettes suédoises. Après avoir remercié, L'Araignée fuma avec délectation en levant la tête pour que la fumée ne lui pique pas les yeux.

Avec des mouvements de lèvres, il fit glisser la cigarette sur le côté de sa bouche et dit, avec un air de s'excuser :

« Moi, je m'appelle Daniel. »

Loulou et Olivier ne purent cacher leur étonnement : ils étaient tellement habitués à entendre dire « L'Araignée » qu'ils n'avaient pas supposé que l'infirme eût, comme tout le monde, un prénom. Tout bêtement, Loulou dit :

« Enchanté. »

Olivier esquissa seulement un petit sourire en répétant doucement : « Daniel... Daniel... »

Après un silence suivi d'un « Bon, ben, au revoir... », ils s'éloignèrent tout gênés tandis que Daniel — L'Araignée — secouait le menton pour faire tomber la cendre de sa cigarette.

Mais, dans la rue, on passait vite d'un spectacle à un autre. Maintenant, c'était Mme Papa, la Grecque, sa petite figure de musaraigne disparaissant sous un énorme chapeau orné de cerises, une ombrelle à pomme de verre pendue au bras, qui portait au boulanger un plat à cuire enveloppé dans un torchon à carreaux. Elle s'arrêtait sans cesse pour expliquer à chacun : « Le petit vient demain, le petit vient demain... »

Ernest, le tenancier moustachu du *Transatlantique*, aspergea d'un jet de siphon deux chiens « collés » qui se déplaçaient grotesquement. Du troisième étage, Toudjourian laissa tomber une bombe à eau en papier qui fit ploc ! en s'écrasant devant Mme Grosmalard, la concierge du 78, laquelle brandit le poing vers le ciel. A une autre fenêtre, Jack, le plus jeune fils du tailleur, tentait d'emprisonner un rayon de soleil dans un miroir de poche pour le projeter sur le visage de la blanchisseuse d'en face. Un petit garçon, avec des cheveux longs comme ceux d'une fille, tirait sur le nerf d'une patte de poulet pour la faire s'écarter.

D'un coup d'œil de connaisseurs, Olivier et Loulou observaient ces spectacles familiers et se consultaient ensuite du regard pour savoir s'ils devaient approuver ou non tel ou tel fait. Le soleil déclinant coiffait les immeubles de chapeaux mauves. L'air chaud semblait vibrer. Parfois, une mouche vous frôlait. Loulou exprima à sa manière ce qu'ils ressentaient :

« C'est chouette, la rue !

— Oui, c'est bath ! » répondit Olivier en écho.

Avec des airs de retraités en promenade, ils regardèrent encore autour d'eux. Tout semblait respirer d'un nouveau rythme : celui du soir. Sur la fenêtre de Mme Albertine, un pot de capucines jetait ses vives couleurs. Une jeune fille passa avec une robe à ramages verts et un visage de printemps. Dans un des logements du 75, un homme chantait *J'ai deux amours* en imitant la voix de Joséphine Baker. Mme Chamignon arrosait ses plantes vertes et un filet d'eau dégoulinait de sa fenêtre. Déjà des gens rentraient de leur travail.

Une ombre passa dans les yeux d'Olivier et il regarda son ami avec intensité comme s'il voulait lui confier une crainte. Et Loulou tête-à-poux dut comprendre car il fourragea sa chevelure aile-de-corbeau et il lui dit, après une tape amicale sur l'épaule :

« T'en fais pas, va, L'Olive ! Peut-être que tu resteras dans la rue ! »

Olivier répondit par un léger soupir et ils remontèrent la rue avec les fronts pensifs de philosophes face aux problèmes de l'univers.

VI

Le travail de l'imprimerie se raréfiant, Jean fut mis à pied pour une semaine. Le premier jour de son repos forcé, il fit la grasse matinée, lisant dans son lit de vieux *Nick Carter* datant de son enfance. Le deuxième jour, il se leva au contraire très tôt, mit un soin particulier à sa toilette et invita Olivier à en faire autant. Tandis que l'enfant faisait mousser le savon sur son cou, Jean enfila le costume qui lui avait servi pour son mariage : pantalon rayé et veste sombre gansée de satin, et se coiffa d'un chapeau melon. Ainsi accoutré, il annonça à Olivier qu'ils allaient tenter de faire du cinéma. L'enfant revêtit son costume de golf duquel Elodie, pour des raisons tactiques, décousit le brassard de deuil, et, après un rapide petit déjeuner, le jeune homme et l'enfant se dirigèrent vers les studios de la rue Francœur, à deux pas.

Bien qu'il fût sept heures du matin, la file d'attente formait déjà un serpent d'une vingtaine de mètres et qui devait s'allonger rapidement. La porte de métal réservée aux figurants était close et rien n'indiquait un besoin particulier de personnel de figuration. Cependant, quelques-uns affirmaient avec des airs importants qu'ils avaient des tuyaux et qu'avec un peu de chance la plupart des postulants seraient retenus au moins pour la journée. En attendant, les hommes, rasés de près, certains en casquette de sport, se poussaient des épaules pour bien garder leur place et surveillaient férocement les nouveaux arrivants, voyant en eux des disciples possibles de Georges Milton, le *Roi des Resquilleurs*. Les uns étaient des acteurs sans emploi : on les reconnaissait à leur allure malingre, à leur face ocre aux cheveux tirés, à leur manière dédaigneuse de jouer les incompris ; les autres étaient, comme Jean, des travailleurs mis à pied ou des tireurs au flanc, voire des chômeurs professionnels ; on ne voyait qu'une seule femme, les cheveux coupés court et qui fumait avec un air lointain.

Comme le chapeau de Jean fit naître quelques plaisanteries du genre « Visez le bitos ! » il le quitta et le tint à deux mains contre son ventre en attendant d'être oublié. Sa gêne et sa timidité se traduisaient dans sa manière de passer rapidement son index sur l'arête de son nez. Olivier, quant à lui, se sentait assez bien dans sa peau. Pour lui, le cinéma était déjà commencé.

Un grand échalas avec une moustache à la Charlot demanda quel film on tournait et un rouquin lui répondit : « On n'en a rien à foutre ! » Mais un titi débita d'un seul trait, d'une voix rocailleuse pleine de tous les traîneaux de l'argot parisien :

« C'est *Le Million* de René Clair, avec René Lefèvre et Annabella. »

Il ajouta qu'il faudrait peut-être aller aux studios *Tobis* à Epinay. Le nom de l'actrice provoqua quelques sifflements d'enthousiasme et la conversation porta sur les jeunes premières « qu'on s'enverrait bien », la Meg Lemonnier, la Lilian Harvey, la Suzy Vernon, la Betty Stockfeld ou la Gina Manès.

Après une heure d'attente pas trop désagréable pour Olivier que les conversations de ces « artistes » intéressaient, un gros homme au nez aplati de boxeur sortit du café *Le Balto*, ouvrit la porte des studios et, après un quart d'heure, revint, cigare à la bouche, bloc-sténo et crayon à la main. Il examina les postulants l'un après l'autre des pieds à la tête et annonça qu'il allait en choisir une quinzaine « en commençant par le commencement ». Dès lors, chacun se redressa et arbora un sourire pour se rendre sympathique. L'homme, l'index pointé, disait en mâchonnant son cigare : « Toi, toi..., non pas toi... toi... » et les refusés maugréaient, disaient : « Si c'est pas dégueulasse ! », jetaient des gros mots, accusaient le sort autant que celui qui les repoussait.

Jean indiqua timidement qu'il était l'ami d'un certain « P'tit Louis », mais il fut choisi surtout à cause du costume et du chapeau melon et parce qu'il avait, selon l'avis du sélectionneur, « l'air ballot à souhait ». Quant à Olivier, il indiqua qu'on n'avait pas besoin de mômes.

Mais Jean rayonnait. Si on pouvait le garder jusqu'à la fin de la semaine, il gagnerait plus qu'à l'imprimerie. Il en oublia presque Olivier qui lui dit :

« Ben, je m'en vais, alors ? »

Jean lui tapa derrière la nuque et exprima sa joie en le coiffant du chapeau. Olivier aurait bien voulu apercevoir Annabella. Tant pis ! Il revint vers la rue Labat, décidé à ne pas remettre la culotte courte. Il dit à Elodie :

« C'est chouette pour Jean, mais j'aurais bien voulu me faire un peu d'oseille... »

A quoi la jeune femme lui fit observer qu'on disait « de l'argent ».

Il sortit de l'immeuble au moment même où Bougras émergeait du sien, la barbe tout épanouie, la pipe aux dents, un tablier bleu à poche ventrale noué autour de la taille. Il lui cria joyeusement :

« Viens avec moi, on va bricoler ensemble.

— Oui, patron.

— Patron, patron..., grogna Bougras. N'aie jamais de mots comme ça ! »

Tandis qu'ils descendaient la rue, il lui expliqua que le gérant du tabac *L'Oriental* l'avait retenu pour mettre en bouteilles une pièce de vin de Saint-Emilion. Pour lui, cela ressemblait à une farce et il répétait :

« Tu te rends compte ? Un ivrogne comme Bougras mettre du vin en bouteilles ! »

A *L'Oriental*, il indiqua à l'Auvergnat en gilet noir que moyennant « une petite pièce », l'enfant pourrait l'aider. On leur donna une bassine pleine de bouchons nageant dans l'eau tiède, un appareil de bouchage, des capuchons rouges en métal et des étiquettes. Le plateau du monte-charge à roue les fit descendre dans une cave éclairée par une baladeuse électrique.

Quelle merveilleuse matinée ! Olivier plaçait chaque bouteille sous la cannelle, tournait, et regardait le vin couler en moussant tandis que le père Bougras, calant la précédente bouteille entre ses pieds, enfonçait le bouchon en faisant des commentaires sur la qualité du liège. Quand une bouteille était trop pleine pour qu'on pût y enfoncer le bouchon, Bougras buvait rapidement les gouttes en surplus et faisait « Ach ! » en s'essuyant la bouche d'un revers de main. Au bout de quelques bouteilles, il disait :

« Tu les remplis trop, voyons ! »

Olivier prenait garde alors de ne pas laisser le vin dépasser la moitié du goulot. Après un moment, Bougras, ayant de nouveau soif, clignait de l'œil et demandait :

« Remplis-les quand même un peu plus... »

Un des garçons de café vint leur offrir des cigarettes, mais Bougras refusa en se disant fidèle à sa pipe. Olivier eut droit à une cigarette *High Life* qu'il prit en jetant un rapide coup d'œil vers l'enfonceur de bouchons qui ne broncha pas. Alors, il fit craquer une allumette suédoise et, la bouche arrondie, les yeux fermés, il tira une bouffée en gonflant les joues, puis il jeta l'allumette qui s'éteignit sur le sol humide de vin avec un léger bruit. Il se remit au travail, mais la cigarette le faisant tousser, il l'écrasa rapidement sous son pied en évitant d'être vu par Bougras qui aurait souri.

Vers midi, le même garçon leur descendit des casse-croûte aux rillettes et plaisanta :

« J'ai pas descendu de pinard... »

Tandis qu'ils mordaient dans le pain craquant, Bougras donna une claque assez vigoureuse sur l'épaule d'Olivier et lui dit :

« Tu verras. La vie est quand même belle... »

Ils finirent par venir à bout de cet énorme tonneau que le père Bougras empoigna solidement pour le faire pencher. Les dernières bouteilles étaient troublées par les fleurs de vin et le gérant vint indiquer à Bougras qu'il lui en faisait cadeau : en les filtrant avec du papier buvard, il obtiendrait au moins trois bouteilles de bon vin. L'après-midi fut consacré à la pose des capuchons de métal, rouges à l'extérieur, argentés à l'intérieur, au collage des étiquettes, à la mise en place sur les casiers de métal.

Quand Bougras remonta, suivi d'Olivier, il titubait un peu. Il portait trois bouteilles pleines et une entamée sur sa poitrine. Le gérant lui offrit un coup de blanc en indiquant ironiquement « pour changer », lui tendit quelques billets, un paquet de tabac gris grosse coupe, et glissa quelques pièces dans la main d'Olivier. C'était le moment où arrivaient les premiers clients de l'apéritif du soir. Les garçons écrasaient leurs cigarettes dans les gros cendriers réclames, puis commençaient à s'empresser autour des tables en disant à l'enfant : « Circule virgule ou je t'apostrophe ! »

Ils remontèrent la rue Labat, chacun tenant deux bouteilles. Chez Bougras, avec un entonnoir et de vieux linges, ils filtrèrent le vin et le goûtèrent ensuite. Bougras fit cadeau d'une bouteille à Olivier en lui disant de ne pas la boire seul et, comme il avait besoin de sommeil, le visage rouge, il le poussa vers la porte en lui serrant la main avec vigueur.

La tête d'Olivier tournait un peu. Il marcha à l'ombre en se demandant si l'argent qu'il avait reçu suffirait pour acheter un couteau suisse. Il pensa aussi à un cornet double de glace à la framboise. Maintenant, Jean devait être rentré du studio. Il aurait mille choses à raconter, il parlerait du film, de René Clair en casquette, sifflet en main, dirigeant les mouvements de scène, de René Lefèvre si sympathique et d'Annabella si belle, si belle ! Mais Olivier aussi aurait quelque chose à raconter, il dirait : « J'ai *bossé* avec Bougras ! »

Une inspiration soudaine le visita. Sa bouteille à la main, il descendit vers la rue Ramey et acheta un bouquet de marguerites pour Elodie. En payant, il demanda à la fleuriste de lui donner quelques tiges de cet osier partagé par le milieu dont sont faites les panières de fleurs. Pour la confection des arcs, c'était plus spectaculaire et moins dangereux que les vieilles baleines de parapluie. Il ne manquerait plus qu'une bonne ficelle.

Ainsi chargé, il entra dans le logement qui sentait bon la choucroute. Jean était là, en pantalon et en maillot de corps, se frottant les mains avec bonne humeur. Elodie lui cria de la cuisine qu'Olivier était un vrai voyou, qu'elle ne l'avait pas vu de la journée, que sa culotte de golf était toute sale... mais quand il lui offrit les fleurs, elle l'embrassa et sembla très touchée. Il posa bruyamment la bouteille de vin sur la table et annonça :

« C'est du saint-émilion que j'ai mis en bouteilles à *L'Oriental* ! Oui, j'ai *bossé* avec Bougras ! »

Plus tard, après le repas qui se terminait sur du riz au chocolat, Elodie assura :

« On te garderait bien si on était riches...

— Si ton oncle te recueille, tu ne seras pas mal non plus, tu sais, et même... », ajouta Jean sans poursuivre sa phrase.

Il s'était aperçu qu'Olivier l'écoutait la tête baissée. Il toussota et alla rejoindre Elodie à la cuisine. L'enfant avait envie de pleurer, de leur dire qu'il voulait rester avec eux, qu'il serait sage, qu'il ferait n'importe quoi. Puis Jean revint et commença à effeuiller une des marguerites et ils s'amusèrent finalement tous les trois à ce jeu. Pour qu'il reste quelques fleurs au bouquet, Jean prit un jeu de cartes et dit :

« Je vais vous apprendre à jouer à la manille. »

Et Olivier s'émerveilla de son habileté à battre les cartes. Décidément, Jean savait tout faire.

★

Le lavoir municipal de la rue Bachelet était signalé par un curieux drapeau tricolore de fantaisie, arrondi à son extrémité, tout en métal écaillé et rouillé, avec le mot *Lavoir* s'inscrivant en noir délavé dans le blanc jauni. Dès lors, laver son linge prenait des allures républicaines et nationales.

Olivier aimait y pénétrer et, se faisant tout petit, regarder dans cette atmosphère de buanderie les femmes tremper le linge dans de larges cuviers de bois, se pencher sur le lavoir lui-même, savonner, frotter entre leurs mains avec des grimaces d'énergie, jouer du battoir, tordre en levant les coudes, essorer, s'agiter activement parmi la vapeur. Il était fasciné par les savons glissants, les linges empilés, le « bleu » du rinçage qui coulait comme un morceau de ciel d'été hors de son paquet de toile, l'apparentant à cet autre « bleu » dont les joueurs de billard enduisent le bout des queues en bois de frêne.

Bien que le lavoir disposât du tout-à-l'égout, il n'était pas rare de voir les eaux jaunes et mousseuses déborder sur le trottoir et couler dans le ruisseau où les enfants suivaient des navires de papier jusqu'à la bouche dans laquelle ils sombraient.

Olivier aidait Elodie à porter son panier de linge. Au lavoir, la jeune femme retrouvait l'atmosphère d'un autre lavoir, un vrai, en plein air : celui de son pays natal, au bord de la Truyère, mais ici les eaux n'étaient pas si claires, ne miraient pas le ciel. On ne voyait pas frémir une herbe, sauter une grenouille ou courir un poisson. Et non plus pas de brouette, pas de pique-nique, pas de commérages, pas de rires.

Pendant qu'elle frottait, Olivier s'asseyait sur le bord

110

du trottoir ou fixait le macadam piqué de grains blancs. Cet après-midi-là, il confectionnait un bateau composé d'une planchette de bois et de montants entre lesquels était tendu un gros élastique. Sa torsion, poussée à son comble, préparait l'action de l'hélice et, si tout allait bien, la propulsion du navire, cuirassé ou contre-torpilleur. Il tenta de le décorer en montant des drapeaux de chiffon sur des clous et en collant des coquilles de moules en guise de canots de sauvetage.

« Elodie, je peux m'en aller ? »

Un peu plus tard, il se retrouva devant le bassin du square Saint-Pierre auprès d'enfants qui, sous la surveillance des mères, poussaient leurs beaux bateaux à voiles avec un bâton ou tentaient de les faire revenir en créant des mouvements de vagues.

L'esquif improvisé provoqua des regards dédaigneux et sceptiques qui se chargèrent d'intérêt, puis d'envie quand le bateau parcourut une partie du bassin. Malheureusement, l'esquif se retourna et parut irrémédiablement perdu. Bravement, Olivier quitta ses sandales et pataugea dans l'eau pour aller le chercher. Une femme lui cria :

« Petit dégoûtant. Si ta mère te voyait... Je vais appeler le garde ! »

Il ne répondit pas, revint avec son merveilleux bateau et mit ses pieds au soleil pour les faire sécher. Il joua encore avec l'hélice, puis remit ses sandales et s'éloigna avec un sourire satisfait.

Il erra parmi les allées, admirant les pelouses tendres derrière leurs arceaux protecteurs, les faux rochers, les barrières de ciment aux veinures imitant le bois, la mousse verte au pied des statues, s'arrêtant devant un vieil homme qui donnait du pain aux pigeons en le tenant entre ses lèvres, appuyant au passage sur les boutons plats des fontaines, suivant la chaisière aux tickets mauves, renvoyant un ballon égaré, rattrapant le cerceau d'une fillette...

Finalement, il sortit en faisant claquer très fort la petite porte de métal grillagée et se mit à errer du côté du marché Saint-Pierre, où les ménagères trituraient des coupons de tissu en solde. Rue André-del-Sarte, il s'arrêta devant un bougnat où un homme en blouse bleue de paysan et en chapeau noir jouait une bourrée à l'accordéon pour ses compatriotes qui se mirent à chanter *La Yoyette*. Rue de Clignancourt, près du *Palais de la Nouveauté*, deux colleurs d'affiches écartaient leur échelle double devant une palissade. Il contempla les rouleaux de papier, les longs seaux cylindriques où trempaient les brosses. Au fur et à mesure que les affiches luisantes de colle se dépliaient sur les planches, il lisait avidement, apprenant que *La Blue Bird de Sir Malcolm Campbell est équipée de pneus Dunlop*, que *La Silvikrine fertilise le cuir chevelu*, que Pierre Fresnay jouait *Valentin* le Désossé au théâtre et Lucien Muratore *Le Chanteur inconnu* au cinéma.

Depuis longtemps, Olivier s'amusait à lire les murs comme un livre d'images. On voyait des bébés partout : celui, tragique, du bébé Cadum (on disait que le bébé reproduit était mort peu de temps après et que sa mère pleurait en le voyant sur tous les murs), celui joufflu de Maïzena qui *élève de beaux bébés*, celui de Blédine *la seconde maman*. Des personnages étaient célèbres : le Noir de Banania et son *Y'a bon !* tout à fait Exposition coloniale, le Pierrot au doigt sentencieusement levé pour désigner l'inscription semi-phonétique : *Le K.K.O. L.S.K, est S.Ki*, le petit cow-boy des cigarettes Balto et l'ambassadeur à monocle des cigares Diplomates, les deux garçons — rouge et blanc — du Saint-Raphaël Quinquina portant leurs plateaux, le bonhomme Thermogène crachant son feu, les demoiselles des lampes *Les petites Visseaux font de grandes lumières*. Quant à la petite fillette du chocolat Meunier, on lui avait coupé ses longues nattes d'antan, dérobé son panier et, stylisée, elle n'était plus qu'une ombre écrivant sur le mur.

Rue Labat, M. Pompon, le marchand de couleurs, se tenait en blouse blanche, un chapeau de paille sur la tête, contre la porte de sa boutique aux panneaux de bois de tons criards répartis selon les géométries d'un cubisme sauvage. Alors qu'Olivier était tout petit, il lui avait offert un album d'échantillons de papiers peints aux dos desquels l'enfant avait tracé ses premiers bâtons et gribouillé ses premiers dessins : des chats à la queue dressée en forme de massue, des poules aux pattes en pétales de fleurs, des canards aérodynamiques.

Les mains derrière le dos, Olivier admira les merveilles de la vitrine et en particulier l'espace réservé aux ciseaux et aux couteaux de poche. Le couteau suisse de ses rêves, un six lames brun-rouge orné de la croix helvétique et d'un anneau pour le suspendre à une chaîne, lui parut splendide comme un bijou. Il l'admira longuement, puis son regard suivit la longue courbe du ventre de M. Pompon, et, lorsque ses yeux rencontrèrent ceux du marchand, il faillit lui demander le prix du couteau. De crainte qu'il fût écrasant, il se contenta d'un « bonjour, monsieur Pompon ! » auquel l'homme répondit très aimablement.

Sans soleil, la rue Labat prenait une couleur ardoise. Devant la boulangerie, Olivier dut faire un saut de côté pour éviter le traîneau de Lopez, le plus voyou des voyous de la rue Bachelet qui dévalait la pente à toute allure. Il regarda le conducteur, à genoux sur son véhicule de planches montées artisanalement sur roulements à billes, prendre de justesse le tournant de la rue Lambert.

Il se souvint alors qu'il avait été possesseur d'un roulement à billes, mais cela lui parut très lointain. Il se demanda ce qu'il était devenu et fouilla dans sa mémoire. Il finit par voir un tiroir plein de ce que Virginie appelait « ses bricoles ». Le roulement à billes était là, luisant parmi des ficelles, des bouchons, une trompette en bois, un petit ours en peluche, des rondelles de caoutchouc de canettes de bière, une poignée en carton des magasins *Au Muguet*, la croix de guerre de son père, un tournevis, une grosse gomme lard, mais il ressentait une difficulté à situer ce tiroir.

Il réfléchit longtemps avant que la lumière se fît : ce tiroir était le dernier à gauche du comptoir de la mercerie. Il ressentit alors le désir impérieux de le tirer, de retrouver le roulement à billes et cela lui fit mal. Pourquoi ce magasin clos, ces volets de bois, ces scellés, cet abandon ?

Ramélie lui dit bonjour, mais il ne le vit pas. Il entra par le couloir de l'immeuble dans la courette pleine de plantes vertes dans des pots couleur brique, se dirigea vers la fenêtre de l'arrière-boutique dont il tenta d'écarter les persiennes. Puis il regarda entre deux panneaux

113

disjoints, distinguant peu à peu la masse blanche du lit de Virginie, avec sa courtepointe absurdement tirée comme si quelqu'un s'apprêtait à s'y coucher. L'image de sa mère ne le visita pas tout de suite car il pensait intensément au roulement à billes. Il observa ce lieu mort comme un musée, son regard s'arrêtant sur chaque objet : le gros réveil à cloche avec ses chiffres romains noirs et son aiguille immobilisée, le papier peint aux violettes devenu terne, l'armoire à glace ovale. Dans cette dernière se trouvaient les vêtements de Virginie, ses robes, son manteau de pluie, ses deux chapeaux : la capeline à ruban bleu, le bonnet en peau d'ange avec la courte voilette pour maintenir l'ondulation...

Quand Virginie s'habillait pour sortir, il lui disait : « M'man, ce que t'es belle ! » et elle répondait : « Mais il est galant, ce jeune homme ! » Ils sortaient ensemble, soit pour aller au cinéma *La Gaîté-Rochechouart* voir des films américains qui les dépaysaient : *Tarzan*, *L'Homme invisible* ou *Ben Hur*, et aussi des Laurel et Hardy, des Charlot, des Buster Keaton, des Harold Lloyd qui les faisaient se tordre de rire, soit pour se rendre chez les fournisseurs de mercerie du boulevard de Sébastopol, de la rue du Caire, de la rue des Jeûneurs ou de la rue du Sentier. Ils prenaient la ligne de métro directe à la station Château-Rouge et descendaient à Réaumur-Sébastopol, Olivier apprenant par cœur les noms des stations du trajet et les répétant comme une antienne Barbès-Rochechouart, Gare-du-Nord, Gare-de-l'Est, Château-d'Eau... Au retour, il aidait sa mère à porter les paquets de rubans, de tissus et de bobines. Parfois, ils prolongeaient leur promenade, faisant un détour par le marché du quai aux Fleurs ou visitant les grainetiers et les oiseliers du quai du Louvre avant d'aller manger des gaufres en face du *Bazar de l'Hôtel-de-Ville*, à la brasserie auvergnate *Aux Armes de la Ville* en buvant des demis panachés.

Le front appuyé contre les volets, les bras ballants, Olivier, immobile comme un pantin, se laissait aller à sa rêverie. Virginie, avec sa jupe large et son corsage brodé, marchait dans la chambre. Elle se coiffait en chantant, piquant des épingles dans son gros chignon blond. Il la regardait avec ravissement et il éprouvait l'envie de rire et de pleurer à la fois, il tremblait de bonheur et de crainte, il avait très chaud et il frissonnait. Virginie se tourna vers les volets et se figea comme lorsqu'un film s'arrête sur une image fixe. Il tenta de chercher ses yeux, de distinguer les traits de son visage, mais ne put voir qu'un ovale clair, puis un jeu de lumière lui révéla une autre forme féminine avec des yeux, un nez, une bouche qui n'étaient pas ceux qu'il connaissait. Il frémit et le désespoir l'envahit : ce n'était plus sa mère qu'il voyait, mais une forme féminine inconnue qui ressemblait aussi bien à Mado la Princesse qu'à Elodie. Il ferma les yeux, les rouvrit et ne vit plus rien dans la pièce : ses fantômes s'étaient dissous.

Ce fut alors qu'il sentit deux mains se poser doucement sur ses épaules. Il émergea des nappes d'eau grise qui l'emprisonnaient et se retourna. Il reconnut Mme Kahn-Muller, la femme du fraiseur sur métaux, avec sa grosse natte blonde dans le dos qui lui donnait l'aspect d'une gretchen.

« Que fais-tu là, Olivier ? Mon petit, mon pauvre petit, mon tout-petit, viens... »

Elle le serra contre sa hanche et le guida comme un convalescent dans l'espace étroit de la cour où il avait fait ses premiers pas. Les lieux lui étaient familiers, il connaissait chaque recoin, chaque pierre, les déclivités du sol et même le fil à linge, les divers objets qui se trouvaient là. Sur le côté gauche, il revit ce mur avec cette porte toujours fermée qui l'avait intrigué. Il posa sa main sur le bois et demanda :

« Si on ouvrait la porte, on irait où ?

— Dans une autre cour, bien sûr... »

Il fit « Ah ? » comme si c'était très important. Ils s'arrêtèrent devant les pots de plantes dont elle lui révéla les noms : fougère, misère, cactus, lierre, buis, asparagus, mais elle ne les connaissait pas tous. Ensuite, elle le poussa vers le couloir et lui fit retrouver la réalité en lui disant :

« Viens avec moi. J'ai encore oublié d'acheter du sucre... »

Dehors, Olivier eut l'impression de se retrouver dans un autre monde. Tout comme s'il revenait d'une lointaine campagne. A l'intérieur de lui, derrière ses yeux, dans sa poitrine, quelque chose le blessait, l'oppressait. Il ne savait pas quoi. Alors, il sortit un mouchoir de sa poche et se moucha deux fois de suite, comme ça, sans raison, pour faire un geste.

★

Il suffisait parfois d'une musique pour transformer tout l'aspect de la rue. Elle pouvait prendre les couleurs du jazz noir, de l'opérette ou de l'accordéon au fil de l'eau. Elle pouvait aussi se parer de poésie bucolique grâce à la figure anachronique du marchand de fromages de chèvre qui venait une fois par semaine, le mardi, et se tenait au coin des rues Nicolet et Bachelet. Il soufflait dans un instrument de celluloïd en forme de flûte de Pan et les enfants étaient les premiers à accourir pour admirer trois chèvres dont ils touchaient les cornes avec des gestes craintifs de jeunes citadins.

On entendait de très loin les modulations de l'instrument champêtre aux sons peu nuancés, mais qui avaient quelque chose de sautillant et de frivole avec parfois une note plus mélancolique. Les femmes venaient acheter les fromages ronds à croûte bleue garantis *pur chèvre* tirés d'un panier d'osier plein de feuilles et d'herbes humides qui sentaient un peu fort. A tous, cela rappelait quelque coin de campagne. Certains jours, il était possible de lui acheter un bol de lait et l'homme trayait une chèvre devant vous. Quand il n'avait plus de clients, il repartait et les enfants le suivaient longtemps en faisant : « *Béée, bééée...* » dans l'espoir d'entendre les trois chèvres (Biquette, Cabrette et Blanchette) leur répondre.

La rue avait ses bêtes : les chiens, bâtards pour la plupart, les chats ronronnant sur les croisées, les serins en cage avec leur mouron et leur os de seiche, les poissons rouges en bocal, les pigeons et les piafs, les chauves-souris en velours gris que les enfants visaient de leurs lance-pierres, les ânes des voitures de chiffonniers, les percherons des chariots de livraison, les rats qui encombraient les caves et se montraient parfois assez hardis pour paraître au grand jour, sans oublier les élevages du père Bougras qui n'en finissait jamais de partager son pain avec les bêtes.

Aux grands jours, quelque bateleur s'arrêtait avec son singe ou son ours qui dansait au son d'un harmonica, cependant que les chiens du quartier grognaient à distance respectueuse. Les jours d'été, quand la fenêtre était ouverte, on entendait le perroquet de Mme Papa qui criait : « As-tu fermé l'gaz, l'gaz et l'eau, et l'eau... » Dans des jardinets, on trouvait encore des tortues, sur des murs des escargots, sous une pierre un crapaud. Le jour du Bœuf Gras dont la tradition agonisait, on présentait le lauréat : une superbe bête aux cornes fleuries, à la terrasse du *Café des Artistes,* avec une plaque verte à lettres dorées et une pancarte donnant le nom du boucher qui l'avait acquis et cela prenait un aspect païen de fête antique.

Auprès de ce bestiaire des villes, il en existait un autre, aussi excitant pour l'imagination, auquel Olivier, comme tous les enfants, était attaché, les adultes, eux, n'y prêtant guère attention. On trouvait dans cette zoologie particulière l'emblème au béret du louveteau, le lion blanc de l'amidon Rémy et celui noir du cirage, le crocodile des premières chemises Lacoste, la cocotte de la Poule au Pot au-dessus de sa marmite fumante, le pingouin Alfred auprès de Zig et Puce, Mickey et ses comparses, Félix-le-Chat, le vieux Gédéon de Benjamin Rabier et l'éléphant Babar qui venait de naître, les petits chevaux du jeu, les héros des fables de La Fontaine et de Florian, le jeu de la girafe qui se jouait à cinq dés représentant chacun sur une face une partie de l'animal qu'il fallait reconstituer, le coq de Pathé-Journal, le kiwi australien de la pâte à chaussures, l'oie du pâté de foie, le jeu de la grenouille dans les préaux d'écoles, l'abeille ou l'aigle des assurances...

Olivier aperçut de loin le béret basque du montreur de chèvres, un grand garçon maigre aux traits saillants qui ressemblait à l'acteur Pierre-Richard Wilm. Il s'approcha car il aimait entendre les sons modulés de la flûte et il espérait que le colporteur de fromages ronds en jouerait un air avant de reprendre son chemin. Il attendit sagement en touchant le poil rêche des chèvres. Elles avaient des yeux très doux et faisaient penser à des vieilles filles tristes les jours de pluie. Mais le berger des villes s'éloigna sans porter l'instrument champêtre à ses lèvres.

Auprès d'Olivier se tenait une fillette de cinq ou six ans, brune, avec des sourcils arqués et des yeux comme des cailloux noirs illuminant un visage au menton pointu. Il prit cette petite renarde par la main et ils remontèrent la rue. Jouant au grand frère, il la raccompagna jusqu'à l'immeuble du 76 où son père était chapelier en chambre. Il lui dit : « Au revoir, Mimi ! » et comme elle ignorait son prénom, elle répondit : « Au revoir, petit garçon ! »

Il s'apprêtait à traverser la rue pour pénétrer dans l'immeuble de ses cousins quand deux de la rue Bachelet, plus âgés que lui, Doudou et Emile (dit Pladner à cause du boxeur) vinrent, comme on disait, « lui chercher des crosses ». Doudou cria :

« Eh ! la fille...

— Je suis pas une fille ! » répondit noblement Olivier.

Ils le toisèrent, le poussèrent du bout des doigts avec mépris en se le renvoyant de l'un à l'autre. Olivier faillit tomber, puis il tenta de contre-attaquer mais sans succès : leurs bras étaient plus longs que les siens. Si seulement Loulou et Capdeverre avaient été là ! Les garçons le bousculèrent de plus en plus brutalement et il ne put se garder des gifles cinglantes jetées à la volée. Il détestait les gifles, il préférait les coups de poing, même quand ils font plus mal. Il se défendait avec acharnement pour éviter cette « dérouillée » quand une voix de femme venant d'une fenêtre retentit :

« Vous allez le laisser tranquille ? »

Les deux escogriffes levèrent la tête et crièrent des injures :

« La ferme, la Princesse, c'est pas vos oignons, on va pas l'abîmer le beau gosse... »

Olivier profita de cette diversion pour leur échapper et s'engouffrer dans le couloir de l'immeuble. Il se crut sauvé mais Doudou et Pladner le poursuivirent dans l'escalier. Arriverait-il au troisième étage sans être rattrapé ? Mais soudain apparut le seul qui pouvait en imposer : le beau Mac. Il n'eut qu'à lever un sourcil sur un œil menaçant pour que les agresseurs d'Olivier fuient dans les escaliers à grands bruits de souliers.

A son tour, Olivier, pris entre deux feux, tenta de s'échapper, mais Mac le saisit par le bras, le colla contre le mur et le regarda avec un sourire cruel. L'enfant s'immobilisa. Il en avait assez de tout cela : que Mac lui casse la figure, qu'il lui fasse tout le mal qu'il voudrait ! Il frémit cependant lorsqu'il se sentit soulevé de terre, croyant être jeté par-dessus la rampe de l'escalier. Mac, le tenant sous son bras, monta jusqu'à son sixième étage, là où le parquet n'est plus ciré, et entra dans sa chambre sans le lâcher. La porte refermée, il le jeta sur un sommier où son corps rebondit. Puis, les poings sur les hanches, il le toisa avec mépris, jetant :

« Pauvre pomme ! Le roi de la raclée... »

Olivier resta muet. Recroquevillé, ses genoux touchant son menton, il attendait que son destin fût fixé, avec un mince espoir d'être libéré. Mac ôta son chapeau mou et en coiffa un ballon de football, quitta sa veste, gratta une tache, donna quelques coups d'ongle sur le tissu, alluma une cigarette à bout de liège. Il ouvrit la fenêtre et parla avec Mado qui, à l'étage au-dessous, se tenait elle aussi à la croisée.

Olivier ne comprit pas ce qu'ils disaient, mais il entendit prononcer « la pauvre pomme » et comprit qu'il s'agissait de lui. Il profita de l'inattention de son geôlier pour se déplacer silencieusement en direction de la porte, mais Mac se retourna brusquement et lui fit signe de revenir très exactement à l'endroit du sommier d'où il était parti. Terrorisé, l'enfant obéit.

Alors Mac ajusta ses boutons de manchettes, desserra sa cravate à rayures et s'installa dans un fauteuil d'osier en posant ses pieds sur la table. Il lut le magazine *Détective* qui présentait les assassins de la semaine avec un titre rouge sang et des tons bistre soutenu. Le jour baissait imperceptiblement. Olivier dans un furtif mouvement de reptation cala son dos contre le mur et attendit il ne savait trop quoi. Parfois, Mac tapotait sur sa cigarette, croisait ou décroisait ses pieds. Il tournait les pages avec son index mouillé ou soufflait pour les décoller. Il semblait fasciné par ce qu'il lisait. Avec un air de shérif au repos, il jetait de temps en temps un regard froid en direction de son prisonnier pour lui signifier qu'il ne le perdait pas de vue.

Olivier suivait les volutes de fumée bleue au-dessus de la tête de Mac. A un moment, cela fit un rond et Mac eut un mouvement crâneur. L'enfant se laissa aller à de nouvelles rêveries. Dans une pièce voisine, un phonographe nasillait *Parlez-moi d'amour.* Après, ce fut *Un amour comme le nôtre.* Sur les murs, l'enfant voyait des photographies fixées par des punaises, des visages de sportifs dont il tentait de lire les noms imprimés en caractères ventrus : Young Pérez, Kid Francis, Al Brown, Ladoumègue, Jean Taris, Charles Pelissier.

Au-dessus du sommier, on distinguait Frédo Gardoni, l'accordéoniste, en chemise rose à fermeture Eclair, son piano à bretelles posé sur le genou gauche, trois disques accrochés à des clous pour faire décoratif, des photos d'artistes de cinéma : Anny Ondra, Rosine Deréan, Lily Damita, Marion Davis, Josseline Gaël. Il vit aussi une belle photographie de Mado avec une dédicace : *A Mac, mon copain-voisin* écrite avec une grosse encre bleue.

Sur le sol, deux gants de boxe étaient pelotonnés comme des chats. Dans un coin, une pierre à évier avec un robinet qui fuyait, un verre contenant une brosse à dents et un tube de Pepsodent écrasé. Plus loin, sur une toile cirée, un réchaud à essence Tito-Landi, un moulin à café, une bouteille de fine et un siphon emmailloté dans un filet, quelques ustensiles de cuisine. Les costumes du beau Mac étaient réunis dans un renfoncement, derrière un rideau sur tringle. Tout paraissait misérable et bien éloigné du luxe vestimentaire affiché par l'homme.

Après avoir écrasé son mégot dans une tasse et jeté son magazine sous la fenêtre, sur une pile de journaux, Mac s'étira et sortit d'un tiroir un revolver tout noir. Il le glissa dans sa ceinture et fit plusieurs fois de suite le geste de le tirer rapidement en le braquant sur un ennemi imaginaire qui se serait tenu derrière la porte d'entrée. Il s'assit près de l'enfant sur le sommier qui gémit, fit jouer le cran de sûreté de son arme, sortit le chargeur, le remit en place et, montrant le revolver à plat sur sa main, il dit à Olivier :

« C'est pas beau, ça ? »

Olivier inclina la tête en signe d'assentiment. L'homme cherchait à l'impressionner et il y parvenait fort bien. Mac fit sauter le revolver et reprit :

« Il faut toujours tirer le premier ! »

Cette fois, Olivier murmura bêtement « Ah ? » parce qu'il sentait qu'il fallait dire quelque chose. Alors Mac se leva, parcourut la pièce de long en large. Il paradait, il faisait son numéro de cirque, il se redressait, les hanches minces, le torse avantageux, faisant saillir ses muscles, se dandinant comme un gangster de cinéma. Il se lança dans un discours :

« A ton âge, pauvre pomme, personne n'aurait osé toucher à Mac, personne ! Pas même le vieux... Et j'étais dans un coin où les durs étaient des durs. Pas des demi-sels comme ici. Si tes potes te parlent de Mac, tu diras : « "C'est un caïd." Tu entends bien : *un caïd* ! Répète : "Mac, c'est un Caïd !" »

— Oui, dit Olivier, euh... Mac, c'est un caïd !

— Debout ! Viens ici ! Oui... là, devant moi, face à face, je vais te montrer des trucs. Ecoute-moi bien. Le monde, c'est la jungle. Que des paumés et des salingues ! Les deux mecs, tu pouvais les mettre en l'air comme un rien ! Approche-toi. Vise un peu. Le type est en face de toi... Tu n'attends pas, tu fonces, tête baissée. *Rrrrran !* dans l'estome. Patiente pas : un coup de genou dans la fiole, ta targette dans ses balloches. Et c'est *out !* »

Et Mac joignait ses gestes belliqueux à ses paroles menaçantes. Il sautait sur place, feintait, jouait du poing, de la tête, des épaules, des genoux, des pieds et les assaillants invisibles tombaient autour de lui. Il les prenait et les jetait très loin, rajustait sa cravate, disait : « A qui le tour ? » Olivier le regardait avec effarement. L'homme semblait en transe, ses mèches brunes et grasses tombant sur son front, il grimaçait, il devenait un gorille, un chat en colère, enfant recula, se plaça le dos contre la porte pour lui laisser le plus de place possible.

Et Mac continuait :

« ... Tu mets tes doigts comme ça (il faisait les cornes) et tu enfonces les yeux de ton ennemi : deux yeux crevés, un festival, Grand-Guignol ! Et un coup de pompe dans le tibia : deux mois d'hosto ! Regarde comme on casse un doigt : *clac !* un coup sec... Les deux qui t'ont attaqué : zéro pointé. Ils frappent graduellement, mais ils ménagent. Suppose que tu sois un saignant. Frappe le premier. Un coup sale, vache, rapido. Ou alors, tu boxes, mais c'est de la science, plus du combat de rue, comme ça... »

Mac se mettait en garde, protégeant son visage et décrivant les coups qu'il lançait :

« Un swing, un uppercut, un gauche, au ventre, au menton, une deux trois, un direct du droit. Regarde bien comment je fais... Si tu m'écoutes, tu les dérouilles. *Et ran, et ran, et ran !* Avance un peu, cave, fais comme mézigue ! »

Olivier commençait à se détendre. Mac l'effrayait moins. Il suffisait de le laisser parler. Comme Albertine, comme Gastounet, comme tous. Il se mit en garde et Mac rectifia sa position, lui apprit un jeu de jambes, une esquive... L'enfant sautillait sur place, imitait les boxeurs qu'il avait vus aux actualités cinématographiques, plaçait bien ses poings.

« Vas-y, môme, tape sur ma poitrine... *Hop, hop et hop !* je t'en allonge un... »

Frappé légèrement à la pointe du menton, Olivier sentit la pièce tourner et il tomba à la renverse sur le sommier.

« Soigneur ! » hurla Mac dans un rictus.

Il se mit à jouer un nouveau rôle, aspergeant l'enfant d'eau froide, lui frottant le visage, lui massant la nuque et les épaules, lui glissant dans la bouche une épluchure de pomme de terre en guise de protège-dents. Quand Olivier se redressa, tout étourdi, Mac saisit une casserole et une cuillère pour imiter un coup de gong.

« Deuxième reprise ! »

Cette fois, Olivier se garda des coups, se tenant à distance et recevant seulement quelques tapes du plat de la main qu'il supporta stoïquement. Il finit par s'arrêter, essoufflé, en jetant :

« Je suis fatigué...

— C'est ça, le coup de pompe, on connaît ! » jeta Mac qui lui aussi soufflait un peu.

Il s'assit sur le sol et, avec un rire hystérique, commença à jongler avec les gants de boxe. Puis, se relevant, il prit un ton plus apaisé, didactique :

« Tu ouvres la main, tu tends les doigts... le tranchant de la pogne : un vrai sabre ! Et un grand coup à la gorge... *Vlan, bzzzt !* Hors de course. Ton poing au plexus solaire. Là, tu piges ? Plus d'homme ! »

Olivier acquiesçait de la tête, imitant Mac dans ses attitudes. Pourtant, il se sentait maladroit et il savait qu'il ne frapperait jamais personne de cette manière.

« Un coup de front en plein nez... *Crac !* » faisait Mac et Olivier grimaçait.

Si Olivier avait frappé un adversaire de cette manière, il aurait souffert de la souffrance de l'autre. Mais il ne voulait pas le montrer à Mac. Alors il serrait les dents, avançait le menton, tentait vainement de se composer un masque cruel que tout en lui démentait : sa blondeur, son innocence, ses regards. Jamais Virginie ne l'avait frappé, pas la moindre gifle, pas la moindre fessée, et il n'aimait pas la bagarre. Ce qu'il aurait voulu, lorsqu'on l'attaquait, c'était seulement maîtriser ses adversaires.

Mac se démena encore, mais cette surexcitation le laissa abattu, des ombres passèrent dans son regard, sa bouche prit un pli amer, comme s'il doutait de lui-même. Il jeta à l'enfant un regard presque implorant :

« J' suis terrible, non ? Merde, dis-le que je suis terrible ! T'en as rencontré des types comme moi ? Le pater avec un foie comme une éponge, la mater qui a mis les bouts. Et moi, Mac, vachement baraqué ! Dans la rue, des crevés, rien que des crevés, des crevetons. Mais moi : un caïd, *le Caïd !*

— Oui, m'sieur ! dit Olivier.

— "Oui, m'sieur, oui, m'sieur !" Tu parles d'une pomme ! Tiens, je t'apprendrai à te servir d'un surin et à viser au ventre en remontant pour faire sortir les tripes du gazier...

— Oui, Mac », dit Olivier avec une moue de dégoût.

Mais Mac se recoiffait, boutonnait son col, refaisait son nœud de cravate, se plantait devant un miroir plein de taches de mouches, vérifiait la blancheur de ses dents avec des grimaces de singe, prenait des poses. Olivier le regardait par en dessous, ne sachant s'il devait le craindre, l'admirer ou le mépriser. Il ressentait à la fois une joie furtive et une curieuse amertume. C'était comme s'il venait de vaincre le beau Mac.

Quand la grosse Albertine voyait passer quelqu'un ne ressemblant pas, par sa démarche, son allure, ses vêtements, aux gens de la rue, quelque étranger, quelque touriste montant vers le Sacré-Cœur, elle disait philosophiquement :

« On voit du drôle de monde, tout de même ! »

Olivier pensait en regardant Mac : « Du drôle de monde ! » Il jeta un regard vers la photographie de Mado. Elle avait un sourire qu'il ne connaissait pas et qui semblait faux comme lorsque les caissières font des amabilités. Il se demanda s'il détestait Mac sans trouver de réponse. Il s'enhardit et demanda avec une pointe d'insolence :

« Je peux partir, maintenant ? »

Mais il ajouta bien vite :

« T'es un caïd, Mac, *le Caïd* !

— Ouais, ouais, fit Mac en balançant les épaules. Gicle, pauvre pomme, et n'oublie jamais la leçon du beau Mac ! »

Olivier ne se le fit pas répéter. Il se jeta sur la porte, l'ouvrit, sortit et dévala l'escalier le plus vite qu'il put, cognant de l'épaule chaque tournant pour prendre un nouvel essor. Quand il se retrouva devant la porte de ses cousins, il tenta de se recoiffer avec les doigts. Jean allait s'apercevoir de quelque chose de peu naturel et Elodie lui dirait :

« D'où il vient encore, celui-là ? Ah ! il devient un vrai voyou, tu sais, on ne peut plus le tenir. Hou là là... Jésus Marie ! »

VII

La rue, comme une barque légère amarrée à la capitale, tanguait, fragile, au fil des événements, luttait contre les misères quotidiennes, parfois prenait de l'altitude ou chantait pour oublier ses malheurs. Mais les journaux se dépliaient entre les mains, on lisait en hochant la tête, on passait rapidement de l'angoisse au sourire, de l'inquiétude au spectacle, se rassurant soi-même tant bien que mal parce que le monde des autres, des heureux, des nantis proposait des exemples impossibles à suivre mais toujours rêvés ou espérés.

Ce petit bout de la rue Labat, c'était le cinéma du pauvre, le paradis des mal logés, le lieu de la liberté, l'espace d'une aventure. On disait : « La rue est à tout le monde » et cela exprimait un lieu où l'on pouvait être chez soi. Auprès de rares vieux Parisiens, les gens de la rue Labat, partie haute, venaient d'un peu partout : il y avait des Espagnols, des Italiens, des Arabes, des Juifs, des Martiniquais, des Polonais, des Russes blancs, mais aussi des Bretons, des Auvergnats, des Basques qui gardaient, à un niveau moindre, leur part de nostalgie provinciale rentrée, et tous, étrangers cherchant à s'assimiler tout en gardant leurs particularités, nationaux venus des déserts français, retrouvaient dans la rue un peu de cet air libre qui les aidait à vivre.

Autour de cet esquif, le monde, le déroulement sans fin de ses actualités rapportées par une presse imagée, une T.S.F. guindée comme une très jeune provinciale mais explosant parfois d'un enthousiasme neuf. Et les sujets d'émerveillement ou de peur se pressaient, animaient les conversations : les baptêmes de l'air et les progrès incessants et rapides de l'aviation, les concours d'élégance automobile. Charlot venu à Paris, Gandhi avec son crâne chauve et ses jambes maigres, toujours drapé comme s'il sortait du bain, Gabriello et « le coup du crochet », Sonja Henie glissant sur le monde, les Six Jours, l'Aga Khan jouant au golf, Hitler et les nationaux-socialistes en face du vieil Hindenburg, l'enlèvement du bébé Lindbergh, le geste auguste de la Semeuse, Paris-New York par Costes et Bellonte, le bal de la couture à l'Opéra, les Petits Lits blancs, les nations d'Europe contestant leurs frontières, la conférence du désarmement, la S.D.N...

Mais tout cela finissait par prendre des allures irréelles, lointaines, menaçantes, fausses. La vérité de la rue était une vérité de rencontres, de conversations, de jeux, de pièces de monnaie comptées et recomptées (et dont on disait quand elles tombaient : « Ça ne pousse pas ! »), de flirts, de mariages, de naissances et de morts, de chômage écrasant ou de journées de travail brisant les corps, de relents de ragoût, de linge sale, d'humidité, de retards à l'atelier ou au bureau (Je lui ai dit qu'il y avait eu une panne de métro et il m'a répondu : Montrez le ticket de retard. Alors j'ai dit comme ça et il m'a répondu comme ça...), d'histoires d'amour, de disputes, de réconciliations, de bagarres parfois. Et tout cela vous rejetait vers les beaux dimanches, avec le repas emprisonné entre l'apéritif et le digestif, la fuite vers les musettes, les guinguettes, les friteries, les foires, le canotage, les zoos, le cinéma, le cirque, la foire du Trône, « Le Gros Arbre » et « Le Vrai Arbre » à Robinson, « Convert » à Nogent, l'intense plaisir populaire.

Les jeunes allaient au bal musette pour imiter les personnages de Carco, dansant la java vache, la rumba et la biguine. Mais tout se payait : le tour de danse de deux minutes coûtait un jeton de cinq sous. Les *Passons la monnaie !* des préposées aux sacs de cuir ouverts, les *Pssst !* conventionnellement impératifs des danseurs, couvre-chef — feutre, canotier ou casquette à carreaux — bien planté, invitant leurs cavalières pour leur poser la main contre l'échine, de chant ou avec un mouchoir pour éviter un contact moite, les sanglots et les longs bâillements de l'accordéon, le vin blanc, la menthe ou le diabolo, les regards louches, faussement distingués ou simplement gentils, les filles se dégageant par la danse des mouvements automatiques de l'usine ou du bureau, les garçons jouant le jeu éternel du pigeon suivant la pigeonne. Les bourgeois pouvaient trouver cela vulgaire, parler de bals pour bonniches, des êtres y étaient heureux.

Puis venait l'heure du retour, le dimanche soir, en regardant les fleuristes aux portes cochères, les victuailles aux devantures, les galantines, les pâtés parés, les quartiers de bœuf et de mouton fleuris de feuilles vertes et de papiers découpés des boucheries, l'animation du bureau de tabac, les cris des vendeurs de *Paris-Soir* ou de *L'Intran* hurlant les titres en les déformant. Et à ces joies, les sombres revers : les vieillesses frileuses et affamées, les chômeurs en groupes mornes allant vers les cantines, les crèches, les soupes populaires, Roméo et Juliette voyant leurs amours décimées par la misère, la promiscuité, le naufrage, les conventions.

Au cinéma, les gens de la rue préféraient aux films réalistes ou populistes ceux qui leur apportaient l'oubli avec des acteurs aux uniformes chamarrés à épaulettes d'or dans des films qui s'intitulaient *Le Congrès s'amuse*, *Il est charmant*, *Au service du Tsar*, *Un rêve blond* ou *Parade d'amour*. Plus il y avait d'empereurs et de princes, d'ingénues fades et de reines perfides, de falbalas et d'argenterie, de promenades en calèche, de bals monstres sous d'immenses lustres de Venise, plus cela plaisait, et les cousettes, les ouvrières, les dactylos pleuraient aux malheurs sentimentaux de la fille d'un roi ou au bonheur des cendrillons de studio choisies par les princes charmants Henry Garat ou Maurice Chevalier natif de Ménilmontant.

Et l'on revenait au Razvite et à la chemise Noveltex, au Phoscao et au thé mexicain du docteur Jawas, à la Jouvence de l'abbé Soury et à la tisane des Chartreux de Durbon, au Fernet-Branca et aux verres Pyrex, à la lotion Houbigant et à la bouilloire électrique Calor, aux montres Erméto et à la Malacéine *qui donne un teint de fleur*, au porte-plume à réservoir Waterman et au vin de Frileuse, à tout ce qui brille et n'est pas or, à tout ce qui comble les boulimies de l'impécuniosité.

Au fond, le monde se partageait en deux équipes, comme au football, avec des Onze de France particuliers. D'un côté, les hommes politiques : Tardieu, Herriot, Mandel, Paul-Boncour, Reynaud, Laval, Painlevé, Flandin, Caillaux, Doumer, Bouisson. De l'autre Henry Garat, Harry Baur, Jean Murat, Fernandel, Raimu, Milton, Chevalier, Charpini et Brancato, Bach et Laverne. Attention, coup d'envoi ! On militait au besoin, certes, et dur même, mais dès qu'ils étaient au pouvoir les hommes politiques prenaient des airs de volailles gavées peu ragoûtants. Il y avait les bons et les mauvais, mais on ne les distinguait pas toujours, et on savait qu'il en serait toujours ainsi, alors... Au cinéma, c'était toujours net, propre, intéressant, à visage de joie. Du bonheur ou du malheur, qui jamais l'emporterait ?

★

Parfois, vers deux heures de l'après-midi, Mme Albertine Haque, copieusement fardée, son renard sur ses épaules, la bouche arrondie avec du rouge gras dessinant le haut d'un cœur sur la lèvre supérieure, proposait à Olivier :

« Va chercher ta veste. On va aller se balader sur les boulevards... »

Mais il refusait, comme ça, tout net, sans donner de prétexte, et elle s'éloignait en tordant le cou comme une dinde, vexée. Olivier n'aimait quitter le quartier que la nuit. Ou alors avec Bougras qui rendait tout différent. En plein jour, il ressentait une sorte de peur panique, comme si le fait de s'éloigner de ces quelques maisons s'accompagnait du risque de quitter la rue à jamais, de se trouver brusquement face à face avec l'oncle du Nord ou, très loin, chez les grands-parents de Saugues. Dans ses pérégrinations, il ne dépassait pas les limites du boulevard Barbès, de la place Constantin-Pecqueur ou de la rue Marcadet.

Il entrait souvent chez Dufayel, au *Palais de la Nouveauté*, pour admirer les lourdes bicyclettes Auto-moto à pneus demi-ballons, les vélos-porteurs à guidons en forme de cornes de buffles et les fins courriers à boyaux, élancés comme des gazelles, ou ces tandems auxquels rêvaient Jean et Elodie. De ce rayon, il passait à un autre, marchant sur la pointe des pieds pour éviter de trop faire craquer les parquets, prenant garde de ne pas éveiller l'attention des vendeurs en blouse grise. Il observait tout, les objets plus particulièrement que les vêtements, fasciné par les bassines de cuivre rouge pour confitures, les lessiveuses en fer étamé avec leur pomme arroseuse, les cocottes en fonte noire, les faitouts, les casseroles en aluminium rangées par taille comme une famille nombreuse devant le photographe, les poêles ressemblant à des raquettes de tennis, les plats à four en terre cuite, tous ces ustensiles lui rappelant la cuisine de sa mère.

Il aimait d'un autre amour les magasins de *La Maison Dorée*, moins vastes, plus intimes, enfermés dans un triangle bordé par les rues Custine, Doudeauville et le boulevard Barbès. Mais les surveillants en jaquette et pantalon rayé, avec cravates grises rebondies et piquées d'une perle de culture, chaîne d'huissier au cou, se méfiaient des enfants seuls et les raccompagnaient à la porte de sortie en les poussant aux épaules du bout des doigts comme s'ils craignaient de se salir. Alors, Olivier, avant d'entrer, choisissait une mère de famille accompagnée de sa marmaille et se glissait négligemment parmi les poussins comme s'il faisait partie de la couvée. Ou encore, il suivait une femme très âgée, une grand-mère, de rayon en rayon. Au début, la femme se demandait ce que voulait ce petit garçon blond, aux yeux tendres, qui la regardait tripoter les tissus et palper la laine, puis elle lui souriait et finissait par l'accepter. Il pouvait alors espérer être emmené par elle au Guignol du magasin qui donnait des séances gratuites le jeudi pour les enfants accompagnés. Comme les vieux adorent le Guignol mais n'osent pas y aller seuls, cela arrangeait les deux parties et ensuite on se quittait bons amis.

Parfois, Olivier subissait des questions indiscrètes :

« Qu'est-ce qu'elle fait ta maman ? »

Au début, il répondait qu'elle était morte, mais alors on le plaignait, on prononçait le mot qu'il détestait : « orphelin » et il fallait écouter toutes sortes de considérations déjà trop entendues. Maintenant, il répondait simplement : « Elle travaille dans la mercerie ! » On le laissait tranquille, mais ensuite il se sentait tout aussi mal à l'aise.

Ainsi s'écoulait le temps d'errance en errance. Puis un matin, le père Bougras redressait sa haute taille, se frottait les mains, grattait sa barbe, consultait son porte-monnaie et disait, l'air navré :

« Y a pas, y a pas à dire, il faut faire quelque chose... »

Puis il déboutonnait le col de son bourgeron de velours, secouait sa crinière et disait à l'enfant :

« Viens, gars, aujourd'hui, on bricole ! »

Il confectionnait des étagères d'angle en bois découpé pour les ménagères, réparait un robinet, allait installer une prise de courant et Olivier portait la boîte à outils. Ou bien ils partaient, munis des accessoires nécessaires, pour proposer aux commerçants de nettoyer leurs vitres et Olivier touchait de petits pourboires qu'il glissait dans une boîte d'allumettes vide en espérant devenir un jour assez riche pour acheter le fameux couteau suisse.

Un matin de juin, Bougras s'étira au soleil et dit :

« C'est aujourd'hui l'été. Tout ce qu'il y a de plus officiel. Mais ça fait deux mois qu'il dure. Quelle belle saison ! »

En effet, il faisait de plus en plus chaud. Les hommes laissaient flotter leurs chemisettes sur le pantalon, les femmes portaient des robes légères. Seul Bougras gardait son bourgeron et sa casquette collée au front par la sueur.

Ayant trouvé un emploi d'homme-sandwich, il invita l'enfant à l'accompagner dans sa tournée. Son panneau, amarré aux épaules, vantait les mérites d'une bijouterie-horlogerie de la place Jules-Joffrin spécialisée dans les bagues de fiançailles, alliances, cadeaux de mariage, de baptême et de première communion. Ils enfilèrent le boulevard Ornano, puis le boulevard Barbès, Olivier portant sous son bras la réserve de prospectus, un lourd paquet de feuilles jaunes et roses. De mauvaise humeur, Bougras disait :

« Nom de d'là, me voilà bâté comme un âne un jour de foire. Hue donc, Bougras, tu es le valet du capitalisme, les vampires te sucent le sang et tu dis bravo ! »

Il tendait ses prospectus aux passants d'un geste large et majestueux et si l'un d'eux venait à refuser ou à jeter tout de suite le papier roulé en boule dans le caniveau, il le tourmentait d'une voix graillonneuse et agressive :

« Il est pas beau mon papelard ? Il est pas beau ? Mal rédigé peut-être ? Môsieur fait le fier. Il préférerait un jeton de voyeur. Môsieur serait-il un cochon ? Ça se voit. Allez, filez, Landru ! »

Et l'autre s'esquivait les épaules basses en répétant :

« Non mais, non mais, non mais sans blagues ! Qu'est-ce qu'il a celui-là ? »

Boulevard Rochechouart, en face du café Dupont *Tout est bon*, un cercle s'était formé autour d'un joueur de banjo aveugle assis sur un pliant tandis que sa femme, coiffée à la Damia, un haut-parleur à la main, chantait d'une voix cassée les succès du jour en présentant aux badauds des feuillets où les portraits des vedettes se détachaient sur des impressions monochromes violines, bois-de-rose, bleu pétrole ou gris fer. Bougras et Olivier s'approchèrent, cessant de distribuer leurs prospectus pour ne pas gêner les artistes, et écoutèrent *Je suis née dans l'faubourg Saint-Denis.* Puis ce fut la vente des chansons et en s'éloignant ils entendirent encore le début de *Je t'aimerai toujours, toujours, Ville d'amour, Ville d'amour.*

Comme le boulevard se situait à la limite de l'aire de prospection fixée par le commerçant, ils revinrent vers leur quartier en empruntant les rues Seveste, Ronsard et Muller. De temps en temps, Bougras jetait un regard rapide vers une bouche d'égout : il aurait été facile d'y jeter les prospectus et de se promener bien tranquillement, toujours bâté certes, mais les mains dans les poches en suivant la fumée de sa pipe. Olivier pouvait-il se douter que son compagnon avait engagé une conversation avec sa conscience, qu'il en sortait vainqueur et, l'âme pure, tendait ses papiers un par un aux passants.

« Au fond, dit-il à l'enfant, tous ces papelards, ça ne sert à rien, mais ça flatte le marchand de soupe... »

Le marché de la rue de Clignancourt puis celui de la rue Ramey absorbèrent de bonnes quantités, ce qui détermina Bougras à s'arrêter pour prendre un ballon de rouge chez Pierroz où il fut étonné qu'on reconnût l'enfant. Il but lentement, les yeux fermés de plaisir, d'un trait prolongé, mais il laissa un peu de vin au fond du verre qu'il mouilla d'eau gazeuse pour le tendre à Olivier. Celui-ci but à son tour, en l'imitant dans tous ses gestes, allant même jusqu'à passer le poignet sur des coins de moustache imaginaire en énonçant : « Ça fait du bien par où ça passe !

— Sûr ! » dit Bougras.

Bien qu'il ne restât plus qu'une vingtaine de prospectus qu'Olivier plia en deux et glissa sous sa chemise, il était trop tôt pour se rendre chez le bijoutier : le commerçant aurait soupçonné quelque rouerie. Bougras, qui, avec un soupir d'aise, s'était débarrassé de son panneau, demanda à Pierroz de le lui garder dans un coin et il alla le cacher au fond de la salle, derrière les billards russes.

En sortant, il acheta un pain aux raisins et une tablette de chocolat au lait pour Olivier et, pour lui-même, une bonne pesée de gros pain qu'il accompagna d'un morceau d'andouille de Guéméné vendu par un marchand en plein vent. Ils montèrent jusqu'au square de la place

Constantin-Pecqueur, désert à ce moment-là, et s'installèrent au large sur un banc pour déjeuner.

Bougras sortit de sa poche un couteau Opinel à lourd manche de bois clair et mangea à la campagnarde, le pain bien en main, l'andouille retenue par le pouce, taillant successivement dans l'un et dans l'autre et portant les morceaux réunis à sa bouche avec le couteau. Il mâchait longuement, du côté gauche, car il lui manquait quelques dents. De temps en temps, ils jetaient des miettes aux oiseaux, Bougras pestant contre les pigeons auxquels il préférait les moineaux.

« Bougras, pourquoi tu as une barbe ?

— Parce que dessous, il y a une sale gueule... » répondait Bougras dans un rire.

Olivier se demandait pourquoi il était si copain avec Bougras, « ce sauvage de Bougras » comme on l'appelait dans la rue parce qu'il parlait peu et grognait toujours contre quelque chose ou contre quelqu'un. Il tapota sur la tête de l'enfant dont les cheveux déjà trop longs et débarrassés des aventures de la gomina s'ébattaient en liberté.

« Ben, tu vois, dit-il, on est bien. »

Et cela voulait tout dire. Bougras pensait qu'un enfant, c'est une bonne compagnie, que ça ressemble à un animal, que ça sait se taire quand il le faut, mais que cela ne dure jamais bien longtemps. Quand ils sont grands, ils deviennent bêtes, comme les autres. Il savait que celui-là avait éprouvé un choc affectif, ce qui le différenciait un peu. Bougras, malgré sa joyeuseté de façade, avait une vision pessimiste des hommes. Individuellement, il pouvait les accepter, mais en groupe, il les trouvait impossibles. Il ne se soustrayait pas à cette critique et, intimement, se comparait à un rat subsistant grâce aux reliefs des autres et, au fond, s'en accommodant fort bien sans gêner personne.

Olivier qui pensait souvent à Mado la Princesse ne put se retenir d'affirmer sur un ton persuasif :

« Tu sais, Bougras, Mado, elle est très gentille.

— Bien sûr qu'elle est gentille ! » grogna Bougras avec un air de penser le contraire et de retenir une appréciation peu aimable.

Ils mangèrent quelques bouchées. Olivier leva les yeux

sur le monument de pierre en haut du square. On enfermait toujours les statues dans des grilles de fer, mais c'étaient ceux qui les regardaient qui se sentaient en prison.

« Tu connais le beau Mac ? demanda Olivier.

— J'aime mieux pas.

— Anatole dit qu'il est dingue, que c'est un barbeau (il n'avait qu'une idée vague du terme et espérait que Bougras le lui expliquerait). Mado, elle, elle a dit : "C'est la méchanceté à l'état pur." L'autre jour, il m'a appris à me bagarrer... »

Là, Bougras devint tout rouge. Il avala de travers, toussa et répéta plusieurs fois. « Nom de d'là, nom de d'là ! » Il paraissait en proie à une vive colère, mangeait hâtivement, et même avec gloutonnerie, ne regardait plus l'enfant. Celui-ci émietta le minuscule morceau de pain gris qui lui restait et jeta la nourriture aux oiseaux. Tirant un prospectus rose de sous sa chemise, il le plia à la forme d'un bateau qu'il poussa devant lui sur le banc en faisant *Tuttut, tuttut...*

« Dis, Bougras, qu'est-ce que c'est un *barbeau* ?

— Un poisson.

— Ah ? »

Bougras mâchait et remâchait sa mauvaise humeur qui, à partir de Mac, s'étendait au reste du monde. Il boudait, grognait, philosophait en noir pour lui tout seul, paraissait prêt à mordre et jetait des « Bande d'ordures ! » suivis d'« Après tout, j'en ai rien à chiquer ! » en regardant les pigeons qui piquaient du bec l'allée sableuse, comme s'il s'adressait à eux.

Avec des gestes nerveux, il écarta la poche de sa tabatière en caoutchouc devenue porte-monnaie et en tira un billet de cinq francs qu'il tendit à l'enfant :

« C'est ton salaire...

— C'est trop !

— Non, c'est calculé juste. Maintenant, rentre. Ta cousine va encore dire que tu lui fais tourner les sangs. Moi, je vais voir le bijoutier. »

Olivier finit par accepter le billet. Observant l'homme entre deux mèches blondes qu'il n'écartait pas, il lui dit :

« T'es fâché, Bougras ? »

Bougras essaya de sourire et lui répondit un peu vite :

133

« Mais non, mais non, tu n'as rien à voir là-dedans. De temps en temps, ça me prend et puis ça passe. Allez, file ! »

En revenant vers la rue, Olivier était assez mélancolique. Il avait fait quelque chose de mal, c'était sûr, quelque chose du genre de l'incendie du cagibi, mais en moins visible. Il chercha sans trouver, se promenant en écartant les bras de son corps et en les laissant tomber avec un soupir.

Rue Caulaincourt, il croisa une file de pensionnaires qui marchaient deux par deux sous la conduite d'un maître à barbiche. Vêtus d'un pantalon gris, avec une veste noire à boutons dorés, ils portaient une casquette de collège à visière de cuir. Pour Olivier, tous les jeunes garçons en uniforme qu'il rencontrait étaient des orphelins. Il s'écarta pour les laisser passer en imaginant une hécatombe de parents. Ces enfants paraissaient joyeux et bien nourris. Ils le toisèrent et il eut envie de leur faire la grimace. Puis l'image de Virginie brodant au point de croix des sapins vert émeraude l'habita un instant et il repartit en rentrant les épaules.

Une voix fraîche l'interpella. C'était son voisin de classe, celui avec qui il partageait le pupitre double, un nommé Dédé, mais qu'on appelait Bouboule, petit être obèse et joyeux qui passait son temps à s'empiffrer de chaussons aux pommes, de pains au chocolat, de lourds puddings et de toutes sortes de sucreries sans la moindre gêne. Ses goûters de quatre heures étaient célèbres : de véritables repas de déménageurs. Toute sa vie, il ressemblerait à un hippopotame, comme son père, comme sa mère, comme toute sa famille, étant entendu une fois pour toutes que c'était une question de glandes et qu'il vaut mieux faire envie que pitié. Si on se moquait de lui, il répondait par un sourire niais et tapait sur son ventre avec un bon regard de ses yeux bleu pâle qui désarmait. Au fond, Bouboule, on l'aimait bien.

« Vise un peu, Huile d'Olive, c'te glace ! »

Bouboule tenait à la main un cornet à double compartiment où deux boules de glace en supportaient une troisième. Tout en parlant, il lapait la vanille, la fraise et le café, indifféremment, à coups de langue rapides, comme un chat, et ses yeux roulaient de gourmandise satisfaite.

« Tu m'en files ? » demanda Olivier.

Généreusement, Bouboule fit glisser la boule de glace à la fraise dans la paume de son camarade. Ils se mirent à rire. Parce que c'était froid, Olivier faisait passer la glace d'une main dans l'autre et, en même temps, il léchait la crème rose qui fondait. Ils sautèrent et ils gambadèrent. Olivier tirait la langue pour montrer qu'elle était rouge et se poissait les mains en grimaçant.

Quand le cornet eut disparu dans la grosse bedaine de Bouboule et qu'Olivier, tant bien que mal, eut nettoyé ses mains, ils parlèrent plus sérieusement.

L'année scolaire se terminait. En attendant la distribution des prix, Bibiche, l'instituteur, permettait aux écoliers des lectures libres en classe. Cela voulait dire que les illustrés surgissaient des cartables et qu'on s'échangeait des lectures enrichissantes à base de *Cri-Cri, L'Epatant, Les Belles Images, Le Petit Illustré, Benjamin* ou *Le Roi des boy-scouts*. Tous les jouets confisqués en cours d'année avaient été restitués, le maître sortant de ses tiroirs une quantité appréciable d'objets saisis dans la classe : balles de tennis ou de ping-pong, lance-pierres, revolvers à bouchons, petites boîtes rondes imitant un beuglement ou un miaulement, sifflets, toupies...

« Tu te rappelles, le coup des billes ? » gloussa Bouboule.

Si Olivier se rappelait ! Ce matin-là, tout de suite après la récréation, il avait glissé dans la case de son pupitre une chaussette de laine gonflée de billes, ce qui lui donnait l'aspect d'une grappe de raisin. En pleine dictée, alors que le maître articulait les mots dans le plus profond silence, la chaussette avait craqué et les billes avaient roulé sur le plancher de la classe, les autres écoliers les poussant de la pointe du pied. Quel chahut ! Bibiche, au lieu de dire à Olivier qui, tout penaud, partait à quatre pattes sous les tables, « Châteauneuf, vous me ferez cent lignes ! » avait dit :

« Châteauneuf, vous me ferez cent *billes* ! »

Toute la classe était partie d'un éclat de rire. Le maître avait dit : « Cela s'appelle un lapsus ! » mais Olivier avait dû expliquer en cent lignes pourquoi c'était mal de jouer aux billes pendant que le maître dictait un texte d'Alphonse Daudet. Cela devait donner un beau morceau de littérature.

Par gentillesse, Bouboule demanda à Olivier :

« Tu reviendras en octobre ? Moi, de toute façon, je redoublerai. Alors, on sera encore ensemble.

— Heu... oui. Je pense », dit Olivier en rougissant.

Et Bouboule, par d'obscurs rapprochements, et parce qu'il avait envie de faire plaisir à son camarade, lui demanda :

« Comment ça fait quand on n'a plus de parents ?

— Je ne sais pas », dit Olivier.

Après que Bouboule lui eut demandé de tirer encore une fois la langue pour voir si elle était toujours rouge, ils se séparèrent.

★

Rue Labat, des reflets de soleil bleuissaient les vitres. L'herbe entre les pavés jaunissait. Dans l'atelier de l'Entreprise Dardart, on voyait des ouvriers avec de grosses lunettes noires sur les yeux qui soudaient du métal au chalumeau. Ils étaient entourés d'étincelles, comme d'un feu d'artifice, et les voir travailler donnait une impression de chaleur infernale.

Olivier aperçut le petit-fils de Mme Papa, un jeune homme au cheveu ras, au regard éteint, qui était en permission de détente. Il portait un uniforme kaki au pantalon trop grand, à la veste trop courte ajustée par un ceinturon usagé. Ses jambes étaient entourées de bandes molletières et, sur sa tête, un gros calot à pointes ressemblait à un bonnet d'âne retourné. Sous cette grosse laine, il transpirait comme un bœuf et son visage était congestionné. On aurait cru que l'armée voulait donner aux jeunes recrues une leçon d'humilité en les ridiculisant. Montrant un galon rouge sur sa manche, il expliquait au grand Anatole pot-à-colle qu'il était soldat de première classe et l'autre pensait aux wagons rouges des premières classes du métro.

Assise devant la mercerie, Albertine effilait des haricots verts et ses anglaises brunes dansaient comme des ressorts chaque fois qu'elle se penchait sur la casserole rouge où elle jetait ses légumes. Gastounet fit un signe rapide à Olivier et vint serrer la main du militaire à qui il fit un discours sur l'origine de sa fourragère à tresse verte et jaune assorti de considérations sur le Train des Equipages.

« Ah ! ah ! mon garçon. Qu'est-ce que le Groupe ?

— *Le Groupe est la cellule élémentaire de l'infanterie,* récita le garçon.

— Bravo, bravo ! dit Gastounet en tournant autour de lui, montre-moi tes semelles. C'est ça, c'est ça... Ah ! il manque un clou. De mon temps : deux jours de salle de police ! Mais aujourd'hui... »

Dès qu'il se retrouvait dans la rue, Olivier ressentait un soulagement. Il s'y enfonçait comme un terrassier dans sa tranchée. Il y respirait mieux. Il n'avait plus peur de rien, sauf peut-être de ce magasin de mercerie sur lequel il n'osait trop poser les yeux.

La concierge la plus en vue, la plus forte en gueule du quartier était celle du 78, Mme Grosmalard (Olivier ne sut jamais s'il s'agissait de son nom ou si on la désignait ainsi à cause de son gros derrière), véritable dragon au visage couvert de verrues poilues, la lèvre surmontée d'un duvet noir presque aussi épais que ses sourcils, un chignon piqué de peignes la couronnant. Reine des concierges, elle régnait en despote sur les locataires de son immeuble, jetant à tout propos la phrase rituelle : « Et les pieds, on ne les essuie plus ? » et torturant un mari aux cheveux roux, aux cuisses courtes qui paraissait être sa réplique en plus petit. Il faisait figure de prince consort car jamais on ne disait à son propos : le concierge. Non, il était « le mari de la concierge », c'est-à-dire quelque chose de superflu.

Cet homme rondouillard et balbutiant était des plus inoffensifs et ses yeux d'écureuil malin semblaient toujours vous confier : « J'ai l'air de lui obéir, mais au fond je triche parfois ! » Il prétendait avoir trouvé ce dont chacun rêvait dans la rue : une bonne martingale, non point celle de son imperméable, mais le moyen de vivre des courses de chevaux. Il prétendait réaliser un gain modeste mais régulier au P.M.U. En fait, il jouait prudemment les favoris « placés », ce qui rapportait peu. Cela lui permettait de passer ses journées en pointant

Paris-Sport et *La Veine* et de faire semblant de tenir une comptabilité compliquée pour éviter les corvées que lui infligerait sa femme. Cela suffisait pour qu'on dît de lui :

« Grosmalard ? Il est né coiffé !

— Mais c'est vrai, je suis né coiffé ! » répondait-il.

Comme Olivier ne savait pas ce que voulait dire cette expression, il imaginait la naissance d'un bébé roux qui venait au monde avec un béret sur la tête.

« Je suis sûre que c'est celui-là ! hurla Mme Grosmalard en apercevant Olivier. Il a le vice dans la peau et il est faux jeton comme pas un !

— C'est pas moi, c'est pas moi ! », cria Olivier sans savoir de quoi il s'agissait.

Il courut néanmoins vers le haut de la rue Bachelet pour se mettre hors de portée. Pendant la nuit, des mauvais plaisants avaient jeté des boules puantes par sa fenêtre entrouverte et elle cherchait un coupable. En accusant tous les enfants un par un, elle espérait le démasquer. Peu à peu, elle déversa toute sa rancœur :

« Ce grand imbécile d'Anatole qui reluque sous les jupes. L'autre là-bas avec ses pieds sales. Toudjourian et sa face d'huître. Celui-là qui va foutre le feu partout...

— Assez, assez ! » cria quelqu'un.

Cela suffit pour mettre toute la rue en émoi. Des fenêtres s'ouvrirent et les protestations, les injures, les quolibets se mirent à pleuvoir sur la femme-dragon, avec toute la bonne malice et la bonne vulgarité dont la rue, aux grands jours, était capable. On accusa la femme d'avoir des poux, puis des relations sexuelles avec son chien, puis d'être la progéniture d'un ivrogne et d'une prostituée. On lui demanda de retourner sur la Zone, puis à Charenton, et enfin d'aller se faire faire chez les Grecs. Le poing fermé, la graisse avantageuse, le chignon en bataille, elle rendait juron pour juron et cela allait de l'enchôsé du troisième à la guenon sur laquelle tout était passé y compris l'autobus et l'arpajonnais.

Alors le rire reprit le dessus et le jeu s'organisa autour du thème du silence. Il y eut : « Ferme ta cocotte, ça sent le ragoût ! » puis « Ferme ta boîte à sucre, les mouches vont rentrer dedans ! » Un grincheux utilisa encore l'expression « claque-merde » et elle prévalut sur les autres. Enfin la Grosmalard rentra chez elle, jeta un dernier gros mot et la rue reprit sa physionomie normale.

« Des gens comme ça, des gens comme ça... », répétait Albertine en mordillant un haricot vert.

Elle demanda à Olivier :

« Qu'est-ce que c'est que cette histoire de feu ?

— J'ignore ! » jeta Olivier un peu trop superbement.

Elle lui reposa la question d'une autre manière, mais il resta muet. Il lui raconterait peut-être, mais plus tard, bien plus tard. Elle l'appela « cachotier » puis ajouta qu'il était un « désagréable ». Qu'avaient-ils tous ce jour-là ? Bougras, la Grosmalard, Albertine... tous de mauvais poil. Il ne comprendrait jamais rien aux adultes !

Il en était à se demander s'il ne choisirait pas un nouveau domaine secret, à lui seul, tout au moins en imagination, une partie d'un des terrains de la Butte, celui des Tuyaux ou celui de la Terre glaise. Il marquerait ses limites par des pierres et y vivrait comme Robinson dans son île.

Une diversion l'arracha à ces projets : un avion, guère plus gros qu'une mouette, traversait le ciel. Tous les regards de la rue se levèrent en même temps et les mains se portèrent en abat-jour sur les fronts. Pour les enfants, il n'existait guère que deux façons de définir les avions, ils les divisaient en monoplans et en biplans. Le fils du boulanger finit par distinguer les cocardes tricolores et cette apparition mit de la joie et fit germer des conversations. Les aéroplanes, pour Gastounet (il prononçait *aréoplanes*), c'était obligatoirement l'évocation de Guynemer et de Fonck réunis dans la gloire des ailes, puis cela dérivait sur les bombardements aériens et les combats de la guerre future. Pour les enfants, cela évoquait des noms prestigieux, ceux de l'aventure civile : Mermoz, Lindbergh, Blériot, Bossoutrot, Amélia Earhart, Costes et Bellonte. Ils les appelaient les « as ». Puis quelqu'un parla des dirigeables et Olivier pensa à de grosses baleines luttant de vitesse avec des poissons volants.

Olivier, apercevant L'Araignée calé contre la porte de l'hôtel des Arabes, se demanda s'il avait vu l'aéroplane mais n'osa le questionner. Il lui fit seulement un petit signe de tête et se plaça près de lui. Ils regardèrent travailler Leibovitz, le tapissier, qui, aidé de son fils Elie, cardait de la laine à matelas. Pour cela, il s'était mis au milieu de la rue et des flocons de neige s'échappaient dans la lumière de son bizarre instrument monté sur roulettes qu'il faisait aller et venir comme un berceau. Olivier salua Elie et s'assit sur le bord du trottoir dans l'espoir qu'il pourrait donner un coup de main. En attendant, il regarda autour de lui, découpant les lieux en petites parties, comme un cinéaste, et détaillant les particularités de chacune.

Dans un renfoncement, tout au bout de la rue Bachelet, se trouvait une bonneterie dont la raison sociale était *Au petit qui n'a pas peur des gros.* Le David des sous-vêtements, sur le pas de sa porte, semblait toujours guetter le Goliath qu'il ne craignait pas. Comme il vendait aussi de la layette, une seconde inscription en lettres blanches collées sur la vitrine indiquait *Aux bébés de Montmartre.* Un peu plus bas, en face, dans la rue Nicolet, se trouvaient des maisons basses, des pavillons, qu'en un autre lieu on eût baptisés hôtels particuliers, avec des courettes de sous-préfecture, des arbres, dont un figuier famélique qui ne donnait jamais de fruits, des fils tendus en tous sens sur lesquels séchaient de grandes lessives. Olivier savait que Virginie, avant qu'elle ne fût mercière, avait habité l'une d'elles avec son mari. C'est là qu'ils l'avaient commandé aux cigognes. Plus tard, l'enfant apprendrait qu'un poète y avait vécu avec sa femme qui s'appelait Mathilde avant qu'un autre poète nommé Arthur ne vînt le rejoindre. Il se nommait Paul Verlaine. Chose curieuse, il y avait en face un marchand de peinture et sur son store figurait une publicité : *Véraline.* On n'avait déplacé qu'une lettre.

Quand Leibovitz replia sa laine dans une toile à matelas rayée et qu'Elie rentra la machine à carder, Olivier descendit vers la rue Lambert. La fenêtre de Lucien, le sans-filiste, était ouverte. Il s'essayait à chanter sans bégayer *Les Petits Pavés.* Il fit entrer l'enfant pour lui montrer une merveille du progrès qu'on venait de lui apporter à réparer. La mèche triste, l'air chevalin et tendre, il sourit aux anges en désignant un « phono-réveil-pendule », tout en un, de la marque *Peter Pan Clock,* destiné à réveiller son heureux possesseur avec un disque de son choix.

Ebloui par la science et la technique nouvelle, il dit à Olivier : « Tu verras qu'un jour... » et il fouilla parmi ses revues radiophoniques pour extraire un numéro sur lequel, après des articles d'écrivains et de techniciens, on pouvait lire une étude consacrée à « une branche nouvelle de la radiophonie » qu'on appelait la « phototélégraphie sans fil » ou encore la « télévision ». Il lut à l'enfant une partie de l'article et la commenta ensuite en ajoutant son enthousiasme à son bégaiement, ce qui n'arrangeait pas les choses :

« T... t... tu verras que que que qu'un jour, on aura le le cinéma chez soi ! »

Olivier l'écoutait avec un air sceptique. Pour lui faire plaisir, il s'exclama cependant :

« Oh ! dis donc ! Oh ! dis donc ! »

Lucien lui expliqua encore que puisqu'on transmettait des sons, il n'y avait pas de raison de ne pas pouvoir transmettre aussi des images et il lui décrivit un bélinogramme. L'enfant, très intéressé, se dit que son ami était une sorte de savant et, lorsqu'il quitta Lucien, il vibrait d'admiration pour lui.

Olivier ouvrit sa boîte d'allumettes et sortit son billet de cinq francs, le déplia, le replia, pensa au couteau suisse, et finit par le ranger. Lucien lui avait donné envie d'aller au cinéma. Il se pencha à sa fenêtre et lui dit encore :

« C'est chouette tout ça ! »

Et il salua Mme Lucien qui, en robe de chambre, frottait avec son index enduit de sirop Delabarre les gencives de son bébé dont les croûtes de lait avaient disparu. Il réfléchit encore à cette idée de cinéma chez soi, mais elle lui parut du domaine des contes de fées.

Ces pensées l'amenèrent à regarder, rue Custine, les affiches des cinémas du quartier, grossièrement coloriées, avec des tons rouges, verts et bleus en dégradé sur lesquels étaient imprimés les programmes de trois semaines à la fois. Le Marcadet-Palace, le Barbès-Pathé, le Roxy, le Montcalm, le Delta, le Palais Rochechouart, la Cigale jetaient en force des titres alléchants : *Fantômas* avec Jean Worms et Jean Galland, *David Golder* avec

Harry Baur, *La Symphonie pathétique* avec Georges Carpentier, *Le Dernier Choc* avec Jean Murat et Danielle Parola, *Shangai-Express* avec Marlène Dietrich, *Coups de roulis* avec Max Dearly, *Le Mystère de la chambre jaune* avec Roland Toutain et Huguette ex-Duflos, *Les Croix de bois* avec Pierre Blanchar et Charles Vanel, *La Perle* avec Edwige Feuillère... Tout cela était riche de promesses et Olivier pensait à des séances de cinéma interminables où, les yeux agrandis, il voyagerait dans un fauteuil magique. Comme les enfants qui, devant les pâtisseries, rêvent qu'un jour ils mangeront tous les gâteaux, Olivier voulait voir tous les films.

A l'épicerie *La Bordelaise*, on grillait du café et toute la rue embaumait. Jean-Jacques, le petit garçon de la maison, assis sur un banc devant la porte, s'évertuait à confectionner un filtre à eau comme on le lui avait appris en classe : une boîte de conserve vide avec un trou au fond, une couche de sable, une couche de charbon de bois écrasé, une couche de sable... mais quand il faisait couler l'eau, elle ressortait toute noire et il répétait : « Quel truc à la manque ! » Olivier lui dit que son mélange n'était peut-être pas assez tassé, mais l'autre lui répondit vertement qu'il n'y connaissait rien puisqu'il ne venait plus à l'école. Encore tout ébloui par les révélations de Lucien, Olivier quitta ce grincheux en lui disant :

« Moi, je sais des choses que tu ne sais pas. »

Il s'arrêta à l'angle en épinglé à cheveux des rues Ramey et Custine. Il regarda le mercure dans le grand thermomètre de la *Pharmacie Normale* et il lut les indications qui figuraient en face des graduations : *Pic du Midi 1890, Moscou 1812, Congélation de l'eau-de-vie, Glace, Puits profonds, Serres, Vers à soie, Chaleur du Sénégal, Sumatra, Bornéo, Ceylan, Tropiques*, en imaginant des Esquimaux et des Nègres. Dans la vitrine, des fuseaux de soleil jetaient des taches sautillantes sur les deux immenses bocaux ventrus aux couleurs vert et jaune qui intriguaient autant Olivier que le caducée et la croix verte entourés du halo laiteux de la lumière artificielle. Il monta sur la balance qui se trouvait devant la porte. Le disque sans inscriptions tourna et s'immobilisa entre deux traits muets, mais pour connaître le poids, il fallait glisser une pièce qui renvoyait un ticket imprimé. Cela lui parut ridicule et il eut l'impression qu'à l'intérieur de la machine quelqu'un connaissait son poids et ne voulait pas le lui révéler.

Il s'arrêta encore à la vitrine de la marchande de parapluies, regardant les ombrelles, les cannes à tête de chien, les badines pour les enfants et les parapluies à tête de canard, les Tom Pouce qui se glissent dans le sac et il pensa que la commerçante ne devait pas faire beaucoup d'affaires par un temps pareil. Plus loin, devant les caisses de laurier d'un restaurant, un Hardy de contreplaqué découpé et peint, plus gras encore qu'au naturel et séparé du maigre Laurel, brandissait une poêle à frire d'une main et de l'autre un rectangle sur lequel était collé le menu du jour. « Salut, Hardy ! » lui dit Olivier en passant et il se mit à gonfler ses joues.

Devant le 8 de la rue Lambert se tenait toujours une femme longue et mince, toute pâle, avec des tresses grises retenues par des nœuds violets, vêtue de noir avec un col Claudine et des poignets mousquetaire blancs. Assise sur une chaise cannée, elle cousait interminablement les mêmes minuscules roses de soie tous les sept centimètres sur un ruban vert. Les magasins du Louvre lui rémunéraient ce travail au mètre. Elle travaillait sur un coussin de velours noir où le serpent vert se déroulait pour finir dans un panier d'osier. Elle était à ce point incorporée au paysage qu'Olivier ne l'avait jamais vraiment vue. Prenant pour la première fois conscience de sa présence, il s'arrêta, observa les longs doigts agiles qui maniaient ruban, aiguille et ciseaux avec rapidité. Au bout de l'annulaire, elle portait un dé à coudre et cette minuscule timbale de métal ramena l'enfant vers la mercerie de Virginie et il revit sa mère reprisant des chaussettes gonflées par le gros œuf de bois. Entre deux roses, la femme lui jeta un rapide regard tout gris. Alors, il dit :

« C'est joli. »

Il vit que les lèvres dessinaient l'ébauche d'un sourire. Elle reposa un instant son ouvrage, regarda Olivier, soupira, mais se remit bien vite au travail et les doigts coururent vite, très vite, pour rattraper les secondes perdues.

Olivier s'éloigna lentement. Par-dessus les toits

d'ardoise, le ciel du soir pâlissait. Il prenait par endroits la coloration des fleurettes que cousait la couturière. Comme la vie était gaie, comme la vie était triste !

VIII

Elodie, les yeux rouges, deux assiettes blanches posées devant elle, triait des lentilles blondes. Cela ressemblait à un jeu. Du bout des doigts, elle faisait glisser les petits légumes ronds comme des confetti de l'une dans l'autre assiette en écartant au passage les pierres que le Diable y avait ajoutées.

Accoudé à l'autre bout de la table, le front dans les mains, Jean fixait sans le lire le journal *L'Ami du peuple* ouvert devant lui à la page sportive. Abattu et soucieux, il suivait un débat intérieur ponctué de soupirs et il n'osait pas regarder Elodie, de crainte que, leurs détresses se rejoignant de nouveau, la vie ne leur parût plus cruelle encore.

Quand il avait demandé Elodie en mariage à sa mère, il avait dit fièrement : « Avec moi, elle n'aura jamais faim. J'ai un bon métier ! » Et voici que la crise économique faisait naître des doutes. Certains de ses camarades qui, eux, n'avaient rien appris, de débrouillage en débrouillage, gagnaient leur vie mieux que lui. Tout cela était injuste.

Pour oublier les soucis quotidiens, il suffisait de s'aimer, mais tout amour a ses entractes. Plus tard, le regard de Jean se poserait sur le corsage de zéphir bleu de la jeune femme, verrait la mèche brune caresser la joue, la poitrine frémir, les lèvres rouges s'entrouvrir, mais là, c'était une période orageuse, avec ses bourrasques vives, ses angoisses éveillées par le vent comme des journaux fous.

Jean soulevait de temps en temps les sourcils et les épaules, ouvrait les mains comme s'il allait démontrer quelque chose, puis les fermait en enfonçant ses ongles marqués d'encre d'imprimerie dans sa paume. Tout en lui disait : « Que faire ? » Depuis le début de la semaine, il était inscrit au bureau de chômage et le fait d'aller prendre sa place dans la file d'attente pour toucher une maigre allocation le démoralisait.

Aux studios Francœur, aucun emploi de figurant n'était disponible, même avec la recommandation de P'tit Louis. Alors Jean avait fait divers métiers, suivant par exemple un ancien camarade du 6ᵉ cuirassiers de Lunéville, un nommé Grégoire dit Gégé, rencontré par hasard rue des Poissonniers et qui l'entraînait dans de curieuses pérégrinations. Munis d'une table pliante haute et étroite, ils se rendaient tous les deux aux abords des champs de courses ou des terrains de sport. Arrivés à destination, ils dressaient la table et se séparaient. Avec des regards furtifs autour de lui, Gégé sortait trois cartes de sa poche, les étalait à l'envers sur la table, et aboyait :

« *Bonneteau bonneteau, bonneteau bonneteau...* »

Cela attirait vite un rassemblement de joueurs et de badauds. Avec rapidité, Gégé montrait trois cartes dont une dame de cœur, les étalait de nouveau, les faisait glisser rapidement entre ses doigts, les déplaçait en les faisant passer les unes au-dessus des autres en répétant :

« Où est la dame de cœur ? Où est-elle ? Ici ou là ou là ? *Bonneteau, bonneteau...* »

Un joueur misait, hésitait, désignait une carte que Gégé retournait : non, ce n'était pas la bonne. Il empochait, recommençait à faire voyager les cartes de plus en plus vite : « *Bonneteau bonneteau...* » Alors Jean intervenait prenant un air niais, misait fort, et Gégé, d'un mouvement de sa langue entre ses lèvres, à gauche, au milieu ou à droite, lui désignait l'emplacement de la dame de cœur. Jean gagnait et Gégé le payait en grommelant. De nouveau, en bon compère, il battait comtois et gagnait encore avant de s'éloigner avec les billets gagnés. Alors, tout le monde voulait jouer : si ce type avait gagné, pourquoi pas moi ?

« *Bonneteau bonneteau, bonneteau bonneteau...* »

Jean avait une autre fonction : faire le guet. Dès qu'apparaissait un képi, il s'approchait à petits pas, faisait un signe rapide ou disait : « 22 ! » ou « Y'a du pet ! » et ils filaient à un autre endroit.

Mais cela déplaisait à Jean. Et aussi de vendre des

cravates à la sauvette dans un parapluie ouvert en enseignant à la clientèle l'art de faire des nœuds triangulaires à la mode. Il tint toute une matinée sans succès commerce de lames de rasoir en montrant comment les affûter par frottement à plat sur la paroi intérieure d'un verre à moutarde, mais cela ne lui rapporta pas le prix d'un bifteck. Il n'était pas doué pour le négoce.

« Tu veux du café ? demanda Elodie.

— Non, merci. »

Il prit un dossier en carte de Lyon, l'ouvrit et étala devant lui des imprimés de sa confection : cartes commerciales, têtes de lettre, catalogues, et aussi des dépliants publicitaires de firmes automobiles dont il était fier. Quand on est capable de si bien tirer les quadrichromies, peut-on vendre de vieilles boîtes de cirage desséché aux gogos ? Et il regardait avec tendresse les Talbot, les Amilcar, les Bugatti, les Delage, les Packard, les Chenard et Walker, les Hispano-Suiza aux carrosseries brillantes qu'il avait amoureusement parées de couleurs plus belles encore qu'au naturel.

Il prit quand même du café. En le buvant, il regardait ce qui l'entourait : les meubles bien astiqués, les rideaux de cretonne cousus par Elodie, le sabot verni sur le mur avec ses brins de buis, la coupe chargée de fruits en cire, les deux éléphants du serre-livres, la garniture de cheminée en marbre vert, les napperons posés un peu partout. Une traite restait impayée, la suivante le serait aussi. Et si les Galeries venaient reprendre les meubles ? Et les huissiers... Il contemplait le désastre redouté : la pièce vide, les murs nus, le laisser-aller, le dégoût. Et l'épicier qui affichait un cercueil : *Crédit est mort !* Et le boulanger avec son coq : *Quand le coq chantera crédit on fera !* Et Elodie qui parlait de travailler, d'aller dans une usine ou de faire des ménages, d'abîmer ses jolies mains pour ces salauds de richards. Et les journaux avec leurs reportages anticipés de guerres futures, cinq cents avions allemands pouvant suffire pour détruire Paris. Jean se frottait le front, le menton, les yeux pour éloigner tous les spectres.

Il sursauta. On frappait à la porte. C'était Olivier comme s'il venait réclamer sa place parmi tous ces tracas. Ses vêtements étaient poussiéreux, ses cheveux dorés parsemés de toiles d'araignée, son visage sale et il sentait le salpêtre. Il tenait à la main une bouteille de monbazillac pour Elodie qui aimait le vin sucré et un paquet de pruneaux. Il se déchargea sur la table et regarda ses cousins avec l'air satisfait du parfait débrouillard.

« J'ai bossé avec Bougras. On a nettoyé des caves rue du Baigneur...

— Et tu es propre ! s'exclama Elodie, tu es propre ! Va vite te laver, bougre de sale ! »

Jean aussi gronda un « ah ! là ! là ! celui-là... » mais le cœur n'y était pas. « Un vrai voyou, ton cousin ! » reprit Elodie en accentuant le « ou » à la provençale. Quand l'enfant revint de la cuisine, à peu près propre, elle posa une assiette devant lui :

« Chic, du pain perdu !

— Tu as de la chance qu'on t'en ait gardé. Tu sais l'heure ? »

Le pain perdu, c'était la gourmandise du pauvre. Sous prétexte de récupérer des tranches de pain rassis, on les faisait tremper dans du lait sucré, puis, avec de la fleur d'oranger et des œufs, on composait cette merveille servie bien rissolée.

Pendant qu'Olivier se régalait, Jean alla placer la bouteille de vin blanc sous le robinet pour la faire rafraîchir. Elodie mit les pruneaux à tremper dans une coupe en verre.

« C'est bon, c'est bon, miam miam ! » disait Olivier avec des mouvements comiques de la bouche et des joues.

Les randonnées avec Bougras lui réussissaient. Son teint se colorait. Il se faisait une musculature. Les nuages qui passaient dans ses yeux verts devenaient moins fréquents. Il avait trouvé un remède contre la nuit et ses peurs : il tâtait la boîte d'allumettes suédoises dans sa poche et savait qu'à tout moment il pouvait vaincre l'obscurité. Il sifflait aussi entre ses dents et savait se mettre en garde comme Mac le lui avait appris.

A la stupéfaction de ses cousins, il sortit de sa poche un paquet de quatre « parisiennes » et le tendit à Jean en lui disant :

« Si tu veux en griller une... »

Elodie repoussa les assiettes de lentilles. Elle était consternée par les mauvaises manières d'Olivier mais ne savait comment l'exprimer. En soupirant, elle se réfugia dans ses pensées ménagères. Elle préparerait ses lentilles aux oignons avec une tranche de lard maigre. Si après le repas de midi il en restait suffisamment, elle ferait un potage ou, peut-être, les accommoderait à la vinaigrette.

Après une hésitation, Jean tira une cigarette du minuscule paquet et la porta à ses lèvres. A peine avait-il ébauché ce geste qu'Olivier faisait craquer une allumette suédoise et lui tendait du feu en annonçant avec une pointe de malice :

« Moi je ne fume pas. Je suis trop jeune. »

Jean déboucha la bouteille de monbazillac. Le bouchon fit *ploc* ! Il était très long et Elodie vit là un bon signe pour la qualité du vin. Le liquide coula dans les trois verres à pied, la part de l'enfant étant complétée par une rasade de *Lithinés du docteur Gustin*. Ils trinquèrent en disant : « A la tienne ! » et : « Tchin tchin ! » Elodie, ses lèvres humectées et brillantes, dit : « Hou ! que c'est bon ! » Il y eut alors un moment de joie et d'affection si agréable qu'il semblait devoir durer toujours.

Mais Jean se rembrunit, pinça la pointe de son nez, fit crisser les poils de son menton, reprit son verre comme s'il allait porter un toast, et dit d'un ton embarrassé :

« Puisqu'on est là tous les trois, il faut que je te parle, Olivier. »

Il prononça de courtes phrases qu'il avait dû se répéter mentalement, mais qui surgirent en désordre :

« On est potes au fond... Tu vois notre situation... Et si Elodie avait un bébé ? Alors le conseil de famille... Pas tout de suite, dans une quinzaine... Il faut bien en finir... Le notaire, et puis aussi les autres. Il faudrait que tu ailles chez l'oncle... Eux ils ont du pèze... La tante le travaille au corps, l'oncle, mais les gens du Nord, c'est toujours long... »

Elodie but un petit coup et prit la relève oratoire :

« Nous, on voudrait bien te garder, mais tu es dur, tu sais. Et grimacier, et clochard, et voyou. Tu es trop dur et on est trop jeunes. Chez eux, tu ferais des études, tu ne traînerais plus les rues, tu jouerais avec leurs deux fils.

Ils ont même une bonne. Qu'est-ce que tu ferais à notre place ? »

Olivier, la tête inclinée, écoutait en regardant les bulles qui montaient du fond de son verre. Tous ces mots prononcés sur un ton affectueux et gêné lui faisaient mal. Dans ces cas-là, il avait envie de pleurer et de demander pardon, et, en même temps, il ne parvenait pas vraiment à croire tout cela qu'il redoutait. Ce devaient être des mots comme ça... alignés les uns au bout des autres et qui changeraient demain. Peut-être que Jean retrouverait du travail. Un bon imprimeur... Les grands parlent toujours et puis ils changent d'idée.

Pourquoi pensa-t-il à ce moment-là à la piscine de la rue des Amiraux, à toute cette eau bleue porteuse d'oubli ? Il était devenu un poisson et nageait sans fin dans cette transparence sans autre souci que celui de sentir la caresse de l'eau contre son corps qui glissait, qui glissait... Il leva la tête et rencontra les regards graves de ses cousins. Il dit :

« Et si j'étais un poisson ? »

Comme ils ne pouvaient le comprendre, ils échangèrent un signe de tête scandalisé, prenant cette question comme une insolence. Ah ! il était bien parti, celui-là. Durement, Jean lui dit :

« Allez, va jouer dans la rue. De toute façon, ça ne durera qu'un temps, ces histoires... »

Olivier ne semblait pas comprendre. Il regardait l'étiquette de la bouteille de vin blanc. On y voyait des rangées de vigne et tout au fond, une grande maison. Le temps s'écoula. Jean écrasa sa cigarette dans le cendrier réclame et en alluma une autre. Il se sentait tout de même soulagé par ce qu'il venait de dire. Il se versa un deuxième verre de vin blanc et Elodie fit : « Hé, attention !... » Demain, il irait à l'imprimerie. Autant ne pas faire le difficile : s'il n'y avait pas d'emploi de conducteur, il proposerait de faire n'importe quoi : laver et graisser les machines, balayer, faire des paquets ou des livraisons. Tant pis pour sa dignité d'ouvrier spécialisé. Une femme, un enfant à charge, peut-être que le singe comprendrait.

Il se pencha sur le cou d'Elodie et l'embrassa. Ses cheveux sentaient bon la lavande. Elle leva la tête. Ils avaient envie de s'aimer avec leurs corps. Jean dit à Olivier :

« Allons, fais une risette et va jouer. Tu verras : tout ira bien pour toi. Et puis on est là quand même ! »

Jouer, l'enfant n'en avait pas tellement envie, mais comprit qu'il devait les laisser seuls pour faire la *chose*. Sans bruit, il se glissa vers la porte.

★

Dans la rue, Olivier vit passer les « deux dames » qui, en costume tailleur, bien cravatées et les cheveux fixés au Bakerfix, partaient bras dessus bras dessous vers Montparnasse vers des boîtes à jazz-band où elles retrouveraient des congénères : *Le Collège Inn, Les Enfants terribles, Le Bosphore, Les Borgia, Le Jockey* ou *Les Vikings*. Là, elles danseraient des tangos vigoureux et violents, verraient des dames internationales se coller les unes aux autres avant de retrouver le Gotha au *Grand Ecart* ou l'exotisme du bal nègre à *La Boule blanche* si ce n'est le style Exposition coloniale à La *Jungle*.

L'enfant savait tout cela par une conversation entre Mac et Mado qui, eux aussi, semblaient bien connaître ces lieux. Il voyait ce Montparnasse très loin et pressentait des plaisirs vagues, comparables à ceux du film *Un soir de réveillon* qu'il avait vu au cinéma Barbès.

Au coin de la rue Custine, il aperçut Mado qui montait dans un taxi. Où allait-elle ? Dans des lieux où les enfants n'entrent pas, sans doute. Quand le taxi disparut au tournant de la rue, il se sentit tout mélancolique.

Devant le mur de l'école, à l'emplacement où s'organisaient des parties de billes à la sortie de quatre heures, un couple de romanichels à la peau brune, aux yeux charbonneux, s'était installé. L'homme portait de fortes moustaches noires et la femme des nattes, ainsi que la longue et large robe de gitane. Chacun s'affairant sur une chaise à la lueur du bec de gaz, ils évoquaient un tableau de mauvais peintre. Seuls leurs mouvements leur donnaient de la réalité. Plus loin, une fleuriste à jupe plissée arrosait avec l'eau d'une boîte de conserve rouillée, des violettes qui répandaient une odeur forte. Un vieux, poussant ce qui avait été une voiture d'enfant, ramassait du crottin de cheval sur la chaussée pour fumer quelque maigre jardinet et le jetait avec sa pelle à l'endroit où un bébé avait dormi. Un clochard à la face rouge piquait des mégots en attendant de tendre la main à la sortie des salles de spectacle ou de fouiller dans les poubelles du petit matin. On voyait aussi des sarabandes de jeunes en casquette se ruer vers les filles isolées pour les chahuter.

Olivier traversait tout cela comme une furtive flamme blonde. Ses yeux verts étaient tout baignés d'une mélancolie, d'une tendre nostalgie qu'il retrouverait tout au long de sa vie à chaque promenade solitaire dans une ville nocturne. Il glanait inconsciemment les images qui nourrissaient son imagination et, brusquement, il devait réprimer une étrange envie de parler, de s'exprimer, de courir ou de chanter, de jouer la comédie ou de réciter des poèmes, de vaincre ou de secourir, ne sachant comment libérer ce flot inconnu qui l'emplissait, l'étreignait, et se sentait ivre de sensations, de couleurs, de parfums, de gestes. Au plus haut degré de cette exaltation, des larmes froides coulaient sur ses joues et de pleurer ainsi sans raison, il se croyait fou.

Il atteignit le café *Les Deux Marronniers*, à l'endroit où le dimanche, au début de l'après-midi, les cars pour les courses stationnaient, le chauffeur en blouse blanche à revers bleus criant dans son porte-voix : « *Longchamp Longchamp, Longchamp les courses !* » jusqu'à ce qu'il eût fait le plein, tandis que les voyageurs déjà installés, chacun son journal hippique à la main, s'impatientaient de crainte de manquer la première course. A la place du Delta, ce fut comme s'il pénétrait brusquement sur un plateau de théâtre violemment éclairé. Le boulevard Rochechouart ruisselait de lumières colorées, avec des sautillements syncopés qu'adoucissaient par endroits les feuillages verts des arbres. Les automobiles jetaient des lueurs spectrales et leurs phares paraissaient vivants comme des yeux.

Olivier hésita : il atteignait la limite de ses pérégrinations nocturnes. Puis il se décida et avança dans ce monde comme un explorateur dans une forêt vierge. A partir de la place du Delta où le métro venait de s'enfoncer avec sa cargaison humaine dans le gouffre souter-

151

rain, le boulevard prenait une majuscule. Il devenait un fleuve, un Gange peuplé, large et mystérieux, chargé de rites, avec pour temples ses établissements de nuit accrochés sur ses rives comme des embarcations, des chalands et des pirogues habités de mystères initiatiques, les voitures traçant leur chemin en klaxonnant avec des cruautés de requins noirs, des bouées de sauvetage, des ports flottants étant constitués par des vespasiennes, des fontaines Wallace ou des kiosques à journaux.

Olivier s'insinua dans cet éblouissement de sons et de luminosités parmi une foule que la nuit transfigurait. Il passa devant des bars resplendissants de chromes, des boîtes de nuit froufroutantes à photographies roses et à aboyeurs insinuants, des restaurants face à la mer avec le plancher surélevé de leur terrasse, des cinémas, des cabarets et des théâtres rutilants avec les caissières maquillées enfermées dans du verre.

Au *Trianon Lyrique*, on donnait des opérettes que les habitués tenaient pour de la « grande musique » : *Le Pays du sourire* de Franz Lehar, *La Mascotte* d'Audran, *Le Petit Duc* de Lecocq, *Les Cloches de Corneville* de Planquette. Quelques mois plus tôt, un soir où le boulevard était couvert de neige, Virginie y avait emmené l'enfant pour le récompenser d'un bon livret de fin de mois en classe. On y représentait *Madame Butterfly*. A part quelques émerveillements rapides, il s'y était ennuyé, préférant le cirque Medrano où il avait vu le clown Grock jeter ses inénarrables « *Sans blâââââgue ?* » mais le souvenir aidant, il gardait de cette soirée l'impression d'avoir pénétré dans le domaine adulte et tout lui avait paru luxueux, la salle, les spectateurs, et surtout Virginie qui avait mis une robe noire pailletée de strass et un collier de perles Técla.

Plus loin, apparaissait le bal de l'*Elysée-Montmartre* où les marlous guettaient les petites bonnes, puis tout un bestiaire de lieux de spectacle : *La Cigale, La Fourmi, Le Coucou, Le Chat noir, Les Deux Anes* avant la plongée dans le macabre *Néant*, les cabarets de *L'Enfer* et du *Paradis*, l'un ouvrant une bouche infernale sur des diables rouges à la queue en forme de flèche, l'autre farci d'anges homosexuels fardés qui agitaient des ailes en carton-pâte dans une lumière rose. Et Olivier marchait, contournait les grands lacs Pigalle, Blanche et Clichy, revenait sur ses pas, passait d'un trottoir à l'autre, regardait la tente ronde de Medrano et ses photographies de piste, le Moulin-Rouge et ses ailes lumineuses, la Brasserie Graff et ses bruits de soucoupes, la place d'Anvers avec son square et son *Café des oiseaux* qu'on imaginait plein de serins et de perruches penchés sur des verres, des cafés avec jazz nègres, tziganes ou accordéonistes, chanteurs faisant reprendre des refrains en chœur, des friteries à la fumée grasse, un escalier entre deux murs comme un décor de film expressionniste, une boutique rouge avec un faux Aristide Bruant, velours noir et cache-nez écarlate, retenant les passants par le bras, des danseurs prenant le frais entre deux danses, des librairies à étalages spéciaux, des ateliers de peintre et des studios d'artiste, des passages pleins de pièges et, parmi le mouvement, la rumeur, la coulée de la foule, les jambes s'écartant et se refermant comme des compas, la joie vraie ou factice, quelque chose d'effrayant qui s'insinuait comme un serpent sous les herbes et faisait couler des filets d'eau froide sur l'échine.

Olivier, alors, empruntait le terre-plein au milieu du boulevard, regardait les vieux sur les bancs ne se décidant pas à aller se coucher tout comme si leurs lits allaient devenir des cercueils, les amoureux serrés sur un secret, les chercheurs d'aventures espérant un miracle. Il chantonnait pour se rassurer, serrait la boîte d'allumettes suédoises dans sa poche, trottait plus vite pour échapper à un univers qui voulait l'emprisonner, une glu dont il devait se détacher à coups d'ailes et il frémissait comme un oiselet.

Sans faim, il acheta un cornet de frites, fit ajouter beaucoup de sel et revint vers la rue Labat en mangeant pour faire des gestes. Il était comme une barque ayant quitté sa rivière pour une imprudente incursion vers la haute mer. Il avait besoin du port fluvial, de la rue, de savoir que derrière telle ou telle fenêtre, ses amis dormaient : Bougras, Albertine, Lucien, L'Araignée, Mado, et peut-être même aussi le beau Mac qu'il n'aimait pas.

Arrivé au 77, il dut sonner plusieurs fois avant que la concierge tirât le cordon. En passant devant la loge, il jeta son nom de façon tellement retentissante que la femme se plaindrait le lendemain de ce « voyou qui traîne les rues ». Le logement de ses cousins était silencieux. Jean et Elodie devaient dormir dans les bras l'un de l'autre. Sur la table, la bouteille de monbazillac était restée. Il la saisit, fit sauter le bouchon, se mit à boire à en avoir le souffle coupé, ajoutant ainsi un nouveau méfait à ses autres exploits. Il finit par s'enfoncer dans son lit, tout nu, les joues rouges et l'esprit en feu, mais le sommeil vint à son secours.

★

Loulou et Capdeverre ne savaient rien de ces équipées nocturnes dont Olivier gardait le secret. Accompagnant ses camarades, il s'enhardit à aller vers un lieu où il se sentait en quelque sorte interdit de séjour : les escaliers Becquerel, véritable terrain de sport pour les glissades sur les rampes, surtout celle conduisant au premier palier, là où aucun piton de protection ne gênait.

Loulou avait mis la culotte blanche trop étroite et qui moulait ses fesses rondes de son costume marin. Après quelques glissades, elle fut marquée de deux traits bruns et luisants et Capdeverre lui conseilla d'y mettre du talc pour que sa mère ne s'en aperçût pas, puis il l'appela « fesses de zèbre ». Loulou s'ingénia alors à descendre dans une position plus originale : à plat-ventre, puis ils glissèrent tous les trois ensemble, placés comme sur une luge, et à l'arrivée s'écroulèrent les uns sur les autres dans la poussière du trottoir.

Quand le jeu les lassa, ils s'installèrent sur les marches et une grande discussion commerciale eut lieu, entièrement à base d'échanges. Olivier proposa ses osselets contre un canif, mais Capdeverre exigeait en plus cent billes. Finalement, ce fut Loulou qui obtint, contre une toupie, le canif qu'il voulut ensuite échanger à Olivier contre ses osselets, mais, entre-temps, ce dernier pensant au couteau suisse de chez Pompon avait changé d'avis. Ainsi va le commerce.

Petit à petit, à force de répéter : « Je t'échange... », ils atteignirent le domaine de l'imaginaire :

« Je t'échange un rhinocéros contre un lion, dit Lou-lou.

— Et moi, je t'échange un zèbre contre une girafe », ajouta Olivier.

La zoologie épuisée, Capdeverre proposa à Loulou :

« Je t'échange ton père contre le mien.

— Des clous ! repartit Loulou. Un chauffeur de taxi, c'est quand même mieux qu'un flic. »

Olivier intervint dans le débat comme un arbitre. Finalement, d'échange en échange, on en arriva à inter-vertir l'emplacement du château de Versailles et celui du Sacré-Cœur de Montmartre et à céder la tour Eiffel contre l'arc de triomphe de l'Etoile.

Paris ayant été ainsi bouleversé, on en revint à plus concret. Ils se retrouvèrent réunis devant la vitrine d'un des nombreux pâtissiers de la rue Caulaincourt, se pour-léchant en faisant des grimaces à l'intention des clientes et des vendeuses, et regardant les gâteaux qu'ils nom-maient en disant : « Moi j'aime mieux... » les choux à la crème, les Paris-Brest au nom de course cycliste, les babas au rhum comme des éponges, les polonaises obè-ses, les millefeuilles ces grimoires, les allumettes laquées, les religieuses à gros ventre, les conversations recouvertes de tuiles, les barquettes de fruits. A l'inté-rieur de la boutique, deux dames chapeautées de fleurs qui prenaient le thé secouaient la tête avec impatience et la serveuse faisait signe aux enfants de s'en aller. Mais ils continuaient leur exploration, avec des « Moi je mange-rais... » en ajoutant « la grosse tarte » ou « la pièce mon-tée » ou « le moka au chocolat ». Finalement, Olivier exprima le rêve collectif en disant :

« Moi, je voudrais être une mouche ! »

Pour illustrer le mot, sans se concerter, ils se mirent à courir en battant des ailes et en faisant : « *Bzzz, bzzz, bzzz...* »

Ils se baladèrent goguenards dans les rues, à la recher-che d'une bonne idée de farce, tirant sur une sonnette d'immeuble, appuyant sur un bec de cane et criant au commerçant : « C'est pas moi, m'sieur, c'est pas moi ! » Puis Loulou eut une idée qu'il exprima par :

« Les gars, on va se marrer ! »

Ils comprirent vite, barrant le bas de la rue Labat,

avant la rue Lambert, avec ces sacs roulés en saucisson dont se servent les employés de la ville pour diriger les eaux de nettoiement. Loulou fila chez lui comme une flèche et revint avec une clef à molette. Ils montèrent jusqu'à la bouche d'eau, libérèrent le flot, et, quelques minutes plus tard, un étang se formait au bas de la rue.

« C'est l'inondation, les gars, Paris en 1910, c'est l'inondation ! »

Ils décidèrent de mimer les gestes du bain, se déshabillant, apparaissant tout nus, faisant des gestes de plongeurs et de nageurs en pataugeant dans l'eau. Ils s'aspergèrent copieusement en criant :

« C'est la mer. On est à la plage ! »

A sa fenêtre, le père Bougras, pipe au bec, rigolait. Cela aurait pu durer longtemps si de la bouche du commissariat de la rue Lambert un sergent de ville n'avait surgi. Il commença par donner un coup de sifflet. Aussitôt, les enfants ramassèrent leurs frusques, leurs chaussures, et se mirent à courir en direction de la rue Bachelet. Les passants, les gens aux croisées s'indignaient :

« Si c'est pas malheureux, ces voyous, et à poil ! »

Mais par un réflexe bien connu, entendant l'agent les menacer, ils prirent le parti des faibles et conspuèrent le flic furieux qui abandonna sa poursuite et mouilla son uniforme en refermant la bouche d'eau.

Les enfants entrèrent dans un couloir de la rue Bachelet, se placèrent dans le creux d'un escalier tournant et se mirent à rire. Ils bombèrent le torse, jetèrent : « Je suis Tarzan ! » et se rhabillèrent en se faisant des farces. Puis Olivier alla voir si le danger s'était éloigné. La rue avait retrouvé son calme et l'eau le chemin de la bouche d'égout. Il revint prévenir les autres : « Ça va, il s'est taillé ! » mais ils préférèrent aller du côté de la rue Nicolet.

★

Une des joies que la rue ne s'interdisait pas était d'assister aux préparatifs de la famille de Machillot pour une promenade en side-car. Le véhicule étant garé au fond d'une cour, après un couloir étroit, il fallait en sépa-

156

rer les deux parties. Machillot, un bon gros menuisier à tête de gargouille, aux oreilles épaisses et rabattues, sortit d'abord la motocyclette, puis la boîte à bonbons qui s'y rattachait, pour les arrimer solidement avec de gros boulons qu'il serrait à la clef. Suivit un minutieux nettoyage de ce véhicule assez prestigieux pour avoir donné son nom à un cocktail, rejoignant en cela Manhattan.

Mais le moment le plus attractif était celui du départ. Avec un air de rien, petits et grands, jeunes et vieux, s'approchaient n'en voulant rien perdre, au point que cette curiosité provoquait un attroupement. Machillot enrageait. Il essayait de jeter des regards menaçants, mais les yeux se détournaient ou on regardait par-dessus sa tête en sifflotant avec indifférence.

Il installa sa belle-mère dans le side-car, la saisissant à pleins bras comme une citrouille pour la placer sur le siège de moleskine tout en maintenant l'équilibre du véhicule. Les ressorts gémissaient et les spectateurs faisaient « *Houlà houlà houlà !* » Puis deux enfants prenaient place en face de la dame qui, à grand renfort de rengorgements, s'efforçait de maintenir sa dignité.

Les trois complices, Olivier, Loulou et Capdeverre, se trouvaient aux premières loges. Loulou s'approcha de Machillot et, se grattant la tête d'un air soucieux, il demanda :

« C'est bien attaché au moins ? »

Et il fit danser la boîte ovoïde tandis que Machillot, empêtré dans la combinaison de cuir qu'il enfilait, le menaçait de sa « botte où je pense ». Puis l'homme, avec des gestes de scaphandrier, ajusta son casque et ses grosses lunettes. Arriva sa femme en jupe-culotte, tenant un moutard d'une main et un panier chargé de provisions de l'autre. Le cavalier bardé de cuir enfourcha sa monture, la dame Machillot en fit autant et plaça son troisième enfant entre eux. Les six membres de la famille commencèrent alors à pousser des soupirs d'aise en jetant des coups d'œil aux spectateurs avec des dignités de ministres en voiture de maître comme pour leur dire :

« Vous voyez bien... Crevez de jalousie maintenant, bande de fauchés ! »

Dans un concert de trompe, dans de joyeuses pétarades, le side-car, comme un insecte fabuleux, partit, brimbalant sur les pavés ronds qui rendaient coup pour coup. Les enfants se mirent à courir derrière le véhicule en poussant de sincères : « *Hip hip hip hourrah !* » et des : « *Baisse la tête t'auras l'air d'un coureur !* » tandis que belle-maman retenait les cerises de son chapeau.

Une autre distraction consistait encore à se placer au carrefour, à regarder attentivement un point vers le ciel, avec une expression de surprise, à le désigner aux autres enfants, à se déplacer pour mieux voir, à prendre des attitudes émerveillées. Bientôt, un passant levait les yeux à son tour et cela faisait rapidement boule de neige. Tout le monde s'arrêtait pour regarder en l'air, cherchant un aéroplane, un dirigeable, un hélicoptère, un oiseau, on ne savait trop quoi encore. Alors les jeunes farceurs se tenaient les côtes en écoutant les gens parler de ce qu'ils croyaient avoir vu et former des groupes de discussion. C'était amusant : des gens qui ne se connaissaient pas auparavant, parce qu'ils se croyaient les témoins d'un événement quelconque, se mettaient à parler ensemble franchement, sans airs compassés. Et les enfants se sentaient un peu comme des montreurs de marionnettes ou de petits démiurges.

Un gardien de la paix en vareuse, sa pèlerine sous le bras et son képi rond comme un fromage rejeté en arrière, montait la rue. Son ceinturon et son baudrier étaient bien astiqués et son bâton blanc lui battait la cuisse.

« Voilà le pater », dit Capdeverre.

Et il annonça qu'il devait rentrer dare-dare à la maison. Loulou lui jeta quelques-uns de ses quolibets habituels concernant les bourres, flics, mouches, roussins, vaches à roulettes et hirondelles selon les dénominations argotiques de l'argousin à pied, à cheval ou à bicyclette sous le regard admiratif d'Olivier qui aimait ces débauches de mots.

Ils repartirent tous les deux et décidèrent de saluer tous les passants, jetant de respectueux : « Bonjour, monsieur ! » ou : « Bonjour, madame ! » et riant sous cape chaque fois qu'on leur répondait. Las de ces niaiseries, ils allèrent jusqu'à la croisée de Mme Albertine Haque et Loulou dit :

« Bonjour, chère madame ! »

Elle ne répondit pas. Elle était trop occupée à coller sur un album des chocolats Tobler des photographies d'artistes de cinéma. Elle voulut bien leur montrer le volume et ils tournèrent les pages épaisses en regardant les portraits et en nommant les acteurs : Fernand Gravey, Albert Préjean, André Luguet, Alerme, Alcover, Léon Bellières, Marcel Vallée, le gros Pauley, Larquey, Saturnin Fabre... et de jolies stars nommées Bébé Daniels, Suzy Vernon, Myriam Hopkins, Carole Lombard, Marie Glory, Dita Parlo ou Dolorès Del Rio. Ils imaginèrent les énormes quantités de chocolat dégustées par la grosse Albertine qui gardait aussi le papier d'étain pour les petits Chinois.

Mme Papa, suspendue au bras de son petit-fils, le militaire joufflu, vint faire la conversation. Calot sous le bras, le garçon répétait en prenant l'accent du Midi une réplique du *Marius* de Pagnol : « *La marine française te dit merde !* »

La conversation des deux femmes était assez banale, avec des « On ne sait jamais quoi faire à manger ! », des « Ça durera bien aussi longtemps que nous ! », des « Toujours ça que les Allemands n'auront pas ! » et une affirmation inattendue d'Albertine :

« Je ne mange jamais de veau. Ça attire la misère ! »

Olivier écoutait en regardant Loulou qui mimait les gestes des femmes quand une courte phrase de la précieuse Mme Papa retint son attention. Elle dit sur un ton de dame patronnesse :

« On ne voit plus ce malheureux infirme. Vous savez bien, celui qu'on appelle Araignée... »

C'était vrai : depuis quelques jours, Daniel ne venait plus à sa place habituelle, contre le mur.

« Il est peut-être malade ! » répondit Albertine.

Puis le militaire, pour faire rire les enfants, imita Victor Boucher dans *Les Vignes du Seigneur* : « *Hubert, dis-moi que tu m'aimes ou je me couche sur le tapis !* »

Un peu plus tard, le grand flandrin Anatole *pot à colle qui ne connaît pas l'Dentol* connut un succès personnel. Il remontait la rue, habillé en coureur cycliste, avec des boyaux croisés sur sa poitrine et un dossard affichant un gros numéro 9 et l'inscription A.C.B.B. de l'Association Cycliste de Boulogne-Billancourt, et surtout tenant un vélo de course par le milieu du guidon. Les pavés faisaient tressauter la bécane et tinter le timbre. Osseux, voûté, les jambes torses, Anatole plissait les yeux sous le soleil et regardait par-dessus les têtes vers un horizon où se profilait la cime du Galibier. Il cala la bicyclette avec le pédalier contre le trottoir, s'assit en attendant de recevoir des hommages qu'il guettait d'un œil furtif, tandis que quelque part dans la rue un gramophone faisait entendre *That man I love* chanté d'une voix nostalgique et nasillarde sur un fond de saxophone et de trompette bouchée.

Anatole savait bien que quelque gamin viendrait lui demander le prêt de sa machine pour faire en danseuse le tour du pâté de maisons, il savait aussi qu'il refuserait d'un air entendu en alléguant qu'un tel coursier, c'est comme un porte-plume réservoir ou une femme ça ne se prête pas !

Le fils Ramélie, Jack Schlack, Lopez et Toudjourian vinrent les premiers, suivis de Loulou et d'Olivier. Les mains dans les poches, ils admirèrent la merveille avec son guidon recourbé recouvert de chatterton et sa selle allongée comme le museau d'un cheval de course, s'enhardissant à vérifier le serrage des papillons, la puissance des freins ou, du pouce, le degré de gonflage des boyaux. Anatole voulut bien soulever la bécane et en faire éprouver à chacun la légèreté, puis ils se lancèrent dans une discussion comparative entre les pistards des Six Jours et les routiers du Tour de France, avant d'en venir à opposer les champions français, belges et italiens. Anatole exhiba enfin ses chaussures cyclistes et montra la position idéale de la pointe du soulier dans les cale-pieds des pédales.

« Peut-être que tu seras un champion ! » supposa Olivier.

Anatole, récemment arrivé sixième sur douze dans une course d'amateurs à la « Cipale », pensait qu'il l'était déjà et prenait des airs mystérieux et lointains. Une observation de Ramélie sur l'absence de garde-boue suscita des sourires ironiques et on dédaigna de lui répondre. Puis Anatole croqua un morceau de sucre, ce soutien des champions dans les moments de défaillance, s'étira, passa son épaule dans le cadre et s'éloigna en portant avec amour ce qui désormais était toute sa vie.

Avec les visages de gens qui pensent qu'il y a mieux à faire que cela, Loulou et Olivier se mirent à siffloter *Cui cui cui dit un moineau gris*, puis *Grand salut aux bras d'acier roux sous la lumière* que leur avait appris le maître de gymnastique de l'école.

Ils se retrouvèrent rue Lambert devant l'attelage du livreur de vin de la société Achille Hauser, regardant les chevaux gris pommelé et isabelle qui mangeaient leur picotin en secouant les sacs de toile arrimés à leur tête. Les enfants sentirent leur odeur forte de canassons mal étrillés. Le gris pommelé pissa une urine mousseuse qui dégoulina parmi les pavés sur l'herbe pauvre.

« Tu parles de bourrins ! » jeta Loulou que son père avait emmené aux courses de Maisons-Laffitte.

Mais ces chevaux de trait, minables, nostalgiques et essoufflés, évoquaient certains aspects des rues aux immeubles lépreux, aux pavés inégaux, aux façades ternes. Le livreur à tablier de cuir tirait ses caisses brusquement, les faisait basculer sur l'épaule dans un bruit de verres et les empilait sur le trottoir. Lui aussi sentait le cheval mais il ne portait pas ces œillères donnant aux bêtes l'allure d'aveugles cachant leur cécité derrière des lunettes noires.

« M'sieur, demanda Olivier, ils s'appellent comment vos chevaux ? »

L'homme souffla, cracha dans ses mains, les frotta et décida de se reposer un moment, accoudé contre sa carriole. Il se disait : « Comment qu'ils s'appellent ces deux-là, comment qu'ils s'appellent ? » car il était nouveau dans la maison. Pour avoir l'air au courant, il répondit :

« Celui-là c'est Brutus, celui-là c'est Néron.

— Tu parles de noms à la gomme ! » dit Loulou.

Se haussant sur la pointe des pieds, Olivier gratta le front du cheval couleur isabelle en écartant la crinière qui formait une frange sur le front. Il accompagna ensuite Loulou jusqu'à sa demeure.

« Tiens, fit Loulou, le dabe a baissé le drapeau. »

Cela voulait dire que son père, dont on voyait le taxi rouge et noir au coin de la rue Bachelet, à côté de la voiture à bras du *Bois et Charbons*, était rentré. Tandis qu'ils se serraient la main, Loulou dit à son copain :

« Au fait, tu sais ce qu'elle fait, ta Mado ?

— Non, dit froidement Olivier qui s'attendait à quelque insulte.

— Elle est *chauffeuse de taxi*. »

Olivier se tapota le front de l'index. Loulou devenait complètement dingue. D'abord une chauffeuse de taxi, ça n'existait pas !

« T'as des chauves-souris dans le beffroi ?

— Sans charres ! dit Loulou indigné, mon père me l'a dit. Il sait tout, mon père. Tu penses : dans son métier... Et pourquoi qu'elle serait pas chauffeuse de taxi ? Il y a bien des aviatrices ! »

Resté seul, Olivier promena sa perplexité. Ainsi Mado conduisait un taxi ! Au fond, il était plutôt content d'apprendre cela. Il imagina tout un système de travail : on venait chercher Mado en taxi pour la conduire jusqu'à un autre taxi, très luxueux, très beau, effilé comme un cigare, et qu'elle conduisait lentement, un coude posé sur la portière, belle comme à un concours d'élégance automobile.

★

Devant la boucherie kachère, Olivier examinait les plantations de Ramélie : des flageolets et des lentilles qu'il faisait germer dans du coton hydrophile humide, quand une fillette qu'on appelait la « petite Italienne » vint lui serrer la main. A quatorze ans, coiffée avec des accroche-cœurs, les lèvres enduites de pommade rosat, elle jouait les vamps de quartier et les adolescents l'embrassaient dans les coins, cherchant la naissante poitrine, caressant les cheveux noirs et le cou brun en espérant en obtenir un peu plus. Elle proposa à Olivier :

« Viens, on va se cacher. »

Il la suivit docilement dans un couloir où ils descendirent l'escalier mou d'une cave suintante d'humidité. Elle tira une vis lâche à laquelle pendait un cadenas à lettres et ils pénétrèrent à tâtons dans un réduit qui sentait le vin répandu et la poussière de charbon. Olivier fit craquer une allumette et elle lui tendit une bouteille dans le goulot de laquelle une bougie était enfoncée. Elle referma la porte de la cave et se serrant contre Olivier, elle susurra :

« Prends-moi dans tes bras. Comme au ciné... »

Plus grande et plus forte que lui, elle lui fit mal à force de l'étreindre. Ce n'était pas désagréable mais il restait les bras ballants, se demandant comment il pourrait la repousser. Elle se mit à l'embrasser dans les cheveux, sur le visage, sur la bouche et il sentit de l'humidité sur ses lèvres :

« Baaaah ! fit-il en se dégageant. T'es sale...

— Quel petit môme ! jeta la petite Italienne en haussant les épaules. Tu as quel âge ?

— Dix ans au mois d'août.

— Ah ? Eh bien, tant pis pour toi ! »

Elle tourna sur elle-même, faisant voler sa jupe plissée autour de ses cuisses, puis elle l'invita à s'asseoir près d'elle sur une poutre qui retenait des boulets Bernot d'un côté et du coke de gaz de l'autre. Elle sortit de la poche de son corsage un carnet vert qu'elle ouvrit sur des pages de papier couleur tabac traversées par des pointillés de perforation. Elle détacha une bande et l'alluma à la bougie, soufflant vite sur la flamme pour que le papier se consume sans flamber.

« Respire ! dit-elle. C'est du papier d'Arménie, ça sent très bon !

— D'Arménie, comme Toudjourian ? » dit Olivier en aspirant la fumée qui le fit tousser.

Cela lui rappelait d'autres odeurs : celle de l'eucalyptus que Virginie faisait bouillir dès qu'il avait un rhume, celle aussi des inhalations qu'on respire dans un entonnoir en papier cuir ouvert en accordéon sur un bol de liquide chaud. Mais ici c'était une odeur sèche, entêtante.

« Toudjourian est un imbécile ! » décréta la fillette.

Elle alluma plusieurs bandes de papier à la fois et Olivier lui demanda :

« Tu m'en files ? »

Généreusement, la petite Italienne arracha le cahier central du carnet et le lui tendit. Il remercia en pensant qu'il ferait une bonne surprise à Elodie, quand elle sortirait pour faire ses commissions, il ferait brûler du papier pour que ça sente bon à son retour.

« Alors, laisse-moi t'embrasser », dit-elle en caressant les cheveux dorés de son compagnon.

Elle se pencha et, le tenant par les épaules, lui baisa les oreilles et le cou. Cela le chatouillait et lui donnait des frissons. C'était agréable, mais quand cela devenait mouillé, il se sentait dégoûté. Brusquement, la petite Italienne planta ses dents dans sa chair et le mordit en se serrant contre lui. Il poussa un cri, l'obligea à reculer en la saisissant par ses boucles et lui cria :

« Sale, sale, t'es qu'une sale ! »

Il tira la porte et s'enfuit en heurtant les murs de la cave jusqu'à la lueur qui annonçait la sortie.

Dehors, il toucha son cou mouillé où les dents avaient imprimé une marque. Il pensa que les filles étaient folles. Il se sentait humilié et pourtant, à un moment, il avait ressenti une sensation inconnue, délicieuse.

Maintenant, en rentrant dans l'immeuble du 77, il revoyait Mado et se sentait triste. Il serra ses feuillets de papier d'Arménie. Et s'il en gardait pour en donner à la Princesse ? Elle était une *chauffeuse de taxi* et cela le rassurait vaguement. Il monta les escaliers avec lenteur, en se pendant aux barreaux de la rampe. Il était rouge et reniflait un peu.

IX

Au fur et à mesure qu'Olivier se mêlait plus intimement à la rue, qu'il perçait les secrets dissimulés derrière ses façades, une part de lui reculait dans le temps. Tout un univers de fils et de pelotes, d'aiguilles et de ciseaux, de rubans et d'élastiques, se dissolvait, s'évanouissait, toute la magie de la mercerie s'embuait, se fondait parmi les enchantements nouveaux. Dans l'esprit troublé de l'enfant, les visages se superposaient, se mêlaient. Celui de Virginie perdait de sa netteté, recevait en surimpression Mado ou Elodie jusqu'à ce qu'un fait, un incident, une rencontre fissent remonter le visage blond, inanimé, à la surface du lac, effrayant et pensif.

Sa cousine lui tendait une chemisette qu'elle venait de repasser et qui sentait bon le linge propre et chaud. Elle regardait un raccommodage au coude et disait :

« Comme elle faisait de fines reprises, ta mère ! »

Une bouffée de chaleur montait au visage de l'enfant. Il s'asseyait sur le divan et restait, le torse nu, à regarder, hébété, le quadrillage de fil blanc. Il fallait alors une autre réflexion d'Elodie pour éveiller une intelligence qui paraissait endormie. Il regardait son cartable inutile, s'habillait, sortait, rejoignait un groupe de garçons, écoutait Toudjourian expliquer qu'il était « un mec à la redresse » ou regardait Anatole qui faisait gémir contre sa paume l'air comprimé de sa pompe à bicyclette.

Un matin, il entendit Riri dire à Jean-Jacques, le fils de *La Bordelaise* : « Pleure pas, va, tu la reverras, ta mère ! » et cette expression dix fois entendue lui apparut dans une nouvelle réalité. Si on lui avait dit cela, peut-être aurait-il pu répondre : « Non, je ne la reverrai pas. »

Le beau Mac apparaissait, s'approchait de la petite bande de la rue Labat en faisant jouer ses muscles sous le tissu de son complet fil à fil. Parce qu'il désirait se mêler à eux et que son âge le lui interdisait, il prenait des airs arrogants, se posait en modèle, fonçait sur un groupe, se retournait brusquement avec une souplesse de torero, redressait son chapeau, faisait gonfler ses revers, étirait ses manchettes, consultait sa montre-bracelet avec des gestes désinvoltes à la Jules Berry, se figeait dans l'immobilité, jouant successivement les maîtres de ballet et les chanteurs d'opéra, manège risible pour les adultes mais qui impressionnait les jeunes.

Il projetait ses poings en avant par saccades, faisait glisser des crochets contre le menton des plus rapprochés, lançait un uppercut en direction d'Olivier :

« Bloque celui-là, la pomme ! »

Aussitôt, l'enfant prenait une garde haute et sautillait sur place. De temps en temps, il s'entraînait, provoquait Loulou ou Capdeverre dans des combats amicaux à main plate. Il s'était procuré une ficelle de chanvre dont il se servait comme corde à sauter. Les autres le traitaient de fille, mais il répondait :

« Je suis pas une fille, je suis un boxeur ! »

Alors, il rangeait la ficelle barbue dans sa poche et se mettait à boxer contre son ombre qu'il baptisait Max Schmeling ou Primo Carnera, donnant des coups et en recevant. Comiquement, il se frappait lui-même sous le menton, en remontant, pour se laisser glisser contre le mur dans une reptation dorsale, en louchant et en grimaçant sur les fameuses trente-six chandelles. Puis il comptait les coups devant son propre corps invisible, allongé devant lui et, dédoublé, se levait au chiffre neuf pour foudroyer l'adversaire.

Un matin, il avait accompagné Elodie au marché de la rue Ramey. Tandis qu'elle choisissait des choux, Mac s'était serré contre elle en sifflotant négligemment un air américain. Il s'était mis à faire sauter un chou au-dessus de sa tête en la regardant d'une certaine façon. Il avait essayé de lui prendre le coude, mais se dégageant sans brusquerie. elle lui avait jeté un regard indifférent suivi de :

« Vous perdez votre temps, allez, et méfiez-vous : les imprimeurs, c'est musclé aussi ! »

Alors Mac, sous le regard furibond de la marchande, s'était amusé à glisser des choux dans le panier à provisions d'Elodie en l'assurant qu'ils étaient pleins de bébés, puis il avait répété en s'éloignant :

« C'est vraiment pas possible, c'est vraiment pas possible ! »

« Si tu ne fréquentais pas des gens pareils ! » avait dit Elodie à Olivier en retirant les choux de son panier.

Elle se méfiait de tout le monde à Paris, hommes ou femmes. Mado, dans l'escalier, lui adressait-elle un aimable « Bonjour, madame ! » qu'elle répondait à peine. Et, ensuite, la Princesse disait à l'enfant :

« Elle est plutôt jolie, la petite cousine. Si elle savait s'habiller et se maquiller... »

Mais Jean veillait et mettait sa jeune femme en garde contre les séductions de la ville, rouge à lèvres et permanentes y compris.

Tout au long du jour, Olivier flânait, regardait, écoutait. Il avançait en regardant le bout de ses sandales : pied gauche, pied droit, pied gauche... et c'est le sol qui semblait bouger, courir sous lui. S'il levait les yeux, il oubliait ses pas, il se croyait immobile, alors toutes les rues se déplaçaient pour lui et il percevait au passage les odeurs de poivre, de cannelle et de clou de girofle d'un grainetier, une bijouterie scintillante de toutes ses ampoules allumées se reflétant dans chaque bijou, un consommateur assis à une terrasse et contemplant mélancoliquement une pile de soucoupes, des femmes alignées sous les appareils à indéfrisables chargés de fils, des taxis G7 l'un derrière l'autre comme des jouets, des saucissons et des jambons poudreux suspendus au plafond d'une charcuterie italienne, un livreur poussant une caisse sur un diable, des tailleurs, mètre souple autour du cou, attendant la clientèle.

Voici que deux fillettes s'appelaient « Chère madame ! » en poussant des carrioles de bois chargées de poupées de tissu rose gonflées de son. Un jeune Arabe soufflait des bulles de savon avec une paille et tentait de les saisir au vol. Le garagiste de la rue Lécuyer balançait d'un mouvement régulier le levier de sa pompe à essence et répondait : « Non ! » à une gitane proposant ses paniers d'osier enfilés dans ses bras jusqu'aux épaules. Plus loin, quatre enfants à tablier rouge, se tenant par la main, répétaient interminablement : « *C'est la ronde, c'est la ronde...* »

Olivier s'arrêtait ici et là, les yeux interrogatifs et un léger sourire sur les lèvres. Parfois, il se répétait mentalement son prénom : « Olivier, Olivier, Olivier... », puis son nom : « Châteauneuf, Châteauneuf, Châteauneuf... » et enfin il les réunissait : « Olivier Châteauneuf, Olivier Châteauneuf, Olivier Châteauneuf... » jusqu'à ne plus comprendre qu'il s'agissait de lui-même. C'était un peu comme en classe, lorsque Bibiche, bien qu'il sût parfaitement qui était absent, faisait l'appel : Allard ? — Présent ! — Bédarieux ? — Présent, m'sieur ! — Blanchard ? — *Président*, m'sieur ! (Ce sera cinquante lignes pour Blanchard !) — Châteauneuf ? — Présent ! — Carletti ? — Il est absent, m'sieur ! — Capdeverre ? — *J'suis là !* (Cent lignes pour ce mal élevé de Capdeverre !) — Coulon, Delage, Delalande... — P'sent, P'sent, P'sent, m'sieur... Cela devenait une comptine.

A la librairie de la résidentielle avenue Junot, un écrivain au front dégarni, aux lunettes épaisses, dédicaçait des livres. Il était habillé comme pour une cérémonie, avec un costume sombre aux revers trop écrasés et un nœud papillon qui faisait penser à une hélice. Ses manchettes en celluloïd dépassaient et, porte-plume en main, il regardait ceux qui lui tendaient un ouvrage à dédicacer avec un air à la fois cauteleux, content de soi, et chargé d'une imperceptible ironie, puis il traçait des lignes sur la page en levant de temps en temps un regard inspiré. Autour de lui, les gens s'empressaient comme des papillons autour d'une lampe. Olivier observa ce singulier personnage et, à un moment, à travers la vitrine, leurs regards se croisèrent. L'enfant eut envie de lui faire une grimace, mais il s'éloigna dans l'avenue en faisant semblant d'écrire dans l'espace des lettres inconnues.

Parfois, il suivait un monsieur « bien » et observait les mouvements de sa canne lancée résolument en avant pour lui faire toucher le sol ensuite après un arrêt et un balancement subtil. Ou bien, il s'exerçait à marcher comme Charlot, les pieds en canard, en faisant tourner une badine imaginaire. Ou encore, les bras tendus, les yeux fermés, il jouait au somnambule ou à l'aveugle.

Il allait dans les squares où le sable crisse sous les pas, dans les chemins des endroits plus chics, du côté de la rue Caulaincourt, vers les ruelles perpendiculaires où les villas sont fleuries, où les ateliers de peintres offrent d'immenses vitres de lumière. La ville devenait belle alors comme dans les rêves de Lucien qui ne parlait jamais du passé mais toujours de l'avenir, elle était alors une forêt avec des sous-bois et des clairières, riche de végétaux, de champignons, d'arbres immenses, de fleurs de pierre, d'écureuils et d'oiseaux, avec aussi d'étranges animaux appelés les hommes.

★

Un matin, la rue s'éveilla sur un spectacle inattendu : la fenêtre de Bougras était pavoisée d'un superbe drapeau de couleur rouge à glands dorés orné de mots en lettres argentées que les plis du tissu empêchaient de lire.

Certains sourirent en le voyant car il apportait une note colorée tranchant sur la grisaille des murs.

D'autres, comme Gastounet, y virent une signification révolutionnaire et il y eut de brefs conciliabules. Quand, le soir, Bougras replia son drapeau et le rentra, certains poussèrent des soupirs de soulagement.

Deux jours s'écoulèrent, puis le drapeau réapparut. Toute une matinée, on vit Gastounet se promener en jetant des regards rapides vers l'emblème outrageant. Une fois, il cria même : « A Moscou ! » mais Bougras ne se montra pas. Le soir, le drapeau disparut, mais il revint le lendemain matin. Alors des remous se produisirent, des groupes se formèrent, il y eut quelques discussions et un ouvrier de chez Dardart faillit se battre avec Grosmalard que sa femme poussait au combat.

Le lendemain, alors que Bougras, près de son drapeau, fumait sa pipe à la fenêtre, regardant les bouffées de fumée brune se dissoudre dans l'air chaud, la police intervint. Un commissaire accompagné de deux agents lui fit part d'une interdiction municipale et le somma de retirer immédiatement cette oriflamme.

« Vous dites ? » fit Bougras en portant sa main en cornet à son oreille.

Le personnage officiel dut recommencer sa phrase en criant très fort et en articulant bien, tandis que les argousins, pouces dans le ceinturon, attendaient.

« Ah ! bon ? dit Bougras. Si ce n'est que ça... Mais attendez donc... »

Il vida sa pipe en la tapotant sur le bord de la fenêtre, la bourra et partit dans sa pièce à la recherche d'allumettes. Il revint en tirant des bouffées gourmandes et proposa du tabac au commissaire qui refusa sèchement. Alors, Bougras sortit de sous son bourgeron un petit volume à couverture rouge et annonça qu'il s'agissait du Code civil, ouvrage, dit-il, « que tout Français devrait lire et méditer ». Il ajouta en feuilletant les pages :

« Votre interdiction, c'est quel article ?

— Ce n'est pas un article, dit le commissaire embarrassé, c'est une interdiction...

— Alors donnez-moi sa référence », dit Bougras avec un bon sourire.

Le commissaire dit : « Assez discuté ! » et Bougras répondit :

« N'ayez pas peur, commissaire, ce ne sera pas un fort

Chabrol, mais je voudrais encore vous poser quelques questions... »

Il se mit, en effet, à citer des articles du Code civil sur un ton emphatique, la plupart étant d'ailleurs sans rapport direct avec la question.

Bientôt, un attroupement se forma. D'un côté, se trouvaient Gastounet, Grosmalard et le boulanger qui comptaient bien que la loi serait respectée. De l'autre, des gens soucieux avant tout de s'amuser un peu, des enfants, quelques hommes qui prenaient la chose au sérieux. Bougras protestait de son bon droit d'orner sa fenêtre avec « un honnête drapeau patriotique ».

« Patriotique, tu parles ! » jeta Gastounet.

Le commissaire s'énervait. Les sergents de ville disaient aux gens : « Allons, circulez ! » et on leur répondait : « La rue appartient à tout le monde ! » Finalement, le commissaire donna un ordre bref et un de ses hommes dressa une échelle contre le mur. Tandis qu'on procédait à ces préparatifs, d'une fenêtre, un militant se mit à chanter :

> Osez, osez le défier
> Notre superbe drapeau rouge...

Quand l'agent eut gravi quelques marches de l'échelle, Bougras retira le drapeau et l'agita. En vain l'agent tenta de le saisir par la hampe, Bougras avait des gestes plus rapides que lui. Quelqu'un chanta : *Toréador, ton cœur n'est pas en or !* et un enfant continua : *Ni en argent ni en fer-blanc !* Et le militant poursuivait :

> Rouge du sang de l'ouvrier,
> Rouge du sang de l'ouvrier !

Alors, le père Bougras qui avait bien préparé son coup, fut superbe. Il déploya le tissu du drapeau et chacun put lire : *2ᵉ Régiment d'Infanterie Coloniale*. Et Bougras de s'exclamer sur le ton du discours de sous-préfecture :

« Citoyens, citoyennes, le drapeau que vous voyez flotter est celui de la Coloniale, de la glorieuse Coloniale. Et j'exige, avant de le ranger, que ces gardiens de la paix, et vous aussi, adjudant Gastounet, l'honoriez d'un salut militaire ! »

Toute la rue se mit à rire. Des adolescents chantèrent sur l'air des lampions : *Saluez l'drapeau, saluez l'drapeau, saluez !* Pour couper court à tout, le commissaire retira son chapeau melon et le tint levé au-dessus de sa tête. Les gardiens de la paix, l'un sur l'échelle, l'autre en bas, saluèrent et Gastounet porta vaguement ses doigts à sa tempe. Alors seulement, Bougras roula son drapeau et ferma sa fenêtre en riant dans sa barbe.

La « dernière de Bougras » serait ensuite diversement commentée, ne satisfaisant que les farceurs invétérés. Pendant ce temps, Olivier, à qui Loulou rapporterait la scène en l'enjolivant, vivait quelques grands moments de sa vie.

Il était assis sur une chaise Chippendale recouverte de velours gaufré dans un salon de thé de la rue Caulaincourt en face de Mado qui l'avait invité. Elle lui parlait gentiment, lui donnant au besoin des conseils pour bien se tenir à table, mais cela fort discrètement et de manière détournée. Il l'écoutait poliment et ne cessait de lui sourire. Avec un chapeau de feutre orné d'une plume de faisan et un tailleur clair, elle était plus belle que jamais. Elle cherchait des sujets de conversation qui puissent plaire à l'enfant, mais il ne se souciait guère des paroles : il suffisait d'être là, en face d'elle, de regarder son corsage de soie verte, le marbre rose de la table, les fleurettes en guirlandes sur la théière, les petits pots, les soucoupes et les tasses, de suivre les mouvements des serveuses en tablier blanc, avec leur nœud dans les cheveux : elles saisissaient délicatement les gâteaux avec une pince d'argent avant de les poser sur des assiettes aux bords dentelés.

À une table voisine, deux fillettes à nattes blondes goûtaient avec leur père, un monsieur à moustaches en balai qui se tenait bien droit en écoutant leur babillage et en approuvant parfois d'un léger signe. Elles glissaient de temps en temps un regard vers Olivier et échangeaient ensuite une moue dégoûtée et prétentieuse. L'enfant se demandait pourquoi elles posaient les yeux sur ses pieds et remontaient pour fixer un point inconnu au-dessus de sa tête.

Mais il revenait bien vite à la Princesse qui lui parlait d'une voix chantante des vacances prochaines, de la mer qu'il n'avait jamais vue, de plages qu'il imaginait comme les espaces de sable des squares, mais en plus grand, des planches à Deauville, des gens célèbres qui les arpentaient, du casino, des courses, des promenades dans l'arrière-pays, du golf. Il ne sortait de sa belle bouche arquée et si bien dessinée que des choses agréables, des mots heureux : c'était comme si elle chantait.

Entre deux bouchées de cake, Olivier risqua une question longtemps retenue. Il le fit en bredouillant et la figure toute rouge :

« C'est vrai, euh... Mado, que... enfin que...

— Que quoi, mon petit ?

— Que vous êtes *chauffeuse de taxi* ? »

Elle fronça les sourcils pour marquer son incompréhension. Il rougit de plus belle et s'excusa d'un : « On m'a dit que... » Il se sentait affreusement impoli, indiscret, comme les ménagères qui piaillent dans les cours, d'une fenêtre à l'autre, et qui se questionnent toujours par des moyens détournés.

Elle alluma une cigarette Primerose, joua à déplacer sa tasse dans la soucoupe, et lui parla plus gravement :

« Mais non, tu vois, je n'ai pas de taxi... Je passe seulement mon temps à enfiler des robes et à les quitter pour en enfiler d'autres. Je suis mannequin... »

Il ne comprit pas le sens de ce mot, mannequin. D'abord, parce qu'étant du masculin, il ne pouvait s'appliquer à une femme. Ensuite, parce qu'il évoquait pour lui quelque chose d'inerte, cette forme sur laquelle Virginie drapait des tissus en forme de robes.

Il s'interrogeait quand soudain Mado se mit à rire :

« *Chauffeuse de taxi*, ah ! je comprends ! Mon Dieu, que les gens sont bêtes... Pas toi, les gens. Non, j'ai été *taxi-girl*, c'est autre chose. On danse... »

Elle ne jugea pas utile de lui expliquer davantage et il fit : « Ah ! bon ? » comme s'il comprenait. Ce qu'il ne vit pas c'est que le regard de son amie se perdait dans les brumes. Elle demanda machinalement :

« Un peu de cake ? »

Elle le servit sans attendre sa réponse et glissa une rondelle de citron dans sa tasse de thé. Elle était ailleurs : dans la salle d'un dancing décorée de fleurs géométriques en argent, avec des réflecteurs qui projetaient une lumière bizarre, éblouissante quand on la fixait, mais éclairant à peine la piste de danse. Sur une estrade se tenait un maigre orchestre ; sur une autre, les taxi-girls étaient alignées en attendant qu'un danseur vînt choisir sa partenaire. L'homme tenait à la main un ticket rose traversé par une perforation. La danseuse le prenait et le partageait en deux, comme une ouvreuse de cinéma, jetait une partie dans une urne et glissait l'autre dans son sac. Le demi-ticket représentait sa part de salaire. Elle dansait avec un inconnu généralement correct et qui parfois s'inclinait pour un baisemain à la fin de la danse, avant d'applaudir conventionnellement l'orchestre. Ensuite, elle revenait à sa place, avec les autres taxi-girls, et goûtait à une boisson non alcoolisée qui imitait l'alcool : thé froid pour du whisky, eau de Vittel pour de l'alcool blanc.

Mado secoua la tête pour oublier cette période morose de sa vie. Olivier, sa fourchette à moka à la main, se disait qu'il devrait parler, mais il ne trouvait d'autres sujets de conversation que ceux des choses de la rue et il pressentait que cela ennuierait la dame. Cependant, il dit :

« J'ai un ami qui s'appelle Lucien et qui a plein de postes de T.S.F. avec plein de musique, il habite rue Lambert..

— Oui, je vois, en effet, fit Mado.

— Et puis mon vieux copain Bougras. Et puis Mme Albertine.

— Mais tu as des camarades de ton âge, aussi ?

— Tout plein ! Loulou, Capdeverre surtout. On est copains malgré que... enfin, malgré que... Oui, plein de copains ! Et même un infirme ! Vous savez, celui que les autres appellent L'Araignée, eh bien, il s'appelle Daniel, il me l'a dit. Mais on ne le voit plus. »

Comme Mado ne répondait pas, il ajouta :

« Peut-être qu'il est malade ?

— Peut-être, dit Mado, indifférente.

— Et Mac, c'est un caïd. Il m'a appris la bagarre, continua Olivier en faisant gonfler ses biceps.

— Eh bien, eh bien... »

Olivier baissa la tête. Il pensa qu'il devait l'ennuyer, il s'en voulait de ne pas être grand. S'il avait été un homme, comme Mac ou comme Jean, il lui aurait parlé de toutes sortes de choses, du cinéma, des sports, du théâtre, et peut-être qu'il l'aurait fait rire, qu'elle aurait dit : « Ce que tu es drôle, ce qu'on est bien avec toi... » Découragé, il regarda ses bras maigres, se sentit petit, tout petit, humilié. Il observa encore à la dérobée le beau visage de Mado, son nez tout lisse, tout clair, ses jolis cheveux blond platine. Sa beauté rendait un peu triste.

Mais elle paraissait heureuse d'être là et l'enfant pensa que le bon goût du cake en était la cause. Elle ouvrit son sac et paya la serveuse. Tous ses gestes étaient ceux qu'on attendait, précis, mesurés. Olivier lui en voulait un peu d'être aussi sûre d'elle. Il pensait : « C'est comme une maman ! » et cela lui déplaisait. Pouvait-il savoir qu'à sa manière il était amoureux de Mado ?

« Es-tu content ? demanda-t-elle.

— Oh oui ! »

La main blanche et parfumée s'approcha de sa joue pour une caresse et il avança le visage pour mieux la ressentir. Il avait envie de la saisir et de la couvrir de baisers, il murmura : « Oh ! Mado, Mado... » en lui adressant un regard si intense qu'elle en fut un instant gênée. Avec l'ombre d'un sourire, elle dit :

« C'est bien. Maintenant, tu vas me quitter. Il faut que je téléphone à un ami. »

Il lui serra gravement la main. Un peu trop vigoureusement sans doute car il avait entendu dire qu'une poignée de main doit être franche et loyale. Il jeta un coup d'œil rapide vers les petites filles bêcheuses qui causaient avec des airs précieux et s'en alla sur la pointe des pieds, comme s'il était dans une église.

★

Olivier aimait voir Loulou plisser le nez, tordre sa curieuse petite bouche, gratter sa « tête à poux » et donner à toute son amusante frimousse un aspect plus comique encore. Albertine disait de lui : « C'est un drôle de corps ! » et elle ajoutait en regardant Olivier : « Les deux font la paire ! »

Quand Loulou cessait d'être turbulent, il ne devenait pas pour autant pensif et mélancolique, comme Olivier, mais aux mouvements du corps succédaient les débauches de la parole : il recourait à des jeux de mots, des chansons, des phrases à contradictions que son père lui avait apprises. Le doigt levé, imitant une douairière brandissant un face-à-main, il ânonnait d'une voix ridicule : « *Un jeune homme de quatre-vingt-dix ans assis sur une pierre de bois blanc lisait un journal non imprimé à la lueur d'une chandelle éteinte.* » Il disait encore en branlant la tête et en prenant un ton patelin : « *Non, on ne le saura jamais...* » Après un silence accablé, il ajoutait : « *Non, on ne le saura jamais qui a posé la corbeille de croissants sous le robinet du bidon de pétrole. Non, on ne le saura jamais !* »

Avec Loulou, s'ennuyer était impossible. Il serrait toujours dans ses poches quelque jeu : des dés, une boîte transparente dans laquelle il fallait faire glisser une souris vers un abri en évitant un chat, des clous recourbés qui s'emboîtaient selon un secret. Ou bien, il vous proposait une partie de Chi-fou-mi, une main cachée derrière le dos se tendant brusquement et formant la pierre, la feuille ou le ciseau. Sinon, il prenait une ficelle et vous faisait jouer avec lui en chantant *Scions du bois pour la mère Nicolas qui a cassé son sabot en mille morceaux.* Il connaissait les comptines pour savoir « qui s'y colle » ou encore les noms de métiers :

« M....... R

— Menuisier ! »

Comme ce n'était jamais cela, il fallait dire des lettres. Olivier jetait voyelles et consonnes et, à chaque erreur, Loulou ajoutait à la craie un nouveau trait au gibet de la punition. Finalement, Olivier non seulement était pendu, mais aussi brûlé. Loulou riait : « C'était mercier ! » et l'enfant de protester. « On dit pas mercier, on dit mercière ! »

Il existait encore des jeux sans règles bien définies. On commençait à imaginer : « Je serais soldat... » et il fallait dire tout ce qui en découlerait, jusqu'à l'absurde : « Je serais soldat, eh bien, je mangerais de la tarte aux pommes ! » Ou encore, Loulou répétait : « De deux choses l'une » et il trouvait toujours la première des deux choses et jamais la seconde, ce qui donna un jour : « De deux choses l'une : ou je suis bête... ou je suis bête ! »

« Bonjour, madame Haque !

— Entrez donc, vauriens, vous l'avez deviné que je faisais des crêpes ! »

Les deux enfants qui justement avaient été attirés par la bonne odeur se clignèrent de l'œil et entrèrent pour s'attabler devant les crêpes qui sentaient bon la fleur d'oranger. En paiement, ils durent écouter les confidences d'Albertine qui parla des prétendus voyages de sa fille, d'une époque de sa vie où elle n'était pas ce qu'elle est, de messieurs ayant tout pour eux qui l'avaient demandée en mariage : « Et j'ai été bien bête de dire non car aujourd'hui je serais riche ! », des gens qui la jalousaient : « On ne peut pas plaire à tout le monde, on n'est pas louis d'or ! » Elle finit par leur parler des révélations que lui avait apportées par correspondance le spirite hindou et cela l'amena à tirer les cartes.

Elle était tout à cette occupation quand un clochard frappa à la fenêtre :

« Donnez-moi quelque chose, la patronne, j'ai faim !

— C'est pas plutôt soif ? »

Elle lui tendit quand même une pièce de monnaie et les enfants pouffèrent en regardant la trogne à la Crainquebille du trimardeur qui affirmait à sa bienfaitrice : « L'Bon Dieu vous l'rendra ! »

Elle repoussa les battants de la fenêtre, mais cela ne les empêcha pas d'entendre des femmes qui revenaient du marché et se plaignaient de la vie chère, se racontaient leurs occupations de la journée : « Alors mon réveil a sonné... Zut ! que je me suis dit, on mourra bien assez tôt, et j'ai encore dormi un quart d'heure. Et puis, j'ai fait ma grande toilette. Et puis j'ai mis mon linge à tremper. Et puis j'ai fait mes carreaux. Et puis... » Il y avait trop de poussière, pas assez d'argent, pas de bonne volonté, pas de reconnaissance, pas d'amabilité. On s'était « saigné aux quatre veines » et puis voilà. On soupirait. C'était à la plus malheureuse. Une compétition. Elles firent quelques pas et recommencèrent, leurs voix s'éloignèrent, elles pépiaient, elles étaient devenues des poules.

Tandis que Loulou, accoudé à la table, écoutait les

explications d'Albertine étalant les cartes de sa réussite, Olivier contempla un coquetier de porcelaine avec un faux œuf décoré. Son esprit vagabonda. Il était assis auprès de sa mère à la table demi-ronde. Virginie préparait les mouillettes des œufs à la coque, enduisant le pain de beurre frais, puis le coupant en minces parcelles. Les œufs dansaient dans la casserole rouge où l'eau bouillait. Virginie remuait les lèvres sur les cent quatre-vingts secondes qu'elle comptait..

Un peu plus tard, dans la rue, quand Loulou le quitta, il lui dit d'une voix inquiète :

« En attendant, Daniel a disparu !

— L'Araignée ? C'est vrai. Peut-être qu'il est en voyage ?

— Non, dit Olivier, il y a autre chose.

— Peut-être qu'il est mort ! supposa Loulou. Allez, je rentre. Salut, L'Olive ! »

Resté seul, Olivier marcha au milieu de la rue parmi les gros pavés où il se tordait les pieds. Il avait répété à chacun la même phrase à propos de L'Araignée. Albertine avait répondu :

« Tu sais, les gens, ça va, ça vient... »

Il pensait que Bougras pourrait lui en dire plus long mais l'homme se gratta la barbe et s'exprima tout comme si L'Araignée appartenait à un lointain passé :

« Ah ! oui... Celui-là, il portait sur son corps toute la misère du monde ! »

Toute la misère du monde !

Comme la rue était déserte et que Jean ne rentrerait pas tout de suite, l'enfant se rendit chez Lucien. Il le trouva écoutant de la musique, battant la mesure avec un tournevis.

« Ecoute un peu... », commença le sans-filiste.

Et comme il ne trouvait pas ses mots, sa femme précisa qu'il s'agissait de *La Flûte enchantée*. Elle essuyait deux par deux les assiettes de la vaisselle en s'efforçant de ne pas faire de bruit. Ils écoutèrent encore et Lucien tenta de prononcer : « C'est la Scala de Milan ! » mais il buta sur le mot « Scala » et son bégaiement le fit rougir et il claqua les doigts de déconvenue. Puis un voisin donna des coups contre le mur.

« Baisse un peu ! » dit Mme Lucien d'un ton las.

Lucien fit cesser la musique, but un verre d'eau et parvint à s'exprimer presque normalement, d'une voix fluette, peureuse et pleine d'inflexions douces. Il parlait toujours d'un avenir qui, malgré la maladie de sa femme, malgré la crise, malgré les bruits de guerre, serait heureux. Il croyait alors vivre son rêve radieux et des paysages fleuris, des étendues vertes, des immeubles clairs apparaissaient comme dans les dessins d'architectes, avec des terrains de sport et des salles de spectacle laissant augurer des loisirs interminables pleins de jeux, de rires et de musique. Il ajouta :

« Moi je ne le verrai pas, mais toi, peut-être.

— En l'an 2000 ? demanda Olivier.

— Oh ! bien avant. »

Puis la toux sèche de sa femme lui fit baisser la tête. Il soupira, regarda le bébé, tourna le bouton de radio et écouta de la musique en sourdine. Il était un des rares dans le quartier à écouter ce qu'on appelait la « grande musique ». Olivier se sentait bien chez Lucien, non seulement parce qu'avec lui tout devenait simple mais aussi parce que la musique le faisait pénétrer dans un univers étrange, inconnu, avec ces chants dont il ne comprenait pas les paroles, dans un monde qui lui paraissait aussi éloigné, inaccessible, que les longues longues années le séparant de l'âge d'homme.

« Au fait ! dit-il d'un ton qu'il s'efforçait de rendre indifférent, L'Araignée... Il a quitté le quartier ?

— Il pa'pa'paraît, dit Lucien.

— C'est mieux pour lui », ajouta sa femme dont le front se mouillait d'une sueur froide.

Olivier annonça qu'il devait s'en aller, mais il resta encore un peu, écoutant la musique en silence. En partant, il chercha quelque chose de gentil à dire à la jeune poitrinaire. Ne trouvant pas, il l'embrassa sur ses joues maigres aux pommettes enflammées. A Lucien, il tendit la main avec un grave remerciement et le sans-filiste l'accompagna jusqu'à la rue en lui donnant des tapes amicales dans le dos.

★

Ainsi, dans la rue, les gens pouvaient disparaître et

personne ne s'en souciait. Olivier pensa à sa mère. Les gens parlaient moins d'elle, comme si le magasin de mercerie, les conversations, les services échangés, l'amitié, tout cela n'avait jamais existé. Il serra les poings et sentit son menton trembler.

Etait-il donc le seul ami de l'infirme ? Il pensait à lui comme s'il se sentait responsable de son destin. Il entreprit de se rendre dans cet immeuble de la rue Bachelet où il avait vu parfois entrer L'Araignée, plaçant son pauvre corps de côté pour avancer dans un étroit couloir.

Au passage, le nommé Pladner bouscula Olivier, mais à sa surprise, l'enfant se mit en garde et dit :

« Viens-y, je t'attends... »

Pladner le regarda d'un œil noir, mais recula. Alors Olivier avança dans sa direction en roulant des épaules comme un vrai boxeur :

« Mais approche, approche donc, dégonfleur !

— J'ai pas le temps, dit Pladner, on s'occupera de toi plus tard. »

Et il recula encore et s'éloigna en tapant la main droite sur sa cuisse et en faisant un geste obscène. Olivier sentit qu'il triomphait et cela l'étonna. Il était donc si facile de se faire respecter ! L'image de Mac lui apprenant à se mettre en garde et lui donnant un coup de poing au menton passa dans son esprit. Il entra dans le couloir de L'Araignée avec plus d'assurance.

Un poste de T.S.F. mal réglé laissait entendre parmi ses crépitements de poêle à frire la chanson *En parlant un peu de Paris*. Une femme gifla dans un bruit de cymbales une fillette qui se mit à hurler, puis le silence s'établit et on n'entendit plus que le bruit régulier d'une machine à coudre. Sur le mur jaune, Olivier lut des lettres en marron en écriture bâtarde : *Concierge à l'entresol*. Il monta en évitant le bois de la rampe grasse. Devant la loge, un chat gris se tenait tapi, les pattes sous le corps. Il miaula et l'enfant le gratta sur la tête et sous le menton. Une voix descendit des étages :

« C'que c'est ? »

Il monta jusqu'au palier supérieur et trouva une femme d'âge, grande et maigre, avec un long nez tordu et un fichu noir sur les épaules. Elle demanda à l'enfant ce qu'il voulait et il prit sa voix la plus aimable :

« S'il vous plaît, madame la concierge, c'est pour avoir des nouvelles de Daniel. Vous savez bien, l'infirme qui marche comme ça...

— Ouais. Ben, il est plus là. »

Le ton était péremptoire et cette longue vieille qui sentait le tabac à priser paraissait si intimidante qu'Olivier se troubla, balbutia des excuses et se retourna pour descendre bien vite. Alors, elle le rappela :

« Qu'est-ce que tu lui voulais ?

— Rien. C'était pour lui parler.

— Alors, monte avec moi. »

Elle tira un passe-partout de sa poche et le fit monter au cinquième étage où ils entrèrent dans une mansarde peinte en blanc, presque monacale, avec seulement derrière la porte une reproduction du *Printemps* de Botticelli. Dans cet immeuble aux murs gluants, cela surprenait. Olivier n'avait jamais pénétré dans une pièce sans papiers peints, aussi nue, aussi claire. Il vit un lit de cuivre, du buis dans un verre, une table de toilette avec une cuvette émaillée et un broc.

« Tu vois, dit la femme, il habitait là.

— Ah ? » dit Olivier.

La femme tira une épingle de son chignon et s'en servit pour gratter sa nuque. Elle désigna une table de chevet sur laquelle s'empilaient quelques livres. Il s'approcha religieusement et prit l'un d'eux. Il eut du mal à déchiffrer le nom de l'auteur : *Schopenhauer*.

« Il lisait tout le temps... Des bouquins pas comme les autres. »

Olivier gardait le livre à la main. Il lui paraissait très lourd. Il n'eut pas besoin de questionner car son regard le faisait pour lui.

« C'était pas le plus mauvais, dit la femme. Tu vois, cette carrée, il a dû mettre des jours et des jours à la peindre. Il tenait le pinceau entre ses bouts de bras ou dans sa bouche, entre ses dents. Il a même peint le plafond. A petits coups, sans rien dire à personne. La peinture devait lui couler sur la figure. Autrefois, il habitait le logement du dessous avec sa mère. Et puis elle est morte et on l'a gardé. Elle, c'était une bigote. C'est peut-être pour ça qu'il lisait beaucoup.

— Il est mort ? demanda Olivier.

— Non, non, les gens ça ne meurt pas comme ça, même infirmes. Un matin, il s'est mis à crier. Rien que d'y penser, j'en ai des frissons. Il était comme fou, il avait la fièvre. Alors, les voisins ont appelé l'hôpital. Il ne voulait pas se laisser emmener. Tu comprends, un infirme... Ils vont le garder. »

Olivier la fixa avec des yeux ronds. Maintenant, il avait peur. Il projeta des regards un peu fous vers les murs, le lit, les livres, une rose fanée sur le sol près de la table de nuit. Une rapide apparition de Virginie se confondit avec le tableau de Botticelli. La femme, si fruste qu'elle fût, recueillit sur le visage clair, au fond des yeux verts, une impression de détresse profonde.

« Tu le connaissais donc bien ?

— Oui, dit Olivier, c'était mon ami.

— Il sera mieux où il est, tu sais. Les infirmes, c'est un monde à part. »

Olivier savait bien que non. L'Araignée n'aimait que la rue. Et les gens de la rue. Même ceux qui l'ignoraient. Il lui sembla que quelque part, il l'appelait à son secours. Et aussi Virginie. Et il ne pouvait rien faire parce qu'il était un enfant.

« Va-t'en maintenant, dit la concierge, j'ai mon fricot sur le feu. »

Elle ajouta :

« Prends les livres si tu veux. Personne n'en voudrait...

— Je peux ? C'est vrai ? Je peux les prendre ?

— Il y en a un de la bibliothèque municipale. Tu leur rendras... »

Olivier fit glisser la pile de livres sous son bras. Il remercia et dit encore :

« Il reviendra peut-être ?

— Non, dit la femme en le poussant vers l'escalier, il ne reviendra pas. »

Que dirait Elodie en le voyant arriver avec ces livres ?

Il les glisserait dans son cartable en secret et les reprendrait un par un. Ceux de la classe, prêtés par l'administration, ne lui appartenaient pas vraiment, et tous les écoliers avaient les mêmes. Il lui sembla qu'il portait enfin de vrais livres.

Il courut, de crainte d'être attaqué par Pladner et les siens : il protégeait ses bouquins comme un trésor.

181

C'était comme si L'Araignée les avait laissés rien que pour lui. Olivier n'avait jamais entendu parler de bouteille à la mer, il ne faisait pas non plus le rapprochement avec les cailloux blancs du Petit Poucet, et non plus avec le message jeté de son cachot par le prisonnier. Simplement, il portait son ami Daniel, souffreteux et abandonné de tous, avec son mystère et ses inoubliables regards.

La rue Labat était vide, pâle, d'une triste nudité. Pendant un instant, il ne l'aima plus. Elle se laissait voler les êtres. Elle ne les protégeait pas. Elle devenait lointaine, hostile et ses inscriptions peintes ne voulaient plus rien dire. Le cœur de l'enfant battait fort, il ne savait plus où cacher ses livres. Il regarda le magasin de mercerie, puis il se jeta dans l'escalier du 77, se tapit dans un coin, près de la porte de la cave, et se mit à pleurer.

★

Le lendemain, Olivier se trouva face à face avec Gastounet qui lui tendit deux doigts qu'il serra avec déplaisir. Il craignait d'entendre encore parler des Enfants de Troupe. Gastounet ne s'intéressait aux autres que dans la mesure où cela lui donnait l'occasion de parler de lui-même, mais parfois, il savait intéresser les enfants, non par sa guerre car chacun avait bien dans son entourage quelque homme marqué qui se repaissait du sujet, mais plutôt par certains aspects extérieurs : sa chaîne de montre à breloques, sa tabatière, son briquet à longue mèche d'amadou, d'innombrables crayons, portemine et porte-plume réservoirs attachés à sa poche flasque et qui faisaient le pendant de son étalage ambulant de décorations colorées.

Ce jour-là, comme il n'avait pas trouvé d'interlocuteur adulte (certains en le voyant faisaient le geste de se raser), il se rabattit sur Olivier :

« Viens chez moi. Je t'offrirai quelque chose à boire. »

Olivier pénétra dans l'intérieur de Gastounet. Dans l'entrée, on remarquait un cache-pot en faïence, un ours en bronze tendant un porte-cannes et un portemanteau de bambou sur lequel trônait un képi de sous-officier. Dans la salle à manger, un poêle Godin, tout noir, était surmonté d'un interminable tuyau, tout en coudes, qui parcourait la pièce avant de pénétrer dans un orifice noirci. Le linoléum était bien ciré et il fallait marcher sur des patins de feutre, ce qui amusa Olivier. Gastounet lui donna l'ordre de se laver les mains et lui servit deux cerises à l'eau-de-vie.

« Regarde ces portraits ! »

Il ouvrit devant lui un album composé de photographies, certaines en couleurs et collées sur des fonds de papier gris imitant des cadres, d'autres en noir ou en bistre, la plupart prises ou découpées dans *L'Illustration*. Il désigna maréchaux et généraux avec des commentaires virils, disant que l'un avait fait ceci et l'autre cela et l'enfant s'imagina qu'ils étaient partis tout seuls à la bataille, comme Bonaparte franchissant le pont d'Arcole. Il observa :

« Mais ils ne pouvaient pas courir, ils étaient trop vieux...

— Hum ! Pas à ce moment-là ! » décréta Gastounet.

Il lui débita un discours particulier sur Mangin qui avait de la poigne, puis il ouvrit un autre album, celui des présidents de la République, du glabre M. Thiers à Paul Doumer tout barbu. L'enfant observa ceux à moustaches simples comme Casimir-Perier, Deschanel, Millerand, ceux qui avaient en plus une barbe : Mac-Mahon, Doumer, Grévy, Carnot, Loubet, Fallières, Poincaré, puis il revint à ce Doumergue dont le prénom affectueux, Gastounet, était passé à l'adjudant.

« Pas vrai que je lui ressemble ? A Doumergue, pas à Doumer. Une syllabe en plus, la barbe en moins.

— Et si vous laissiez pousser votre barbe ? demanda Olivier.

— Ah ! la jeune classe... », s'exclama Gastounet indulgent devant une remarque absurde.

Il passa ensuite à la récente Exposition coloniale qui avait déroulé ses fastes autour du lac Daumesnil. Là, il présenta des numéros spéciaux de revues. On y voyait les colonies orgueilleusement décorées, le temple d'Angkor reconstitué, les châteaux et les théâtres d'eau, les fontaines lumineuses qui s'appelaient « Le Cactus », « Le Grand Signal », « La Belle Fleur » ou « Les Totems ». Gastounet commenta les images : le zoo de Vincennes, le pavillon du Banania, la leçon de français aux tirailleurs sénégalais. Il parla des mentalités indochinoise, africaine et malgache vues au travers du comportement militaire. Il montra des inaugurations avec le long Maginot, le court Paul Reynaud et sa moustache à la Charlot, Laval et sa cravate blanche, d'autres personnalités politiques, certaines bedonnantes, avec des gilets trop serrés, des airs gras, mais qui faisaient tant pour la France.

« Mange encore une cerise !

— Merci, monsieur. »

Jusque-là, tout allait bien, mais Olivier savait qu'immanquablement, Gastounet allait en revenir à parler de *sa* guerre. Peut-être que cela ne lui aurait pas déplu si on lui avait bien raconté, mais cela devenait toujours ennuyeux, avec des noms de lieux, des numéros de régiments parmi lesquels le narrateur finissait toujours par se perdre.

« La guerre, vois-tu...», commença Gastounet.

Ensuite, Olivier n'entendit plus qu'un murmure qu'il ne comprenait pas, comme à l'église quand les prêtres parlent latin. Il regarda au fond de son verre où il restait de l'eau-de-vie de cerises trop forte pour son palais. De temps en temps, il levait les yeux avec un air vaguement intéressé et Gastounet continuait sans lui.

Cela dura longtemps, une heure, deux peut-être. Il restait là, accoudé à la table, très mal à l'aise et n'osant pas partir. Gastounet parlait toujours de la patrie et de l'esprit de sacrifice et cela paraissait abstrait et vide. Il ne sifflait que des airs militaires. De lui, Lucien disait qu'étant petit il avait avalé un clairon. Cela allait de *Soldat, lève-toi* à *Comptez, comptez vos hommes* en passant par toutes les cérémonies de la vie de caserne : *Un caporal c'est une légume* ou *Non, non, non, je n'irai pas*. Il en arriva ainsi à son antienne des Enfants de Troupe. Pour un peu, il aurait fait faire l'exercice à l'enfant.

Brusquement, celui-ci se décida. Il se dressa d'un coup et dit : « Je m'en vais ! » A quoi Gastounet rétorqua tout surpris : « Et pourquoi tu t'en vas ? » Et l'enfant : « C'est l'heure de la soupe ! »

En sortant, il répéta : « La barbe, la barbe, la barbe ! » Il discuta avec Ramélie qui apprenait l'anglais dans la boutique déserte parmi les quartiers de viande et les sachets de pain azyme. Sur le carrelage, dans la sciure, il y avait des os et des déchets que le grand-père balayait doucement. Cette boutique de boucherie effrayait toujours un peu Olivier. Jamais Elodie, Albertine ou d'autres gens de la rue n'y achetaient leur viande. On avait répondu à une question de l'enfant :

« C'est spécial, c'est une boucherie juive, tu comprends ! »

Il regardait toujours ces morceaux de bœuf suspendus à des crochets comme s'ils cachaient un secret effrayant. Peut-être qu'un jour Ramélie, qui était un bon copain bien qu'appartenant à la bande de la rue Bachelet, le lui expliquerait. Ou Jack Schlack dont il avait vu la mère entrer plusieurs fois dans ce lieu étrange.

Pour changer, il alla discuter avec Bougras qui grognait en essayant de faire boire du lait à un chat maladif qu'il venait de trouver. Il ne lui parla pas de L'Araignée car c'était son secret, mais de Gastounet, de ses albums et de ses histoires militaires et patriotiques.

« Tu n'as pas été à la guerre, toi, Bougras ? Si ? Alors pourquoi tu n'en parles pas ? »

Bougras commença par prendre son air revêche, puis, soudain, il se mit à glousser, comme chaque fois qu'il préparait un bon tour. Il se gratta la barbe, réfléchit, rit de nouveau et fit asseoir Olivier sur ses genoux.

« Si, dit-il, je vais t'en parler de la guerre. Et même, je vais t'apprendre une jolie chanson !

— Chic ! » dit Olivier qui appréciait les refrains de son ami.

Et Bougras, rythmant du poing, commença à chanter :

Salut, salut à vous,
Braves soldats du Dix-septième !
Salut, salut à vous,
A votre geste magnifique...

Olivier écouta Bougras avec beaucoup d'étonnement. Il ne comprenait pas grand-chose aux histoires d'hommes, mais il croyait que l'homme détestait les choses militaires. Et voilà qu'il lui faisait chanter avec lui :

> *Vous auriez en tirant sur nous*
> *Assassiné la République !*

Bientôt, l'enfant connut le premier couplet et le refrain qu'on pouvait répéter plusieurs fois de suite avec des effets de voix différents.

« Maintenant, dit Bougras, quand Gastounet te serinera ses histoires, tu la chanteras, mais fais attention à tes fesses car il essaiera de te les botter. »

C'est ainsi qu'Olivier, après l'incendie du cagibi et quelques méfaits apparents, se fit traiter de « sale voyou » par Gastounet qui rapporta la chose à Jean. Celui-ci commença par en rire, mais il fit cependant une observation à son jeune cousin :

« Tu verras chez ton oncle si tu pourras chanter des choses pareilles ! »

Quant à Bougras, il ne sortit pas très pur de l'affaire et Gastounet l'accusa de corrompre la jeunesse. Mais Bougras s'en fichait pas mal, bien au contraire il y trouvait de nouveaux motifs de réjouissance. Quant à Olivier, avant de comprendre le fin mot de l'histoire, il devrait patienter quelques années.

★

En attendant des jours meilleurs, Jean avait fini par trouver un travail provisoire. L'après-midi, il faisait les livraisons d'un imprimeur en chambre : têtes de lettre et prospectus, cartes commerciales et fiches pour appareils Kardex, chez des négociants ou des artisans dans des quartiers industriels du côté de la rue La Fayette et du canal Saint-Martin, de la rue du Temple ou du Sentier.

Le matin, il se levait tôt pour aller guetter de rares offres d'emploi, toujours temporaires, devant l'office de placement de l'imprimerie, au quai des Orfèvres. Il restait là durant des heures en regardant couler l'eau de la Seine avec ses bateaux-mouches et ses péniches, en fumant des gauloises et en discutant des problèmes de « ce fichu métier » avec des confrères infortunés.

Il avait fallu casser la bouteille aux pièces de cinquante centimes, ce qui avait été un déchirement car il s'agissait de l'argent des vacances. Mais tant bien que mal, la table était mise et Elodie déployait des trésors d'ingéniosité pour préparer des menus économiques et bien soignés où le pain jouait un grand rôle, comme dans ces épaisses panades bien moelleuses que l'enfant adorait.

Le dimanche matin, ils partaient tous les trois aux Puces de Saint-Ouen où le spectacle était gratuit. Là, près de la redoutable Zone, avec ses vagabonds, ses déclassés, ses gitans, son peuple misérable, ils se sentaient privilégiés et cela leur donnait un regain d'optimisme, mais hélas ! bientôt suivi de peur car ils trouvaient devant eux la caricature de la misère qu'ils redoutaient.

Les chiffonniers, revenus, gris comme leurs chiffons, de cueillir, crochet en main, les loques de la ville, triaient les tissus immondes, les papiers sales, les os, les métaux déchus, faisaient des tas et, soudain, extrayaient un objet rare, chaussure à talon Richelieu, miroir sans tain, ours éventré, cafetière crevée, livre aux pages maculées, ou, simplement, l'éblouissement d'un arc-en-ciel dans une flaque d'eau. Les trésors des poubelles seraient vendus au poids ou disposés sur les éventaires des trottoirs en attendant preneur, des bouchons de carafes ou des soucoupes restant là, d'un marché à l'autre, pendant des mois, faisant tapisserie comme des laiderons au bal.

« Regarde, Elodie, le petit chat...

— Hé ! le touche pas, voyons, il doit avoir la gale. »

Pour se donner des frissons, le couple et l'enfant s'égaraient parmi la Zone et ses bicoques, ses cambuses, ses cagnas en boîtes de singe, encombrées d'ordures, d'épluchures, de culs de bouteilles et où on voyait apparaître, près d'une roulotte immobilisée, des visages d'enfants gitans barbouillés et superbes. C'est là que se trouvaient les pauvres plus pauvres que les pauvres, que l'alcool faisait ses ravages, que les pages de faits divers des journaux trouvaient leurs aliments.

« Elodie, le gros chien...

— Il va te mordre, il a la rage... »

Et Olivier pensait à Pasteur vaccinant un petit Alsacien. Ils quittaient bientôt les eaux boueuses pour revenir au marché dans l'espoir de retrouver la trace d'anciennes splendeurs, de choses déjà vues en d'autres endroits, chez une tante, une grand-mère, et ils s'arrêtaient éblouis devant une lampe à pétrole, une marmite ou un lustre à pendeloques.

Les gens pratiquaient alors des marchandages sans fin, coupant dix fois la poire en deux, s'éloignant avec des moues dégoûtées, mais attendant que le marchand les rappelât pour recommencer la discussion sous les yeux connaisseurs des Arabes retrouvant les palabres des médinas.

Plus que le pittoresque déballage, ce qui retenait l'enfant venait des corps. Dans cette foule bigarrée, il ne cessait de contempler les yeux, les bouches, les mains, les pieds dans tant de chaussures diverses ; ils paraissaient indépendants comme des oiseaux, les regards surtout : quand ses yeux en avaient rencontré d'autres, tant d'autres, furtivement ou de manière appuyée, avec des interpénétrations, des combats et des voyages extraordinaires, quand il se sentait grisé par tant d'échanges muets, il devenait mélancolique comme s'il avait été le réceptacle de toutes les angoisses et de toutes les solitudes.

Il pensait alors à Daniel et l'imaginait dans une vaste salle claire, avec un lit tout blanc. On ne voyait plus que sa tête sur l'oreiller et peut-être que son corps se transformait sous les draps et devenait normal. Des infirmières, des médecins passaient devant lui et il les détestait parce qu'ils le gardaient loin de la rue.

Olivier avait essayé de lire les livres abandonnés par cet ami perdu avec lequel il n'avait pas échangé dix phrases, mais tout semblait si difficile dans ces pages dont les auteurs eux-mêmes avaient des noms bizarres : *Schopenhauer, Marie Bashkirtseff, Helen Keller*... Il lisait des phrases sans les comprendre, certaines cependant lui faisant mal. Il faudrait peut-être longtemps avant qu'il fût en mesure de les ressentir comme Daniel les ressentait. Supposait-il, d'ailleurs, qu'il le pourrait un jour ? Si fragile, il portait en lui un vide que rien ne pouvait combler, comme si les jours avaient creusé une petite tombe quelque part dans sa poitrine.

Dès qu'éloigné de la rue, il n'aspirait qu'à y revenir car il l'imaginait alors pleine de gens, de spectacles, de gestes, de rires, de jeux, de chansons, de farces, de cris. Mais il existait toujours un espace vide, comme une bulle prisonnière de l'eau : cette mercerie de sa petite enfance désertée par une femme qu'il aimait et qui toute sa vie serait quelque chose d'autre que toutes les femmes, Virginie, la mère et l'amante, la sœur et la fille, le sanglot sec et la larme humide.

Les marchands de chiffons, de vieilles bicyclettes, de vaisselles mortes, les brocanteurs en plein vent, les débitants de cornets de frites, les bistrots aux relents de musique, de fumée et d'alcool pourraient se retrouver un jour, plus tard, bien plus tard, mais pas cette image du retour de la promenade : Jean et Elodie, un homme et une femme jeunes se tenant par la taille comme deux fleurs confondant leurs pétales, et un enfant les suivant, les précédant, les entourant, tantôt gambadant comme un cabri, tantôt fixant les raies du trottoir, et soudain voletant comme un papillon ivre de lumière pour faire semblant de ne pas être seul.

X

La rue s'était installée dans l'été. On attendait un Quatorze Juillet coloré comme dans les tableaux de Monet et de Dufy, fleuri de drapeaux tricolores aux fenêtres, un défilé militaire encore suivi, avec des troupes venues de l'Empire, des pas, des rythmes, des musiques, des uniformes différents, légionnaires, chasseurs alpins et chasseurs d'Afrique, spahis, goumiers, cuirassiers, fantassins, bidasses, tous dignes des soldats de plomb d'enfance ; un Quatorze Juillet civil aussi où le maire de la Commune Libre du Vieux Montmartre coifferait les gosses à Poulbot de bonnets phrygiens en papier rouge, où un repas pour les vieux serait organisé. Les rues deviendraient bruissantes de bals populaires, de pétards éclatés, d'envols de pigeons, et, à minuit, ivres de tumulte, on monterait au Sacré-Cœur pour le grand feu d'artifice.

Elodie et Jean traversaient une période maussade : les

moyens du bord ne leur permettaient pas les vacances à Saint-Chély espérées durant des semaines. Ils n'auraient pas leurs places côté fenêtre dans ce train de nuit où se retrouvaient les Parisiens d'Auvergne, citadins aux coutumes précises, avec leurs saucissonnages superbes à base de charcuterie, d'œufs durs, de poulet froid, de fromage, de tarte maison, enveloppés dans des torchons propres et arrosés d'un honnête cru bordelais. Au matin, après de brefs moments de sommeil, le corps ankylosé, le cheveu triste, le visage gras, on voyait apparaître les beaux paysages d'Auvergne, et les voyageurs, derrière les vitres piquetées de grains de charbon, s'exclamaient devant des noms de gares : Saint-Flour, Loubaresse, Ruines..., attendaient le passage sur le viaduc de Garabit, semblaient réapprendre à vivre et à sourire, écartaient les cols de chemises sur les vestons du dimanche, prenaient l'attitude de gens qui, bien que voyageant en troisième classe, étaient à leur aise.

« Ce sera pour l'année prochaine, dit Jean.

— Ou à la Trinité, répondit Elodie.

— Je te le promets... »

Ils pensaient aux valises de carton bouilli, écrasées parce que, durant une nuit passée dans le couloir du train bondé, ils avaient dû les prendre pour sièges : elles continueraient à dormir en haut du placard.

Cependant, un espoir se levait : grâce à David, un ancien compagnon d'atelier, une place disponible à la clicherie du journal *Le Matin* serait réservée à Jean, mais il lui faudrait apprendre un nouveau métier et s'y mettre vite. Reviendrait-on au pain fantaisie, au cinéma *Le Roxy* ? Pourrait-on envisager l'achat d'un tandem ou d'une motocyclette ?

Et Olivier ? Son sort était décidé, mais l'enfant restait le seul à ne pas le savoir. Au cours d'une réunion houleuse des membres de la famille, chacun s'observant avec un masque de joueur de poker, une décision avait fini par être prise. Jean et Elodie se mirent d'accord sur l'inutilité d'en faire tout de suite part à l'enfant : il serait toujours temps de lui annoncer que..., enfin, que... et cela éviterait de voir durant quelques jours les grands yeux verts s'ouvrir sur de muettes interrogations. On lui apprendrait la chose au dernier moment, quand il serait impossible de faire autrement, et d'un coup, comme lorsqu'une infirmière arrache un sparadrap.

Olivier vivait donc dans ce silence dont il ignorait les menaces comme si aucun changement ne devait intervenir. Lorsqu'il sentait renaître ses inquiétudes, une part inconsciente de lui-même les repoussait et il se jetait dans les jeux de la rue comme on se jette à l'eau. L'indulgence de ses cousins s'était multipliée et il menait une vie sans cesse vagabonde, dévorant des espaces nocturnes de plus en plus vastes, au pas de ses jambes nues.

L'après-midi, la rue était déserte, délavée par un soleil violent, haletante comme une chienne chaude. Quand on levait les yeux vers le ciel, le soleil vous attaquait comme l'éclair de magnésium brûlé dans les assiettes des photographes aux jours de noces. Parfois, on voyait un agent de police, transpirant dans sa vareuse boutonnée jusqu'au col, entrer au *Transatlantique* en passant par le couloir pour boire dans l'arrière-boutique un verre interdit durant le service. Albertine, en arrosant ses pots de fleurs, faisait couler de l'eau sur le trottoir. Vers six heures, Gastounet, émergeant de sa sieste, apparaissait, la moustache folle, frappant le pavé de coups de canne vigoureux en sifflant *La Madelon* ou *Sambre-et-Meuse*. Il braquait subitement sa canne en direction de quelqu'un comme pour lui signifier : « Vous, je vous ai à l'œil ! » puis il finissait devant l'apéritif des souvenirs guerriers.

Le concierge-consort Grosmalard s'exerçait à rouler entre ses doigts jaunes des cigarettes de plus en plus fines. Quand il les allumait, le papier de riz flambait et il éprouvait de la difficulté à fumer ces tubes minces noyés de salive. Il lui arrivait de donner des conseils à un turfiste :

« Plus tu mises et plus tu touches !

— Oui, répondait l'autre, mais plus tu mises et plus tu perds !

— Si tu perds ! Mais si tu gagnes ? »

Le boucher aiguisait la pointe d'un coute~~~~ ~~~~ur le cul d'une assiette. La blanchisseuse, nue s~~~~ sa blouse blanche, rougissait en approchant son ~~~~ sa joue. La petite Italienne se promenait en ~~~~ssait un éventail~~~~ prime devant sa bouche. Un vieu~~~~ son briquet avec les gouttes restées dans le tuyau à essence et le garagiste de la rue Lécuyer qui mangeait un long sandwich aux rillettes criait :

« Hé là-bas ! Faut pas se gêner. Ah ! c'est toi, Ugène... »

Les cheveux sur les yeux, Olivier effectuait sa ronde de jour. Au coin d'une rue surgissait la carotte rouge d'un bureau de tabac et il s'interrogeait sur ce curieux symbole, regardant alors danser toutes les enseignes. Ou bien, il déchiffrait minutieusement, sans rien omettre, les rectangles de papier timbré à la vitrine des boulangeries, pénétrant ainsi dans le monde des poêles Mirus et des divans-lits à vendre, des femmes de ménage cherchant un emploi ou des étudiants désireux de vous apprendre les mathématiques. Soudain, le miracle le saisissait sous la forme d'une boutique sale avec une énorme grappe d'éponges noircies dans un univers de balais-brosses et de serpillières. Plus loin, il comptait des lavabos tout blancs, observait le jeu des terrassiers tirant un long tuyau, encouragés par les coups de sifflet rythmés du chef d'équipe, ou rendait son sourire à une employée qui suçait son croissant à une terrasse.

Il marchait parfois en lisant un illustré et s'excusait en se cognant contre un arbre ou un bec de gaz : il était encore dans la lune, comme disait Elodie. Il faisait craquer une allumette et s'exerçait à saisir la partie déjà dévorée par le feu pour qu'elle brûlât sur toute sa longueur, ne laissant entre ses doigts qu'un bâtonnet noir et tordu. Au fronton des boucheries, il levait les yeux sur les têtes de bœufs et de chevaux brillantes comme de l'or. Les *Défense d'afficher loi du 29 juillet 1881* l'étonnaient toujours et cette date historique rejoignait dans sa mémoire celles qu'il avait apprises à l'école, de Charlemagne à la prise de la Bastille en passant par Marignan et la Révocation de l'Edit de Nantes. Une affiche de conseil de révision l'amenait à faire des calculs sur la classe à laquelle il appartenait.

Lou ou lui avait appris l'art d'entrer au cinéma *Stephenso*, la resquille, c'est-à-dire en passant par la sortie de sec rs. Là, on voyait encore des vieux *Tom Mix* et des *Zorro* s. Là, on voyait encore des vieux *Tom Mix* et et sonore éisodes à une époque où le cinéma parlant tier gardait seit les foules... Chaque cinéma du quartier gardait urs propres : le *Stephen* sentait le saucisson à l'ail, le *Barbès* les cacahuètes, la *Gaîté-Rochechouart* la brillantine, le *Montcalm* le pipi de chat, le *Marcadet* la poussière chaude et le *Delta* le cigare éteint. Quand Olivier ne disposait pas des moyens d'entrer, il lisait le programme des actualités et les scénarios affichés dans le hall, regardait les photographies extraites du film, ne dédaignait pas le sex-appeal des actrices.

Une braderie commerciale avait eu lieu boulevard Barbès, avec un podium sur lequel un commentateur à bagou, entre deux annonces vantant une charcuterie ou un salon de coiffure, interviewait des ménagères ou faisait chanter en chœur un refrain publicitaire de circonstance qui ne quittait plus les mémoires :

> *Elle demeure boulevard Barbès*
>   *Inès.*
> *Elle s'y plaît donc elle y reste*
>   *Inès,*
> *Et pour un empire entier,*
> *Elle ne changerait pas de quartier*
> *Car elle a, c'est certain,*
> *Tout c' qu'il lui faut sous la main.*

Aux *Galeries Barbès,* un mannequin en forme d'armoire à glace rabotait une fausse planche au son d'*Allez voir l' bonhomme en bois des fameuses Galeries Barbès,* sur l'air d'*Elle avait une jambe de bois.* Plus loin, à la vitrine des chaussures André, une glace déformante donnait à qui s'y mirait un aspect grotesque. Les enfants venaient se dandiner devant elle sous les regards indulgents des parents qui, eux-mêmes, ne dédaignaient pas de faire les mêmes gestes avant de repartir rassurés sur leur physique. Olivier s'approchait, se regardait avec un sourire, puis s'éloignait un peu vite, comme s'il avait peur d'être prisonnier du miroir. Chez le fourreur, un écureuil courait sans fin dans une cage cylindrique. Ce spectacle aussi gênait Olivier : il détestait les cages, les barreaux, tout ce qui emprisonne. Depuis la mort de Virginie, toute prison, tout espace clos devenait sur cueil et il courait les rues qui débouche... d'autres rues, en évitant les impasses...

Parfois, les objets s'estompaient dans une brume de chaleur ou se dissolvaient dans la lumière trouble des réverbères ; parfois, ils se détachaient de leur environnement, acquéraient une présence fascinante comme s'ils étaient les soleils de toutes choses. Ainsi, une boîte d'allumettes suédoises tombant dans l'eau du ruisseau pour faire sécher les bâtonnets à bout rouge, il les alignait sur le trottoir ensoleillé, les comptait et les recomptait, ne pouvant les quitter du regard. Ainsi le couteau suisse toujours à la même place dans la vitrine de M. Pompon, entre un sifflet à anneau et un solide tire-bouchon de vigneron. Ainsi une énorme citrouille posée sur une caisse de bois, une échelle verte contre un mur couleur de rouille, le cerf des rideaux de macramé d'Albertine, la meule du rémouleur ou l'établi du menuisier.

★

Dominé par un atavisme campagnard, Bougras s'intéressait à tout ce qui reste, dans la ville, d'animal ou de végétal. Au cours de leurs promenades, il nommait à l'intention d'Olivier les arbres et les plantes. Pour Bougras que la ville n'avait pas détruit, les saisons et les jours existaient. Au cœur de l'été, il songeait à l'hiver et à ses rigueurs. Aussi expliqua-t-il à son jeune ami que le temps était venu de se soucier d'engranger des moyens de chauffage pour l'hiver.

Ils empruntèrent donc une voiture à bras à l'Entreprise Dardart, Bougras se plaça entre les brancards et Olivier trotta à son côté. C'est ainsi qu'ils descendirent à grand bruit la rue Labat.

« Prépare tes guibolles, dit Bougras, on va faire de la route. Peut-être qu'on ira jusqu'à Pampelune, Plougastel-Daoulas ou Petaouchnock ! »

Avec Bougras, Olivier ne craignait pas de s'éloigner. Et puis, c'était tellement amusant de marcher sur les pavés, tendre le bras pour tourner, de faire la pige aux automobilistes, de s'arrêter aux passages cloutés quand se hâtait son bâton blanc, de regarder les piétons repartir courageusement à l'assaut du pavé !

194

finalement qu'à sa tête. Mais comment concilier les deux parties d'une phrase qui revenait souvent :

« Tu es toujours à traîner dans la rue. Allez, va jouer ! »

Au fond, Olivier savait qu'il ne faisait rien de mal et que les catastrophes venaient d'elles-mêmes au-devant de lui, où qu'il fût, sans qu'il les provoquât.

★

Un autre jour, Bougras dit en brandissant un litre vide :

« Plus un coup de pitchegorne ! »

Le commerce des bagues avait fait long feu. Le seul gagne-pain qu'on lui proposa consistait à cirer les parquets d'un appartement de l'avenue Junot. Il finit par accepter en maugréant ce travail mercenaire, indigne et subalterne, chacun devant, selon lui, frotter son propre parquet s'il en a envie.

« Tu m'emmènes ? demanda Olivier.

— Ce n'est pas une place pour toi ! » répondit Bougras pour qui le travail était le plus mauvais exemple à donner à un enfant.

Mais Olivier le suivit et il fut bien obligé de l'accepter. Quand ils pénétrèrent dans l'immeuble, un gardien grincheux vint au-devant d'eux, questionna Bougras et voulut leur faire emprunter une autre porte qui donnait sur l'escalier de service. Bougras l'écarta d'un geste noble :

« Je suis Bougras, mon ami ! »

Il poussa Olivier dans l'ascenseur hydraulique Eydoux-Samain dont il tira la corde avec énergie. L'appareil toussota et se hissa jusqu'au troisième étage sans précipitation excessive.

Arrivés au palier, Bougras tira un cordon de sonnette en passementerie et une soubrette l'introduisit auprès de sa patronne, une longue dame maigre à tête d'oiseau de proie avec, du côté des lèvres, le petit rien acidulé de l'actrice Alice Tissot et des yeux si froids qu'ils paraissaient en verre.

« Vous êtes le cireur ? demanda-t-elle en consultant sa montre en sautoir.

— Non, madame, je ne suis pas le cireur : je suis Bougras et je viens cirer vos planches pour gagner ma vie. »

Elle haussa les épaules et les guida vers deux pièces communicantes, vides à l'exception d'un piano à queue. Tout était prêt : paille de fer, balais, encaustique et chiffons. Elle indiqua ses conditions en ajoutant :

« Et, en plus, un litre de vin Nicolas.

— Pour chacun ? » demanda Bougras en désignant Olivier.

Elle passa ses doigts contre sa chevelure bleu argent et jeta un coup d'œil méprisant sur les pieds de l'enfant, lequel croyant ses sandales déboutonnées se pencha pour les regarder.

« Pour le vin, dit Bougras, pas maintenant. Après le boulot ! »

Elle approuva d'un raide signe de tête et les laissa. Olivier alla tout de suite vers le piano, mais le couvercle était fermé à clef. Alors, il regarda les chandeliers de bronze et les fit bouger.

« Quel dommage ! dit Bougras. On aurait joué un air...

— Tu sais jouer du piano ?

— Non, mais on aurait appris. »

Il commença à passer la paille de fer d'un mouvement régulier de la jambe droite en appuyant sur sa cuisse avec les mains. Olivier tenta de l'imiter, mais sans succès : la paille de fer s'accrochait au bois et échappait à son pied. Alors, il se mit à genoux et essaya avec les mains.

Bougras ne parlait pas. Il faisait aller sa jambe le long des lames de parquet d'un mouvement régulier, semblant penser à autre chose, mais, peu à peu, le bois s'éclaircissait. Olivier fut chargé de balayer la fine poussière et de la réunir sur une pelle, ce qui le fit éternuer. Plus tard, ils commencèrent à enduire le parquet d'une encaustique trop sèche. Bougras prenait un air buté. Des perles de sueur coulaient de son front et s'accrochaient aux poils de sa barbe. Parfois, il se tapait sur la jambe en jurant : « Cochon de rhumatisme ! » ou bien, il répétait en regardant le sol. « A quoi ça sert, bon Dieu ! »

A deux reprises, la maîtresse de maison vint inspecter les lieux, mais comme Bougras faisait voler la poussière dans sa direction, elle crut bon de s'éloigner avec des airs hautains et outragés.

« Vieille catin ! » dit Bougras.

Et il expliqua à l'enfant que regarder les gens travailler, c'est aussi dégoûtant que de les voir faire leurs besoins.

Il fit briller le parquet le plus qu'il put, « de façon, dit-il, à ce qu'ils se cassent tous la margoulette ». Le travail terminé, ils se retrouvèrent suants et soufflants dans un office où la femme écarta sa servante pour servir elle-même un verre de vin rouge à Bougras qu'elle appela « brave homme ». Il lui demanda alors :

« Vous n'en prenez pas ? »

Comme elle ne répondait pas, il ajouta :

« Et pour le petit ? Il aime le rouge, vous savez ! »

Choquée, elle se rengorgea et Bougras lui expliqua fort sérieusement qu'Olivier était son fils, qu'il l'avait eu sur le tard d'une union avec la femme à barbe du cirque Amar et que le bébé avait été nourri avec des biberons de vin sucré.

Olivier comprit vite qu'il s'agissait d'une nouvelle blague de Bougras et qu'il se devait d'y apporter sa participation. Il fit exprès de prendre un air idiot et de se précipiter sur le verre de Bougras avec des doigts tremblants.

Tout habitée de considérations pessimistes sur l'ivrognerie et la déchéance des classes inférieures, la dame partit chercher son porte-monnaie et quand elle revint, Olivier faisait semblant de boire. Elle pinça ses narines car Bougras sentait un peu le fauve et lui compta l'argent en lui demandant de vérifier, ce qu'il ne fit pas, glissant l'argent dans la poche de son bourgeron. Il remercia et dit :

« Maintenant, reconduisez-nous. »

Il refusa la porte de service qu'elle lui indiquait, en spécifiant :

« Bougras sort toujours par la grande porte ! »

En sortant dans l'avenue Junot, Bougras accusa la fatigue. Il boitait en se répétant :

« Vieille carne, vieille carne... »

Sa haute taille se voûtait. Il paraissait très vieux, abattu, misérable, il avait perdu toute sa faconde. Il dit à Olivier qui portait le reste du litre de vin :

« Le travail, ça ne mène à rien, ça tue plus vite ! »

Ils entrèrent au *Légumes Cuits* de la rue Ramey où

Bougras se fit servir un litre de bouillon maigre, des filets de harengs marinés et deux portions de pommes de terre à l'huile. Arrivés chez lui, ils s'installèrent sur le banc à réclame *Allez Frères*. Le bouillon était encore chaud et ils s'en servirent de grands bols dans lesquels ils trempèrent du pain. Après, ils attaquèrent les harengs ornés de ronds d'oignons et de carottes en les mélangeant aux pommes à l'huile.

« Ça va mieux ? demanda Bougras.

— Oui, dit Olivier, c'est bon, ça remonte.

— On va piquer un bon roupillon. »

Bougras installa l'enfant sur le banc, glissant un polochon replié sous sa tête et lui jetant une couverture grise. Il se coucha ensuite sur le sommier grinçant et s'endormit immédiatement. Olivier écouta sa respiration qui se poursuivit en ronflements sonores. Parmi les taches brunes du plafond, on distinguait des visages et des animaux. Le banc n'était pas très large et il se plaça de côté pour ne pas tomber. Il posa sa main sur le dossier de bois, revit le parquet ciré, le piano tout noir comme une baleine, puis, à son tour, sombra dans le sommeil. Autour d'eux, la pièce silencieuse semblait veiller leurs corps.

★

Entre la place Blanche et la place Clichy, à la tombée de la nuit, un jeune homme blond et frisé vêtu d'un complet de sportsman et d'une casquette à carreaux (on le surnommait Rouletabille) installait une lunette astronomique qu'il braquait en direction de la lune. Il louait l'appareil à la minute aux passants qu'il aguichait, les invitant dans un style poético-scientifique à admirer « l'astre des nuits, la blonde Séléné » pour une somme modique.

Olivier l'écouta longtemps parler des canaux de la lune, des êtres qui, sans doute, les avaient construits et qu'on rencontrerait un jour. Quelques clients mirent l'œil à la lunette, payèrent et partirent en inclinant des fronts pensifs, puis, le calme revenu, l'enfant demanda s'il pourrait regarder « rien qu'un petit peu », sans payer.

L'homme le souleva en le prenant sous les bras, mais comme il bougeait, Olivier ne put rien voir.

« Tu as vu les taches ?

— Euh... non ! J'ai vu rien que du noir. »

Rouletabille lui dit « Chut ! » car des badauds approchaient et il commença un discours :

« Approchez, mesdames et messieurs, approchez... Savez-vous ce que cet enfant a vu ? Il a vu des cratères et des canaux, il a vu dans la clarté argentée de l'astre qui succède à Phébus, il a vu... Savez-vous ce qu'il a vu ? »

Olivier le regarda étonné et quand il recommença un discours où il était question de périgée et d'apogée que les badauds faisaient semblant de comprendre, l'enfant haussa les épaules et s'éloigna en pensant : « Quel toupet ! »

Pourtant, il était troublé. Quelques mètres plus loin, il cligna un œil en direction de l'astre, puis l'autre et il eut l'impression de régler les mouvements de cette curieuse chose ronde comme un lampion.

Comme la nuit était claire, il prit son courage à deux mains et enfila la rue Caulaincourt à partir de la place Clichy, marchant seulement plus vite sur le pont qui enjambe le cimetière. Il jeta un coup d'œil à la dérobée sur ces monuments de pierre de toutes tailles et se demanda si on en avait construit un sur la tombe de sa mère. Elodie lui avait proposé de l'emmener à Pantin, mais il avait répété : « Non, oh non ! » sur un ton plaintif et décidé. Sa cousine avait haussé les épaules et, les yeux tournés vers le plafond, fait plusieurs mouvements d'étonnement scandalisé, cet enfant ne gardait même pas le culte des morts !

Il tenait à la main un des livres de L'Araignée, celui-là même qu'il aurait dû rendre à la bibliothèque municipale. Cartonné en rouge avec le bateau de la Ville de Paris gravé en doré, un carton fixé à l'intérieur portait les marques des prêts écrites à l'encre bleue et des dates au cachet violet. Avant de se rendre dans cet établissement intimidant, il avait hésité durant plusieurs jours, et maintenant il était fermé pour un mois : il ne devait jamais restituer ce livre.

Olivier pensait sans cesse à L'Araignée, ou plutôt à Daniel, espérant toujours le voir réapparaître dans la rue, à son emplacement favori, contre le mur entre la fenêtre d'Albertine et le magasin de mercerie fermé. Il lui aurait rendu ses livres et peut-être l'infirme lui aurait-il appris ce que leurs phrases difficiles voulaient exprimer.

Olivier venait de traverser le pont du cimetière quand l'idée lui vint que s'il prononçait deux cents fois de suite le prénom de L'Araignée, cela aiderait à le faire revenir. Il se mit donc à répéter le plus rapidement qu'il pût :

« *Daniel Daniel Daniel Daniel Daniel...* »

Peu à peu, cela devint une prière qui ne comprendrait qu'un seul mot, ses lèvres remuant comme celles des vieilles égrenant leur chapelet.

Il était tout à cette occupation quand des éclats de rire, des bruits de voix le tirèrent de sa rêverie. A la terrasse d'un restaurant, des hommes aux visages rougeauds, violacés, s'esclaffaient en portant à leur bouche des fourchettes trop chargées ou de grands verres de vin blanc qu'ils vidaient d'un trait. Ils poussaient du coude des femmes grasses et blondes qui partaient de rires sonores. L'un d'eux jeta à sa voisine :

« Tu te rends compte, Mimi, de la vitesse du vent ?

— Et de l'épaisseur du brouillard ? » dit un autre.

Ils assaisonnèrent ces répliques de quelques grossièretés. Olivier en avait entendu bien d'autres dans la rue, mais parce qu'il répétait *Daniel Daniel Daniel...*, il s'arrêta, tout interdit. Il avait l'impression de quitter un univers propre, pur et malheureux pour entrer dans un autre dont la joie vulgaire le blessait. Un gros mangeur, la main sur la panse, dit encore :

« Si j'ai pas deux trous de balle, jamais je m'en sors ! »

Brusquement, Olivier s'éloigna en courant. Le monde lui paraissait sale, écœurant, les hommes laids et bêtes. C'était comme s'ils retenaient L'Araignée prisonnier derrière leurs rires.

« *Daniel Daniel Daniel Daniel...* »

Il avait beau répéter le prénom, il ne pouvait pas chasser les dîneurs de sa pensée.

Tout à ces impressions, il marchait en balançant son livre, parfois posait sa main sur un tronc d'arbre et tournait autour, repartait, regardait les modèles de cartes de visite à la vitrine d'un imprimeur en répétant les noms à

voix haute : *Mr et Mme Albert Durand, Me Jean Dupoite-*
vin, avocat à la Cour, Mlle Rosa Patti, artiste lyrique...
puis il lisait les plaques sur les immeubles avec leurs
médecins, leurs huissiers, leurs notaires...

Quelle ne fut pas sa surprise d'apercevoir à la terrasse
du *Balto* le père Bougras attablé devant un guéridon en
compagnie du beau Mac et de deux autres hommes qu'il
ne connaissait pas ! Le plus petit portait des pattes et son
visage aplati semblait avoir été pressé ; l'autre, grand et
large, avait un front bas, ses cheveux gris jaunâtre rejoignant ses sourcils. Devant eux, il y avait des petits verres
d'alcool à col étroit. Il se tint un peu à distance mais put
entendre Bougras dire :

« J'accepte toujours un verre, mais pour le reste, je ne
suis pas votre homme, je ne marche pas ! »

Les autres développaient à voix basse une solide argu-
mentation, les mains s'ouvrant et se fermant, les pouces
frottant les index pour exprimer l'idée de l'argent, les
sourcils se soulevant, les têtes ballottant d'indignation :

« Je ne dis pas, je ne dis pas... », répéta Bougras.

Il les écouta encore, se redressa et dit :

« Oseille ou pas oseille, risque ou pas risque, je ne
marche pas. C'est net et clair. »

A ce moment-là, il aperçut Olivier qui s'avançait timidement et en profita pour mettre un terme à la conversation :

« Hé, garçon, viens donc ! »

Olivier s'approcha, serra la main de Bougras, puis
celle de Mac, toute molle : l'homme affichait sa mauvaise humeur. Bougras vida son verre, se leva, prit
l'enfant par le poignet et jeta à ses interlocuteurs avec un
sourire aimable, un rien ironique :

« Merci pour le verre, mais ne comptez pas sur moi.
Vous avez choisi la mauvaise adresse... »

Alors, Mac se leva, fit glisser son chapeau en arrière,
prit son air mauvais et tenta de toiser Bougras qui était
plus grand que lui :

« Tu tiens donc à rester une cloche alors ? »

« — Essentiellement, dit Bougras.

— Laisse tomber... », conseilla l'homme au visage
aplati.

Mais Mac avait l'air d'en vouloir à Bougras. Il fit le

geste d'attraper une mouche et de l'écraser dans sa main en même temps qu'il disait :

« En tout cas, motus, hein, pépère ? Nous, les mouches... »

A la surprise d'Olivier, Bougras qui les regardait tous les trois avec un sourire jovial, se rembrunit d'un coup. Il désigna à Mac la pointe de son soulier et dit en le regardant droit dans les yeux, et d'une certaine façon :

« Et celui-là, tu le veux au cul ?

— Ça va, ça va... », dit Mac en se rasseyant.

Bougras le regarda encore, s'étira, reprit son sourire et dit :

« Quelle belle nuit ! »

Il tapa sur l'épaule d'Olivier à petits coups affectueux. Après quelques pas, il partit d'un rire gloussant et dit tout haut, comme s'il parlait à la nuit :

« Je ne serai jamais riche ! »

Olivier faillit l'interroger, mais il pensa qu'il se trouvait en présence d'affaires de grandes personnes. Sans se le dire, ils savaient qu'ils avaient envie de se promener ensemble. Dans le silence ouaté, les côtes du velours de Bougras en se frottant au rythme de sa marche faisaient un bruit d'élytres. Il répéta dans sa barbe :

« Ils me feront toujours rire !

— Qui ça ? demanda Olivier.

— Les hommes. »

Il n'ajouta aucun commentaire à cette remarque qui exprimait une grande part de sa philosophie.

Les pneus d'un taxi qui passa lentement paraissaient coller sur le macadam. Quelques personnes étaient encore assises devant les portes des immeubles et l'ombre les crayonnait aux teintes de la pierre. L'homme et l'enfant marchaient, l'un raccourcissant ses pas, l'autre les allongeant pour trouver un accord, et la lune se déplaçait avec eux, leur souriant à travers les feuillages frémissants des marronniers. D'une fenêtre, quelqu'un jeta un mégot allumé qui traversa la nuit comme une étoile filante.

Bougras pensait aux trois lascars et à leur proposition de complicité pour un éventuel recel. Il avait refusé non par un respect inattaquable de la morale, mais pour rester un homme libre. Cependant, l'argent lui faisait défaut. Il serait toujours le loup affamé parmi les chiens et il était né voilà près de soixante-dix ans.

Olivier regardait la lune. Furtive, feutrée, silencieuse, elle ressemblait aux chats. Elle examinait, espionnait, connaissait tous les secrets et, à l'exception de Rouletabille, personne ne se souciait d'elle. Comme Bougras s'arrêtait pour allumer sa pipe, il fixa l'astre qui flottait dans le ciel comme un ballon sur un étang. Sa clarté blanche blessait le regard, faisait naître un malaise. Il eut peur et se rapprocha de Bougras.

« Dis, Bougras, la lune, c'est le pays du bon Dieu ? »

Bougras creusa ses joues et souffla une fumée vite dissoute. Il réfléchit un peu, cracha, regarda vers la cime des arbres et répondit :

« Peut-être qu'il y a des gens là-haut, peut-être qu'il n'y en a pas... Mais sûrement pas de bon Dieu !

— Il est quelque part ? Au-dessus ?

— Ni au-dessus ni au-dessous. C'est toi, fiston, le bon Dieu. Et c'est moi. Et c'est tous les autres.

— Et aussi Daniel, tu sais : L'Araignée...

— C'est bien possible », grogna Bougras.

Cette conversation le gênait. Il n'avait pas envie de discuter de cela avec un enfant. Il se parla à lui-même et dit tout haut :

« Chacun voit midi à sa porte. »

Olivier avait bien envie de poser d'autres questions, de demander si Mac, Loulou, Lucien, Gastounet, tous les autres, étaient aussi le bon Dieu. Bougras lui parut très grand. L'échange avec Mac l'avait impressionné quand Bougras lui avait montré la pointe de son soulier, le Caïd n'avait pas insisté. L'enfant pensa : « Il s'est dégonflé, le beau Mac ! » et il se dit qu'Anatole avait peut-être raison : et si c'était « un dur à la mie de pain » ?

« T'es fort, Bougras ?

— Et comment ! »

Il prit le livre qu'Olivier tenait à la main, lut le titre et siffla en disant :

« Eh, eh bien... Bravo, monsieur le Professeur !

— J'y comprends rien encore », dit modestement Olivier.

Il expliqua que le livre ne lui appartenait pas, qu'on le

lui avait prêté, mais il évita de parler de Daniel : c'était son secret.

« Plus tard, tu liras Zola », dit Bougras avec solennité et respect.

Après quelques pas, l'index levé, il ajouta :

« Zola, il y a tout là-dedans ! »

Olivier se dit qu'il devait retenir ce nom. Et comme il avait répété *Daniel Daniel Daniel...*, il répéta *Zola Zola Zola*.

La poche droite de Bougras, celle où il glissait sa pipe et son paquet de gris, était déchirée. L'enfant pensa qu'il faudrait la raccommoder et l'idée du fil le ramena pour quelques instants vers le magasin de mercerie.

Une fois de plus, le carillon à tubes de la porte se fit entendre. Virginie était derrière le comptoir de vente et se tapotait les lèvres avec un crayon-gomme. Elle passait commande à un représentant tout petit, chauve et chafouin qui avait posé son melon à l'envers sur la table de coupe. A chaque phrase de Virginie, il donnait un coup de tête en avant pour approuver.

« De la talonnette noire, disait Virginie, et aussi de la grise. Les rouleaux sont de combien ?... Alors, deux longueurs de chaque. Et du coton à repriser : cinq boîtes assorties et deux de noir... Attendez donc, des sachets d'aiguilles. Oh !.... six douzaines. C'est ça : une demi-grosse. »

Et le monsieur suçait son crayon-encre qui teignait ses lèvres de violet, redressait le papier carbone bleu de son carnet manifold. Olivier affirmait sa présence :

« M'man, tu avais dit : des épaulettes.

— Ah ! oui des épaulettes de 44 et 46. Oui, moyennes. Vous en mettrez douze paires. Merci, Olivier, si je ne t'avais pas... J'oubliais : de la laine chinée. Montrez vos échantillons... Vous faites aussi les épingles ? Alors six grosses boîtes... »

Olivier ferma les yeux sur cette image rapide et une autre surgit aussitôt. Virginie cousait à la machine. Cela faisait *tactactac* et le tissu courait tout seul tandis que les pieds dansaient sur la pédale noire et que le fil tressautait d'une bobine à l'autre. Quand la machine s'arrêtait, elle semblait avoir mangé tout le bruit.

« Ta poche est décousue, Bougras.

— Bah ! » fit Bougras en rentrant le coin qui pendait à l'intérieur de la poche.

Ils étaient revenus vers les escaliers Becquerel qu'ils montèrent lentement. Arrivés devant l'immeuble au cagibi incendié, l'homme sourit et regarda Olivier malicieusement. Cela voulait dire : « Tu te souviens ? » L'incident, si proche qu'il fût, paraissait déjà lointain, lointain.

« Je crois qu'ils n'enverront jamais la note, dit Bougras. Au fond, c'est un bon métier que celui de pompier. S'il n'y avait pas l'uniforme... »

Plus tard, une autre image de son passé s'imposa à l'enfant. Un facteur entrait dans la mercerie, posait sa gibecière de cuir sur la table, sortait de l'argent, un carnet : « Signez ici... », et ajoutait :

« C'est la pension de votre mari. Ça n'augmente pas... »

Quand la porte se referma, Virginie dit en rangeant l'argent :

« Enfin seuls. Je retire le bec-de-cane. J'en ai assez de voir des gens. »

Puis, par une coquette allusion à son prénom, elle se mit à chanter :

> *Aux confins d'Amérique,*
> *Pays du Canada,*
> *Je jouais d' la mandoline*
> *Quand une princesse passa.*
> *Elle était si jolie*
> *Qu'on l'app'lait Virginie...*

Et comme elle s'arrêtait là, Olivier reprit, par malice :

> *Elle était si mignonne*
> *Qu'on l'app'lait Vergeronne.*

Il était plongé dans cette rêverie un peu triste quand Bougras le fit sursauter :

« Qu'est-ce que tu dis ?

— Euh... rien. Je chantais. »

Leur promenade se poursuivit assez longtemps. Les phrases tombaient adoucies par la nuit. Les becs de gaz fredonnaient quand on passait près d'eux. Des chauves-souris frôlaient leur lumière. L'air s'était rafraîchi et on le recevait dans la bouche comme une boisson. Derrière une fenêtre, un carillon sonna un seul coup.

« Tu ne t'es jamais marié, Bougras ?

— Si, dans le temps, je me mariais beaucoup. Enfin, j'avais des "connaissances".

— T'as pas eu d'enfants ?

— Pouah ! je déteste ça », jeta Bougras, mais son œil noir eut un éclair et il ajouta : « Toi, c'est pas pareil. T'es plutôt un copain. »

Ils redescendirent de Montmartre par la rue du Chevalier-de-La-Barre, vertigineuse, avec ses vieilles demeures provinciales, sa rampe sur le côté, ses immeubles et ses hôtels en contrebas.

« Le chevalier de La Barre, tu sais qui c'était ? demanda Bougras en désignant une plaque bleue.

— Non. »

Olivier ne s'était jamais interrogé sur tous ces noms : Ramey, Custine, Labat, Barbès... Il ignorait s'il s'agissait de dénominations de personnes ou de noms de villes. Comme « chevalier de La Barre » sonnait bien, il imagina un guerrier médiéval, sur un cheval caparaçonné, avec une armure, un bouclier et une lance.

« C'était un jeune homme, dit Bougras. Ils lui ont coupé la tête et ils l'ont brûlé. Pour trois fois rien. Il n'aimait pas les curés.

— Alors, on a donné son nom à une rue ?

— Oui, c'est toujours comme ça. »

Olivier médita et se demanda si on avait aussi coupé la tête à Lambert, à Nicolet et à Bachelet. La rue descendait de plus en plus vite jusqu'à quelques marches aboutissant rue Ramey. Olivier, les bras écartés comme un équilibriste, courut jusqu'en bas, grimpa sur la courte rampe et attendit son ami. Quand il fut à sa hauteur, il glissa et sauta sur le trottoir. A sa surprise, Bougras l'imita en disant :

« Hein ? Hein ? Encore souple, le vieux... »

La lune s'était cachée derrière un nuage pour mieux espionner et il faisait plus sombre. Arrivé rue Labat, Bougras annonça qu'il faudrait peut-être aller « au plume ».

208

« Oh ! on a bien le temps... »

Bougras lui ébouriffa les cheveux et dit : « Quelle tignasse ! » puis il lui donna une tape sur les fesses :

« Allez, au pageot ! »

Olivier l'accompagna jusqu'à sa porte, lui serra la main et se demanda s'il rentrerait tout de suite. Il finit par s'asseoir au bord du trottoir et à jouer aux osselets, mais il se lassa vite et ouvrit la bouche sur un bâillement.

Elodie et Jean devaient dormir tous les deux dans des pyjamas bleus faits du même tissu, la jeune femme en chien de fusil, les poings sous le menton, et Jean sur le dos, avec un ronflement dont il se défendait quand elle se moquait de lui à ce propos. Maintenant, l'enfant désirait retrouver son lit en même temps qu'il hésitait à appuyer sur la sonnette.

Un taxi s'arrêta au coin de la rue et les « deux dames » en tailleur en sortirent. Elles se tenaient enlacées et paraissaient très gaies. Puis une gifla l'autre et elles pénétrèrent dans un couloir en se disputant. Quelques minutes plus tard, Mac monta la rue et Olivier alla vite se cacher dans une encoignure : il craignait la colère du caïd déchu. Il se demanda ce qui se serait passé si Bougras et lui s'étaient battus et il pensa que Bougras aurait gagné. En tout cas, il le souhaitait et, au besoin, il l'aurait aidé.

Il se mit en garde et jeta quelques coups de poing dans le vide : *pif, paf, paf !* Il bâilla encore : il avait hâte d'être seul avec ses pensées. Il regarda la rue qui s'emplissait de nuit, sonna au 77 et monta précipitamment les escaliers. Il avait moins peur qu'autrefois, mais à condition de marcher très vite et de serrer les poings.

La clef était à sa place sous le paillasson. Il ouvrit sans bruit, quitta ses sandales, ses chaussettes et sa culotte et se glissa dans le lit étroit. Il écouta la nuit puis son corps lui parut léger, de plus en plus léger, comme la lune dansant sur les nuages.

XI

Une pluie d'été tomba en larges gouttes que les gens appelaient « des pièces de cent sous ». Cela ne dura que quelques minutes, puis le ciel s'apaisa, le soleil jaune prit sa revanche et le sol commença à fumer. Jamais la rue ne fut plus claire. Eblouissante.

Tandis qu'Albertine Haque, à l'aide d'un crayon gras, déguisait une verrue en grain de beauté, Olivier assis sur le zinc de sa fenêtre regardait, à travers le rideau blond de ses cheveux, ses deux pieds qui se balançaient dans le vide. En haut de la rue, Ramélie laissait se dégonfler un ballon à sifflet en attendant les premières protestations des ménagères agacées par le bruit. Deux petites filles cessèrent de jouer à « pigeon vole » pour se boucher les oreilles. Puis le père Grosmalard s'approcha de Ramélie et posa le feu de sa cigarette contre le ballon qui éclata. Alors, Ramélie se mit à hurler.

La veille, Olivier était rentré si tard que Jean qui ne dormait pas lui avait dit :

« Tu mériterais des gifles, mais ça durera ce que ça durera. »

Et Elodie avait crié de son lit, d'une voix endormie :

« On ne bat pas un orphelin ! »

Pour l'instant, Olivier s'amusait à donner des coups de talons rythmés contre le mur et Albertine lui demanda de cesser de faire le zèbre.

La journée n'était pas comme les autres. Olivier savait qu'à l'école de la rue de Clignancourt avait lieu la distribution des prix. Aussi prenait-il un air indifférent et désinvolte pour cacher une mélancolie qui s'accentuait peu à peu et atteignit à son comble quand il vit ses camarades habillés en dimanche remonter la rue en montrant leur satisfaction. Les garçons portaient sur la tête des couronnes de laurier et les filles des rubans ornés de roses en papier. Les livres de prix, cartonnés en rouge ou simplement brochés, étaient entourés d'un ruban tricolore au large nœud en forme de rosette.

Visiblement, Loulou dont on avait tenté de discipliner les cheveux noirs et bouclés, crânait : Prix d'Excellence, il tenait entre ses mains une pile de six livres à tranches dorées. Capdeverre n'en avait que deux, mais il les portait avec effort pour les faire croire plus lourds qu'ils n'étaient. Ils quittèrent leurs parents pour rejoindre Olivier et lui montrer les livres. L'enfant examina les belles récompenses non sans une secrète envie. Il se disait pourtant que si beaux que fussent ces livres, ils ne valaient pas ceux de Daniel, et qu'un jour, il lirait ce Zola dont parlait Bougras. A sa surprise, Loulou tira de sous sa pile un mince in-octavo recouvert de papier-cristal en annonçant :

« C'est pour toi. C'est Bibiche qui te l'envoie. Il a dit que c'était un prix de consolation. »

Stupéfait, Olivier hésita avant de prendre le livre. Il lut le titre : *Vie de Savorgnan de Brazza*, et, en feuilletant, trouva des illustrations représentant des Arabes en djellabah et des chameaux.

« Qui c'est ? » demanda Olivier.

Pour montrer son ignorance, Capdeverre gonfla ses joues et en fit sortir l'air avec un bruit. De toute façon, cela n'avait guère d'importance : on donnait presque toujours aux enfants des livres de prix qu'ils ne pouvaient pas lire.

« C'est un truc de l'Exposition coloniale... », supposa Loulou.

Olivier se sentit à la fois heureux et triste. Il ne comprenait pas bien le sens de « prix de consolation » et croyait cette consolation en rapport avec la mort de sa mère. « Ben alors, ça... », dit-il en tenant son livre comme un plateau. Il demanda encore :

« C'est Bibiche qui... »

— Oui, dit Loulou, c'est lui per-son-nel-le-ment qui te l'offre ! »

M. Gambier, dit Bibiche, appartenait à cette vieille race d'instituteurs primaires qui tantôt manifestaient une sévérité excessive, tantôt jouaient les papas gâteaux. Il habitait aux Lilas un pavillon entouré d'un jardinet avec trois pommiers. Le matin, il tirait deux grosses pommes de sa serviette et les plaçait en évidence sur son pupitre. Le meilleur en rédaction, en dictée ou en arithmétique avait droit à une pomme. Ce livre en marge de la distribution des prix, c'était un peu comme une pomme venant du verger de Bibiche.

Cependant, l'affreux Lopez, les mains en porte-voix, cria à Capdeverre et à Loulou :

« Vous savez de quoi vous avez l'air avec vos couronnes ? »

Les deux garçons coupèrent court à une réponse trop attendue. Ils tendirent leurs livres à Olivier :

« Tiens ça, L'Olive. On va le dérouiller ! »

Et tandis que, leurs lauriers d'empereurs romains les couronnant, ils se lançaient à la poursuite de Lopez, Olivier, tout chargé de livres, entendit une voix au-dessus de sa tête :

« Bien ça, mon petit, bien ça... »

Il leva les yeux. Un vieillard long et maigre, tout en gris, le fixait à travers des lorgnons cerclés de métal doré. Comme Olivier ne semblait pas comprendre, l'homme désigna la pile de livres de prix :

« Bon élève, pas ? Le premier de ta classe sans doute ?
— Euh... non ! dit Olivier.
— Et modeste en plus... »

Le vieillard secoua aimablement la tête et s'éloigna, les mains derrière le dos, tout voûté, en pensant à sa lointaine enfance de bon élève.

Quand Loulou et Capdeverre revinrent échevelés pour reprendre leurs livres, il leur raconta la chose et cela les fit rire. Puis Loulou tenta de retrouver un semblant de dignité : ses cheveux redevenus fous débordaient curieusement de la couronne posée de travers. Mais Capdeverre lança :

« Je m'en tape de l'école. C'est les vacances, les gars... »

Loulou recueillit cette évidence comme une révélation. Il redressa sa couronne et dit en prenant une voix de nez :

« Hon ! Hon ! C'est vrai. C'est les vacances. On va drôlement se marrer tous les trois. Toi tu serais Croquignole, moi Ribouldingue et Capdeverre Filochard. »

Ils firent des grimaces pour singer les Pieds-Nickelés. Loulou passa sa main à rebrousse-poil sur les cheveux en brosse de Capdeverre et l'appela « Beau Frisé ! » Olivier se mit à rire : Capdeverre détestait cette appellation.

★

Dans les jours qui suivirent, les enfants prirent possession de la rue. Il en sortait de partout et les géniteurs eux-mêmes se plaignaient d'une telle abondance de marmaille piaillante, courante et gesticulante. Plus que le soleil, l'idée des vacances jetait des flots de sang nouveau dans les veines, donnait de nouvelles vigueurs aux muscles, libérait les imaginations. Dégagés des obligations scolaires, l'énergie des enfants se transformait en turbulence. Aussi à défaut des monômes, inconnus chez les écoliers, décida-t-on de déterrer la hache de guerre.

Des négociations furent menées avec les adversaires traditionnels, c'est-à-dire les redoutables habitants de la rue Bachelet, et bientôt une troupe fut constituée par les enfants des deux rues. Pour la première fois, on put voir Lopez, Doudou, Pladner et leur bande discuter avec Loulou, Capdeverre, Jacot, Schlack, Riri, Olivier et les autres. Le conseil eut lieu en haut de la rue Labat sur les marches dégradées de l'escalier sans issue.

Les ennemis se trouvaient tout désignés : « Ceux de la rue Lécuyer. » Cette rue, parallèle à la rue Labat, mais séparée d'elle par la rue Custine, se trouvait en quelque sorte de l'autre côté du fleuve. De leur côté, les garçons de la rue Lécuyer, avertis par quelque secrète intuition, fourbissaient leurs armes, certains personnages troubles, espions ou faux plénipotentiaires, faisant le va-et-vient entre les deux camps.

Tout se passa comme chez les hommes : on éprouvait autant de plaisir à préparer les combats qu'à se livrer à la guerre elle-même. Et ce fut le temps des pistolets à flèches et à bouchons, des sabres de bois, des arcs, des lance-pierres et des sarbacanes. On réunit d'importants stocks de munitions : cailloux, boulettes de papier mâché (toute la rue, filles y comprises, mastiquait à longueur de journée), bâtons, bombes algériennes, pétards, fléchettes de papier...

Pour certains, comme Olivier et Loulou, il n'était question que d'un jeu et non pas vraiment de se battre. Pour d'autres, comme les durs de la rue Bachelet, il s'agissait bien de combats de rues et cela risquait d'aller très loin. Mais dans les deux camps, les modérés remettaient l'affrontement de jour en jour. A part un fait dramatique dont Loulou et Olivier furent les héros et les victimes, il ne se passa pas grand-chose et les départs en vacances se chargèrent de disséminer les troupes. Tout le plaisir guerrier resta dans les imaginations.

Cependant, Olivier et Loulou, francs-tireurs, commirent l'imprudence d'une incursion d'information dans les lignes ennemies. Ils furent rapidement entourés et faits prisonniers. Ils ne résistèrent pas trop, pour jouer le jeu, et se laissèrent entraîner, les bras en l'air, sous bonne garde, dans la deuxième cour d'un immeuble de la rue Lécuyer, cette terre étrangère. Les enfants de cette rue, mieux habitée que les rues Labat et Bachelet, étaient moins redoutables que leurs ennemis. Certains même allaient à l'école à l'institution Laflesselle, bien tenue, et ceux qui fréquentaient l'école de la rue de Clignancourt restaient des copains. Aussi Mellot, une bonne pâte de garçon au nez semé de taches de rousseur, le môme Pirès, clair et blond, le nez retroussé, avec ses dents de lapin, Mencacci, rêveur et pacifique, formèrent-ils un trio de juges militaires desquels il y avait peu à craindre. Tout se serait passé à l'amiable si Leprat et Labrousse, deux escogriffes moins « humains » que les autres n'avaient proposé une punition infamante exprimée par Labrousse en quatre mots : *le cul au cirage !*

Parce que l'expression plaisait, les autres exprimèrent leur accord. Après avoir échangé un rapide regard, Loulou et Olivier tentèrent une évasion. Ils ne purent dépasser la première cour où on les reprit pour les réduire à l'immobilité.

« Le cirage ! réclama Labrousse.

— Si vous faites ça, vous le paierez cher ! dit Loulou.

— On se vengera œil pour œil dent pour dent ! » affirma Olivier.

Il n'y eut pas longtemps à attendre. Mencacci revint avec une boîte de cirage noir et une brosse chipés à sa mère. On commença par Olivier. Malgré une résistance farouche, il fut submergé par le nombre. Après quelques supplices qu'il supporta en héros, on le déculotta et les ennemis commencèrent à passer le cirage noir sur ses fesses rondes. Loulou ne cachait pas sa rage. Il se mit à pousser des cris et il fallut le bâillonner avec un foulard. Mais la concierge de l'immeuble, alertée, arriva armée d'un battoir à tapis en osier, tapant à coups redoublés dans le tas de sales gosses. Il y eut une fuite éperdue et Olivier et Loulou se retrouvèrent seuls.

Olivier remonta sa culotte. Son visage était rouge et ses poings tremblaient. Loulou répétait en serrant les dents :

« Ça se paiera, ça se paiera ! »

Ils ajoutèrent ensemble :

« Ah ! Ah ! quelle bande de vaches ! »

Ils s'enfuirent rapidement de la rue Lécuyer, mais n'osèrent revenir tout de suite rue Labat. Olivier se demandait comment il ferait sa toilette et laverait le slip noirci sans qu'Elodie s'en aperçût. Il restait bien le recours à Bougras ou à Albertine, mais comment leur expliquer ?

Tête basse, les deux enfants marchèrent jusqu'à Château-Rouge et déambulèrent sur le marché de la rue Poulet. Les marchands de primeurs faisaient des piles avec les pêches, les prunes et les abricots, plaçant les plus beaux fruits sur le devant de l'étalage. Ils inscrivaient les prix sur des ardoises et se préparaient à l'assaut des ménagères. Les marchands de quatre-saisons calaient leurs balances et pliaient des journaux en triangle pour en faire des sacs. Un balayeur appuyé sur le manche de son balai rêvassait en regardant le ruisseau.

Olivier et Loulou ravalaient mal leur humiliation. Loulou pensait à une guerre à outrance. Olivier supputait d'autres conséquences : dans la rue, personne ne s'apitoierait et peut-être qu'on l'affublerait d'un sobriquet du genre « Cul noir » ou « Derrière au cirage ». Il se décida enfin à parler :

« Ecoute, Loulou, je voulais te demander un truc...

— Quoi ?

— Le cirage... Ne le répète jamais à personne. A personne ! Tu entends bien ! Ce sera un secret entre nous. »

Mais Loulou ne répondit pas. Il pensait à la bande de la rue Lécuyer et voyait une dizaine de garçons ligotés comme des saucissons, avec le derrière à l'air, et des boîtes de cirage de toutes les couleurs...

Finalement, il fit part de sa décision :

« Non, on le dira aux autres. Comme ça, ils nous aideront à nous venger. On les aura jusqu'au trognon ! »

Pour lui, c'était comme si tous les enfants de la rue Labat, tous ceux de la rue Bachelet avaient eu le derrière passé au cirage. Olivier, qui ne croyait pas trop à cette solidarité, se fit menaçant :

« Si tu dis ça, Loulou, moi je dirai aussi qu'on t'a passé au cirage, et même...

— Et même ?

— Et même... partout !

— Menteur !

— Cafetière ! »

Ils se regardèrent sans tendresse, mais bientôt une seule chose les réunit : la gravité de la situation.

« Bon, dit brusquement Loulou, on ne parlera pas du cirage. Mais on dira qu'ils nous ont tordu les poignets, fait des « savons », craché dessus. Et puis qu'ils ont dit que ceux de la rue Bachelet sont des lavettes... Et puis aussi.. Et puis, zut ! on ne dira rien. »

Ils se tapèrent dans les mains comme des marchands de bestiaux scellant un marché. Ils se regardèrent bien en face, la complicité dans l'adversité les unissait. Loulou reluqua quelque part du côté de la rue Lécuyer et jeta :

« Si tu ne viens pas à Lagardère, Lagardère ira-t-à toi ! »

Cela se poursuivit par une parodie de duel. Puis ils se sourirent gentiment comme avant. Olivier sentait son slip qui collait à sa peau. Il observa encore son ami et pensa à la chanson *Avoir un bon copain* qu'il finit par siffler à tue-tête.

★

Les enfants essayèrent l'un après l'autre la patinette du petit Riri que son père avait récompensé d'une bonne année scolaire. Chacun devait faire deux tours du pâté de maisons et Anatole chronométrait les temps. A la surprise de tous, ce fut Olivier qui gagna mais Capdeverre l'accusa d'avoir triché et ils se disputèrent.

Assise à sa place habituelle, derrière sa fenêtre ouverte, Albertine, le visage rouge comme une tomate, cousait les ourlets de gros torchons de toile à bandes rouges. Elle écoutait Gastounet lui expliquer que dans le temps tout allait mieux, que la décadence avait commencé dès le début des années 30, que les rouges pourrissaient tout, qu'on allait à la faillite et à l'anarchie... et elle hochait pensivement la tête. Ils échangèrent quelques phrases commençant toutes par : « De mon temps » ou : « Moi quand j'étais jeune » et le silence se fit pour un moment. Albertine penchait la tête et laissait couler des regards qu'elle croyait tendres vers son interlocuteur. Elle attendait le moment où il lui dirait : « On devrait se marier tous les deux. » Elle roulerait une de ses anglaises autour de son index, prendrait un air rêveur, ferait semblant de réfléchir et lui répondrait avec une indulgence ravie :

« Gastounet, à notre âge... »

Le patron du *Transatlantique* répandait du soufre sur le sol tout au long de sa boutique pour éloigner les chiens. Ramélie assis sur la marche d'entrée de la boucherie tirait des sons perçants de son harmonica. Le fils du boulanger, habillé en mitron, portait sur sa tête un plateau de gâteaux destinés à un restaurateur de la rue Caulaincourt. La blanchisseuse lavait sa devanture avec un balai-brosse et la mousse coulait sur le trottoir.

« Hé ! C'est à toi de jouer... »

Où était donc Olivier ? Quelque part dans sa rêverie. Il se trouvait bien auprès de ses camarades. Dire qu'il avait cru qu'ils le repousseraient parce qu'il avait perdu sa mère. Il se sentait comme eux et s'amusait bien. Pourtant, il savait bien que par-delà les apparences, un petit rien les différenciait. Il lui arrivait de se sentir seul, isolé. Ses copains parlaient de faits familiaux, de projets d'avenir qui lui restaient étrangers. Il écoutait, il prononçait des mots, il écoutait encore, et il finissait par oublier qu'il était là.

« Oh ! pardon..

— Tu étais encore dans la lune ! »

Olivier posa sa carte sur celle de Loulou et ils dirent en même temps : « Bataille ! » Le jeu dura encore longtemps mais comme aucun d'eux ne parvenait à prendre toutes les cartes de l'autre, ils décidèrent de passer à autre chose. Au coin de la rue, la petite Italienne brossait ses longs cheveux devant un miroir posé sur une fenêtre.

Elle clignait de l'œil vers les garçons et une main sur la hanche prenait une pose de star.

« Ah ! les quilles... », fit Loulou désabusé.

Puis Capdeverre vint les rejoindre, tout pâle, avec un pansement au bras.

« Les gars, je suis blessé, j'aurai une cicatrice ! »

Avec force détails, il leur raconta son accident : une chute dans l'escalier avec une bouteille de vinaigre à la main. Chacun chercha quelque chose à raconter. Olivier montra la petite cicatrice qui fendait sa lèvre inférieure et Loulou une dent cassée. Capdeverre dit :

« Oui, mais moi, je me suis évanoui. C'est comme quand on est mort !

— Ça c'est vrai ! dit Loulou, mais moi, c'est pire ! »

Il se déchaussa et agita ses doigts de pied devant eux. Les deux enfants se penchèrent.

« Qu'est-ce qu'il a ton panard ? demanda Olivier.

— Vous ne voyez pas ? »

Ils écartèrent les yeux et examinèrent un pied bien cambré, très normal, à peine un peu sale aux chevilles, sans comprendre. Loulou, ravi de les avoir fait chercher pour rien, annonça sur un ton doctoral :

« J'ai cinq doigts de pied, les gars ! »

Ce balourd de Capdeverre se crut obligé d'affirmer que c'était le cas de tout le monde, mais Olivier répondit :

« Elle est chnoque, ta blague ! »

On ne sut pourquoi Loulou ajouta : « Et la princesse posa sa chique sur le rebord du piano ! » mais cela fit rire.

La gaieté s'accentua quand ils virent arriver Riri tenant ses doigts en l'air comme une femme qui fait sécher son vernis. Il expliqua que sa mère lui avait mis de la moutarde pour qu'il ne se rongeât plus les ongles.

« T'as qu'à la bouffer la moutarde ! dit Loulou.

— Ça pique le nez !

— Attends, on va te montrer, un petit peu à la fois, avec le bout de la langue... »

Au comptoir du *Transatlantique*, Gastounet commentait maintenant le jugement de Gorgulof, l'assassin du président Doumer. Il replia le journal dans lequel il avait pris ses arguments et, après avoir trempé ses lèvres dans son café arrosé, eut une inspiration nouvelle :

« Dire que les Brésiliens se chauffent avec du café !

— Ça doit sentir bon ! dit une poivrote qui sirotait du vin blanc.

— Et ils s'en servent aussi pour les locomotives ! Et même : ils en jettent à la mer !

— Heureusement que le Père Magloire ne jette pas son calva dans les puits ! » dit Ernest en envoyant une bonne giclée d'alcool dans sa tasse.

Mme Papa qui venait d'accompagner son militaire de petit-fils à la gare de l'Est et ne s'en remettait pas, entra et demanda :

« Un Raspail ! »

Dans la rue, un vieux se mit à chanter *Viens, Poupoule*, en regardant en l'air et les ménagères lui envoyèrent des pièces entortillées dans du papier journal. Quand elles s'aperçurent qu'il était ivre, elles se mirent à l'insulter, lui criant d'aller cuver son vin ailleurs. Les gosses partirent alors à la pêche aux pièces parmi les pavés et les tendirent à l'homme qui les remercia gravement. Comme la mère Grosmalard le traitait de soûlot, il se frappa du plat de la main gauche sur son avant-bras droit prolongé par un poing bien fermé. Il répéta ce geste obscène à l'intention de toutes les femmes aux fenêtres et les enfants s'amusèrent à l'imiter.

« Je vais bientôt partir à la cambrousse ! jeta joyeusement Loulou.

— Moi aussi. Tra la la ! » fit Capdeverre.

Ils se mirent alors à imiter les vaches, les moutons, les canards et les poules. Toute la rue retentit de *Meuh !* de *Bééé !* de *Coin-coin-coin !* et de *Cot Cot Cot Codec !* Le père Grosmalard qui roulait une de ses fines cigarettes grogna :

« Ils sont cinglés, ma parole, ces moujingues ! »

Sans se douter que c'était de circonstance, Gastounet cria :

« La ferme ! »

Et Lucien qui passait, un gros poste de T.S.F. sur l'épaule, se mit à rigoler.

★

Il y eut le *Bol d'Or de la Marche* organisé par le *Petit-Parisien*. Munis d'un seau d'eau et d'une grosse éponge, Olivier, Loulou et Capdeverre se placèrent sur le parcours des sportifs aux jambes musclées venus de toutes les provinces de France. Au passage, ils leur tendaient l'éponge gonflée d'eau que les hommes pressaient sur leurs têtes et leurs visages en sueur. Il fallait courir un moment auprès d'eux pour récupérer l'éponge. Ils assistèrent à l'arrivée et fêtèrent avec la foule le Club des Marcheurs de Nancy qui avait remporté la victoire.

Ils suivirent aussi la course des garçons de café qui marchaient entravés dans leur grand tablier blanc en agitant un plateau chargé d'une bouteille d'apéritif et d'un verre qu'il ne fallait pas renverser, à celle aussi des porteurs de journaux chargés d'un même poids de papier. Toutes ces manifestations donnaient aux rues un air de fête.

Et puis, grâce à sa grande amie, Mado, la Princesse, Olivier connut des soirées délicieuses. Elle disposait de tout son temps et lui en consacrait une partie, l'emmenant goûter chez elle, lui confiant ses chiens dont il enroulait la laisse autour de son poignet, en les suivant de bec de gaz en bec de gaz. Le soir, elle venait même frapper chez Jean qui la recevait avec une admiration discrète.

« Vous me confiez Olivier ? Je l'emmène au cinéma... »

Au début, Elodie s'était montrée méfiante, mais Mado avait un sourire irrésistible et savait glisser quelques compliments bien dosés du genre : « C'est gentil chez vous ! » ou : « Comme vous êtes bien coiffée ! » Peu à peu, la chose fut admise.

C'est ainsi qu'Olivier enfilait rapidement son costume de golf, se mouillait les cheveux et s'y reprenait à plusieurs fois pour tracer une raie bien droite, un peu haute comme c'était la mode.

Mado l'emmenait en taxi loin de la rue pour voir des films faciles qui s'intitulaient *Le Chemin du Paradis*, *La Femme et le rossignol*, *La Petite Lise* ou *Ma Cousine de Varsovie*. L'enchantement se prolongeait quand elle feuilletait des magazines cinématographiques avec des pages consacrées au sourire félin de Colette Darfeuil, au regard de Joan Crawford, à l'éclat d'Elvire Popesco ou à la splendeur froide de l'incomparable Greta Garbo. En regardant le portrait de Brigitte Helm, il crut voir Mado qui lui ressemblait. Il le lui dit, elle le récompensa d'une caresse.

Elle lisait à haute voix toutes sortes d'informations, de potins puisés dans les réponses aux lecteurs, et les projets immédiats des stars, leurs voyages, leurs liaisons prenaient une grande importance. Elle disait d'une voix mouillée : « C'est une vedette *Paramount* ! » ou : « Elle fait partie des *United Artists* ! » et ces noms étrangers ajoutaient une magie nouvelle. Un monde doré, inconnu surgissait, se mêlant aux lumières des grands boulevards qu'ils traversaient dans des taxis rouge et noir aux conducteurs en blouse grise.

« Ça t'a plu, le film ? »

Il répondait toujours oui, même lorsqu'il n'avait rien compris. En sortant du cinéma, elle l'emmenait dans de grands cafés qui sentaient le vermouth et où des orchestres tziganes faisaient pleurer des violons. Elle commandait un *gin fizz* pour elle et une citronnade pour lui. Le spectacle ambiant le grisait comme un alcool et Mado lui parlait avec une réelle affection. Pour elle, il n'était pas comme les autres enfants de la rue. Elle le trouvait plus délicat, plus tendre. Elle lui prodiguait de petits conseils de bonne tenue : « Non, Olivier, il ne faut pas dire : A la vôtre ! mais lever son verre avec un sourire ! » Ou bien : « Tu dois toujours laisser la banquette à la femme qui t'accompagne. » Ou encore : « Comme tu es l'homme, tu dois me proposer ton bras pour descendre du taxi. »

Les immenses glaces du café multipliaient les personnages à l'infini. Les garçons balançaient des plateaux chargés et paraissaient joyeux comme s'il s'agissait pour eux d'un jeu et non d'un travail. Si, d'aventure, un homme essayait d'engager la conversation avec Mado, elle le renvoyait avec un geste princier :

« Vous m'importunez. Vous voyez bien que je suis avec mon fils ! »

Alors, Olivier rêvait qu'il était en compagnie de Virginie. Par jeu, sa mère se serait déguisée, transformée en actrice de cinéma. Mado lui faisait des surprises, extrayant de son sac quelque cadeau gourmand, et même, un soir où elle était venue le chercher, une cravate en tissu écossais qu'il ne cessa de porter.

« C'est drôle, disait Elodie, c'est drôle qu'"une fille comme ça" aime tant les enfants !

— Mais non, répondait Jean qui jalousait secrètement l'enfant, il n'y a pas de raison, elle s'ennuie, c'est tout. Un jour, elle trouvera un bonhomme et elle l'oubliera bien. Ah ! là ! là !... Tu ne connais pas ce genre de filles ! »

Quand Bougras voyait son jeune ami bien habillé, il sifflait entre ses dents et disait : « Peste ! » ou : « Mazette ! » ou encore : « Vrai de vrai, c'est un lord ! » avec un rien d'ironie dans la voix. Capdeverre n'hésitait pas à lui dire : « Tu sors avec ta poule de luxe ? » et il répondait par un sourire lointain et supérieur. Albertine, une fois, ne lui cacha pas son admiration :

« Quand tu es bien habillé, tu n'as presque plus l'air d'un voyou ! Tu vois, si tu voulais... »

Et il marchait en se tenant bien droit, une main glissée dans la poche de sa veste, en laissant sortir le pouce.

Seul, le beau Mac ne se manifestait guère. Olivier l'avait croisé dans l'escalier, tenant par la main une femme brune qui répandait un parfum sucré. Le Caïd l'avait totalement ignoré. Sans doute était-il vexé d'avoir été surpris en état d'infériorité devant Bougras. Une fois, l'enfant ayant remonté son pantalon avec un geste apache, il avait répondu à un reproche de Mado par :

« C'est Mac qui m'a appris à le faire ! »

Elle dit simplement :

« Eh bien, ce sont de mauvaises manières... »

Et cela sans rien ajouter, comme si elle avait ignoré qui était Mac. Les relations des grands entre eux présentaient de bien curieux aspects. Il valait mieux ne pas s'en préoccuper.

★

Le départ du Tour de France rassembla tous les intérêts et, dans la rue Labat, on ne parla plus que de cela. Les hommes se promenaient avec des journaux ouverts à la page sportive. On y voyait André Leducq qui s'imposait en champion et il y avait partout des images de grands insectes dressés sur leurs pédales, de caravanes publicitaires avec distributions d'échantillons à la volée, des villes-étapes en liesse à l'arrivée de la Babel du cyclisme. Les bistrots présentaient des tableaux noirs avec, à la craie, les classements par étapes et général, l'indication des kilométrages et des temps de retard sur le maillot jaune, et les hommes discutaient interminablement en les regardant. Toute la France avait des relents de graisse et d'embrocation, poussait les champions par la selle, distribuait des boissons et des musettes-repas à la volée.

« En attendant, dit Bougras, j'ai pris un tour de reins, et pas en faisant le zouave sur les routes. En plein été, si c'est pas malheureux ! »

Au cours d'un de ses coups de main, il avait monté à un cinquième étage des charges trop lourdes et il se promenait les mains sur les reins en pestant. Olivier vint le soigner. Après lui avoir posé un autoplasme Vaillant, il tira sur une large ceinture de flanelle rouge et Bougras tourna sur lui-même comme un tirailleur pour avoir la taille bien serrée.

Pour se venger de son immobilité, il préparait d'énormes marmites de soupe épaisse dans lesquelles il glissait, selon son expression, « tout ce qui fait ventre ! » : os généreusement donnés par le boucher, quignons de pain, légumes et féculents. Il se servait de larges assiettes dans lesquelles il ajoutait encore du pain émietté et du vin rouge pour faire chabrot. Il mangeait en fixant la queue de sa cuillère et en faisant beaucoup de bruit.

Pendant cette immobilité forcée, il apprit à Olivier à jouer aux cartes, à la belote surtout, avec son valet triomphant et son neuf d'atout devenu quatorze. Ils tapaient avec des cartes grasses et écornées sur un tapis vert offert par *Dubonnet, apéritif au quinquina,* et ils marquaient sérieusement les points sur une ardoise d'écolier en carton bouilli rayée de lignes rouges.

Une de ces parties fut interrompue par le bruit caractéristique d'une voiture de police qui s'arrêta rue Bachelet et fut suivi d'un brouhaha. Ils allèrent à la fenêtre et virent deux agents se tenant devant le 77 et ordonnant aux curieux de circuler. Sans raisons apparentes, Olivier eut peur, tout comme si c'était lui qu'on venait chercher. Il pensa à l'incendie et regarda Bougras qui lui dit :

« Rassure-toi, ça ne doit pas être bien grave ! »

Après quelques minutes d'attente, ils virent apparaître Mac, le beau Mac, que deux agents poussaient devant eux. Les mains serrées dans des menottes, il était pâle, mais vêtu de son costume clair et de son chapeau mou, il gardait son sourire ironique et crânait visiblement.

« Mais, c'est Mac..., dit Olivier. Ils l'arrêtent ! »

Avant d'entrer dans le fourgon cellulaire, Mac leva ses mains entravées au-dessus de sa tête et salua la foule comme le font les boxeurs triomphants. Il s'inclina modestement et fit à l'intention des agents, un geste qui signifiait : « Après vous... », mais ils le rudoyèrent et il disparut à l'intérieur de la voiture noire qui démarra presque aussitôt.

Olivier leva de grands yeux interrogatifs. Il n'aimait pas beaucoup Mac mais cette scène qui n'avait duré que quelques minutes l'effrayait. Bougras se mit à donner des coups de pied contre tous les objets à sa portée en répétant : « L'imbécile, l'imbécile... »

Il se rassit et mélangea les cartes, mais ses mains trem-blaient. Alors, il se versa un verre de vin, le but, et dit à l'enfant :

« Tu vois à quoi ça conduit, les combines, à fréquenter la Police... »

Il expliqua à Olivier qu'il devait s'agir d'un fric-frac, genre dans lequel Mac s'était spécialisé.

« Mais alors, l'autre soir, Bougras...

— Oui, c'est ça... Il voulait un coup de main. Tu vois où ça mène. L'imbécile ! Tout pour lui et se faire avoir... Il en aura au moins pour deux ans !

— De prison ?

— Oui, et encore, s'il a un bon avocat. »

Olivier se souvint de ses relations avec Mac : la bour-rade dans l'escalier, l'arrivée chez Mado, le coup de poing au menton, mais aussi la leçon de boxe. Il se sentit très triste. Il se souvint d'un film américain qui se dérou-lait dans une prison, à Sing-Sing. Les forçats en maillot rayé tournaient en rond dans une cour, chacun ayant les mains posées sur les épaules de celui qui le précédait. Il imagina Mac ainsi et murmura : « C'est moche, hein ? »

Il sut gré à Bougras d'ajouter : « Pauvre type ! », ce qui, chez le vieil homme, indiquait aussi bien la plainte que le mépris.

★

Quand Olivier relata cette arrestation à Mado, elle dit simplement :

« Cela devait arriver un jour ou l'autre ! »

Il la regarda avec surprise. Elle aussi paraissait bien armée devant la vie, prête à recevoir toutes les nouvelles avec impassibilité. Ainsi, les gens vivaient, se rencontraient, s'amusaient ensemble, nouaient des amitiés, et cependant l'un d'eux pouvait disparaître sans que les autres s'en émeuvent outre mesure.

Un soir que Mado avait emmené son jeune ami au cinéma *L'Eldorado*, boulevard de Strasbourg, où l'on donnait un western intitulé *La Piste des Géants*, et qu'ils remontaient à pied en direction de la gare de l'Est, s'arrêtant devant la devanture du photographe Jérôme, un marchand de jouets mécaniques avec les montages Meccano, Trix et les trains Hornby, Brunswick, *le fourreur qui fait fureur*, une petite Rosengart bleue s'arrêta à leur hauteur et une voix féminine appela :

« Madeleine, Madeleine ! »

La Princesse parut manifester beaucoup de plaisir. Une jeune femme sortit de sa voiture et elles s'embrassèrent joyeusement comme des collégiennes, en sautant sur place.

« Monte donc ! Qui c'est, ce petit ? »

Olivier se redressa aussitôt, entra dans la voiture et se tint très droit sur le siège. Mais elles ne s'occupaient pas de lui. Elles parlaient avec dérision d'un dancing où elles s'étaient connues et qui ne leur laissait pas de bons souvenirs. Placées devant lui dans la voiture, leurs parfums se mêlaient. Il voyait dans le rétroviseur l'œil noir et la bouche rouge sang de cette femme qui s'appelait Hélène. Mado se retourna une fois pour lui adresser un signe d'encouragement.

Elles décidèrent de se rendre chez des amis qui donnaient une partie du côté de l'Etoile et, un instant, Olivier se demanda si elles l'emmèneraient.

« Nous allons raccompagner mon ami Olivier, dit Mado, c'est rue Labat, au-dessus de la rue Ramey. Prends le boulevard Barbès et tourne à gauche à Château-Rouge.

— Ça te plaît, ce quartier ? demanda Hélène.

— C'est tranquille. »

Olivier baissa la tête, il se sentait lésé et se mit à détester cette Hélène qui troublait une si belle soirée.

« Regarde-le, il boude ! dit Mado en agitant le doigt, ce n'est pas bien, Olivier...

— Non, je ne boude pas !

— Ils réagissent déjà comme des hommes ! » dit son amie.

Mentalement, Olivier lui tira la langue et l'appela « La Noire » à cause de ses cheveux laqués et brillants, puis il prit un air poli et indifférent, allant jusqu'à se pencher pour dire d'une voix suave :

« Justement, j'ai drôlement sommeil !

— Au carrefour, tu tournes à gauche..., indiqua Mado.

— J'ai jamais eu si sommeil ! » répéta Olivier en bâillant.

Quand elles le laissèrent, au coin des rues Caulaincourt et Bachelet, il dit presque cérémonieusement :

« Merci, Mado, je me suis bien amusé.

— Embrasse-moi, gros bêta, il ne faut pas m'en vouloir ! »

Il détestait être appelé « gros bêta » par Mado. Quand la Rosengart démarra, il eut l'impression que les deux femmes se moquaient de lui. Bien que, brusquement, il se sentît réellement fatigué, il se mit à arpenter le trottoir.

Aux approches d'août, Paris se vidait. Sur la chaussée, les pas résonnaient plus fort. Les arbres avaient des frissons. Les phares d'un taxi poursuivaient leur propre lumière. Les rectangles jaunes des fenêtres encore éveillées paraissaient pâles. Une vieille femme en bigoudis regardait un chien loulou faire ses besoins sur une grille d'arbre. Au café *Le Balto* un garçon empilait les chaises d'osier, balayait mélancoliquement la sciure souillée, s'arrêtant parfois pour retirer sa cigarette de ses lèvres. Il avait une moustache en brosse à dents et cela lui donnait un air comique.

La pensée de Virginie frappa Olivier comme un coup de poing au visage. Les faits apparurent dans leur entière réalité. Elle était morte. Morte. Il ne la reverrait plus jamais. Il restait seul. Il serait toujours seul. Les gens ne s'aimaient pas vraiment. Il aurait des amis, mais ils passeraient sans jamais s'arrêter. Il ne ferait pas vraiment partie d'eux comme il faisait partie de Virginie, de ses pensées, de son corps. Et d'elle, il ne gardait que des images, des souvenirs qui perdraient peu à peu leur vérité.

Il marcha encore, le souffle court, dépassé par ce qui l'étreignait et qui prenait forme logique, irrémédiable. Entre Virginie et lui, maintenant, s'étendait le temps écoulé, toutes ces journées, ces errances. Comme dans les jours qui avaient suivi cette mort, il ressentit une cruelle peur, mais qui n'était plus celle du corps inanimé qu'il avait touché, non, plutôt une sorte d'arrachement, de coupure, comme un bouquet coupé au ras du sol et qu'on dispose dans un vase rempli d'eau.

Il se trouvait devant le café Pierroz quand cette peur se transforma en panique. Une camionnette passant dans un ronflement de moteur, il se jeta contre une porte cochère. Il traversa la rue pour éviter un ivrogne qui zigzaguait. Le carrefour lui parut sinistre, plein de dangers, comme si des hommes se cachaient derrière chaque arbre, chaque réverbère. Il fit toutes sortes de détours pour revenir chez ses cousins.

Il appuya trois fois sur le bouton de sonnette avant que la concierge déclenchât l'ouverture de la porte et quand il referma derrière lui, il tremblait. Il resta dans l'obscurité, n'osant faire fonctionner la minuterie, craignant un éclairage brutal. Il plaça son dos contre le mur aux mosaïques, serra sa boîte d'allumettes suédoises et fut légèrement rassuré. Il monta l'escalier en allumant successivement plusieurs allumettes les unes aux autres. La dernière lui brûla les doigts et il dut avancer à tâtons dans l'obscurité pour glisser sa main sous le paillasson où il trouva la clef.

Quand il se retrouva dans l'alcôve, il s'assit sur le divan, fit errer sa main au ras du sol pour trouver son cartable et en tâter le cuir, puis il resta immobile, sa tête entre ses mains. Il éprouvait l'envie de se précipiter vers la chambre de Jean et d'Elodie, de se coucher près d'eux, de leur demander de l'aide, de leur confier mille choses folles qui l'oppressaient et qu'il ne savait exprimer.

Il n'était pas guéri de son mal. Allait-il être encore la proie d'un de ces cauchemars si réels ? Une femme chargée de voiles noirs allait-elle apparaître ? Virginie se dessina dans sa pensée, toute blanche et froide, avec sa chevelure répandue. Il tira les couvertures du divan et se glissa en dessous, tout habillé. Il plaça l'oreiller sur sa tête et resta ainsi, refermé comme un hérisson, sous ces remparts. Le souffle coupé, il se sentit agité d'un long tremblement.

★

Et le lendemain, le soleil tout neuf, la présence d'Elodie en robe à fleurs qui le secouait, lui disait avec un bel accent sonore, tout plein de campagne fraîche :

« Hé ! Mais c'est qu'il devient une flemme, celui-là ! Depuis qu'il sort avec des princesses... Hé ! il faut te lever, paresseux. Ton cousin, lui, il est déjà parti ! »

Les terreurs de la veille s'étaient effacées. Il se retrouvait devant un grand bol de café au lait dans lequel il trempait une tartine dont le beurre s'échappait, faisant des yeux jaunes à la surface du liquide. Il était tout abruti, comme au lendemain d'une fête, et il regardait autour de lui avec une stupeur animale.

Se laver, enfiler la culotte courte, ranger le costume de golf tout froissé en écoutant les reproches d'Elodie, et penser déjà à des jeux avec ses camarades, tout devenait surprenant.

Avec Loulou et Capdeverre, ils firent une incursion à la fête foraine qui s'étendait sur les boulevards, de la place d'Anvers aux Batignolles. Loulou qui était en fonds, offrit à ses amis des beignets hollandais savoureux mais suintants de graisse qu'on tirait d'un sac en papier blanc. Ils firent deux parties de billard japonais et s'achetèrent de la barbe à papa toute rose dont le sucre collait aux lèvres.

Ils auraient bien voulu monter dans les autos tamponneuses, mais ils durent se contenter de regarder les adultes en faisant les gestes de la conduite et en singeant les préposés qui sautaient avec souplesse d'une voiture à l'autre pour encaisser. Ils se promettaient que, lorsqu'ils seraient grands, ils viendraient à la fête foraine et, riches, s'offriraient tous les moyens de réjouissance : les baraques de monstres, de danseuses orientales, de boxeurs et de lutteurs, de voyages épouvantables sur des wagonnets ou de labyrinthes de glaces. Mais ils pouvaient profiter de tout ce que la fête offrait de gratuit : les boniments, la parade, les jeux des autres.

Ils ne s'intéressaient pas tous les trois aux mêmes distractions. Pour Loulou, c'étaient les jeux d'adresse, le tir avec ses cibles, ses pipes en terre, le jeu de massacre où l'on bombardait une noce ridicule de boules de son, la pêche aux canards en celluloïd au moyen d'une ligne munie d'un anneau, les tirs à l'arc. Capdeverre, passant fièrement la main sur la brosse de ses cheveux, s'arrêtait devant le boxeur nègre géant qui portait sur le ventre un coussin de cuir et sur la poitrine un cadran jaugeant la force des coups donnés : un jour, il donnerait un tel coup que l'aiguille monterait au zénith. Il roulait des épaules devant le lourd chariot que des malabars lançaient après quelques mouvements préparatoires sur la rampe avant de se retourner pour juger de l'effet produit.

Olivier s'intéressait surtout à l'aventure et il admira longtemps un vieil homme qui, dans un costume colonial avec un casque blanc, se promenait en fumant sa pipe, tandis qu'un dompteur parlait de ses fauves avec des gestes de gladiateur. Et il y eut encore les chiens savants, un singe au bout de sa chaîne, les images de la baraque des puces attelées et une fille en maillot rose qui portait un long serpent sur les épaules comme une fourrure. A la baraque de la cartomancienne, Mme Irma, il vit des perruches qui tiraient du bec un petit message plié que deux jeunes filles lisaient avec amusement.

Les enfants parlaient peu, désignant surtout du doigt ce qui leur paraissait remarquable. A défaut de tout voir, ils se contentaient des affiches grossièrement peintes ou saisissaient d'un œil rapide le mouvement lent de la guimauve sur son support de cuivre, le geste d'un homme pliant un fusil pour le recharger ou un éclair de spectacle surgissant entre des rideaux rapidement tirés pour tenter le public. Ils revinrent tout exaltés par ce qu'ils avaient vu et plus encore par ce que leur imagination leur suggérait.

Hélas ! cette promenade marqua le point culminant de leurs rapports amicaux. Le samedi suivant, par un matin tout rose, Loulou, Capdeverre et Ramélie, entourés de leurs parents, partirent en colonie de vacances, avec leurs valises chargées de linge marqué à l'encre violette. Ils avaient l'air emprunté de conscrits partant pour la grande aventure.

Olivier les accompagna jusqu'à l'autocar qui les attendait rue Championnet devant une école. Là, ils furent pris en charge par des monitrices qui leur plaçaient un collier autour du cou avec une pancarte bleue indiquant leur nom et leur âge.

« On nous prend pour des mioches ! » protesta Loulou.

En attendant le départ, il faisait passer sa valise d'une main à l'autre pour cacher une vague inquiétude. Olivier regarda encore ses cheveux noirs tout bouclés, son nez retroussé et sa bouche de côté avec son sourire si drôle. Capdeverre s'accrochait à lui comme à une bouée de sauvetage. Un harmonica dépassait de la poche de Ramélie qui paraissait plus tranquille. Agacées par les recommandations des parents, les monitrices plaçaient les enfants par groupes et ne cessaient de se démener. Olivier retrouva encore d'autres camarades de classe : le gros Bouboule qui avait un sac rempli de provisions, Labrousse qui lui avait fait le coup du cirage et faisait semblant de ne pas le voir, Delalande qui portait son tablier d'écolier, d'autres encore qui allaient connaître les joies de la « Colo ». Mais déjà, ils oubliaient Olivier, étranger à leur aventure. Celui-ci les regarda embrasser les parents, se précipiter dans le car en se bousculant, choisir leurs places. Avant que le véhicule démarrât, par la pensée, ils étaient déjà très loin. Bientôt on ne vit plus que des visages derrière les vitres et des mains qui s'agitaient comme des fleurs sous le vent. Une fenêtre s'ouvrit. C'était Loulou qui se penchait :

« Salut, L'Olive, bonnes vacances ! A la rentrée...

— Salut, Loulou. Salut, Capdeverre. Salut, les gars... »

Olivier revint seul vers la rue en se répétant les phrases qu'ils avaient échangées : « *Salut, bonnes vacances, salut, à la rentrée...* » L'idée le traversa qu'il ne reverrait peut-être plus ses copains. Quelque chose basculait. La rue n'était plus tout à fait la même. Elle devenait froide, inquiétante, dangereuse. Virginie avait disparu, puis Daniel, puis Mac, et maintenant Loulou, Capdeverre, Ramélie... C'était comme une soustraction sur un grand tableau noir :

$$64 - 9 = 55$$

On en reste à 55 et on oublie ce que sont devenus les 9 soustraits. Dans une fourmilière s'aperçoit-on de l'absence de quelques fourmis écrasées loin d'elle ?

★

Il accompagna Bougras qui marchait en se tenant les reins jusqu'au boulanger du coin de la rue. L'homme servait ses clients le torse nu et les poils de sa poitrine étaient semés de farine. Bougras prit un kilo de gros pain et fit cadeau de la pesée, un croissant rassis, à l'enfant qui le mangea en commençant par la crête.

« Je vais me coucher, dit Bougras, et bouquiner en attendant que ça passe ! »

Olivier se rendit alors chez son ami Lucien. Le sans-filiste était seul et la pièce semblait plus grande. Penché sur un poste de T.S.F. obèse, il tournait le bouton, passant lentement d'un poste à l'autre et s'arrêtant pour écouter des voix s'exprimant dans des langues étrangères. Il paraissait soucieux et se frappait le front d'un poing rageur, comme quelqu'un qui enrage de ne pas comprendre.

Il n'avait pas entendu entrer l'enfant et celui-ci observait le berceau vide, avec seulement un amas de crin blond dans un filet et un oreiller taché, le coin cuisine avec des piles de vaisselle sale, des rouleaux de fils électriques pendus au mur et des lampes radio avec toutes sortes de filaments compliqués. Lucien paraissait en proie à une véritable hantise radiophonique et Olivier ouvrit et referma la porte plus fort pour être entendu. Lucien se retourna alors, sa pomme d'Adam voyagea le long de son cou maigre et il dit :

« Ah ! ah ! c'est t't'toi. Ec'écoute, c'est c'est un p'p'poste espagnol !

— Tu comprends ?

— Co'Co'Comment veux-tu ? »

Il expliqua péniblement ce qu'il ressentait. Il avait toujours l'impression que quelqu'un cherchait à lui parler et qu'il ne pouvait pas le comprendre.

« C'est c'est idiot ! » dit-il encore.

Sa femme était partie au pays basque avec le bébé. Elle le laisserait à sa sœur et devrait ensuite aller passer quelques mois dans un sanatorium de Haute-Savoie où on lui ferait un pneumothorax. Ensuite, elle reviendrait guérie et la vie serait belle. En attendant, Lucien était malade de solitude. Il ne vivait plus qu'avec ses appareils de radio et paraissait vraiment souffrir. Il avait de plus en plus de travail et pas toujours le courage de le faire.

« T't'tu veux boi'boire un coup ? »

Olivier accepta un verre de bière pour avoir l'occasion de rester plus longtemps. La mousse aux lèvres, ils dirent en même temps que ça faisait du bien et en profitèrent pour faire « philippine ».

« Et p'p'pour toi ? Ça va s'a-s'arranger ? demanda Lucien.

— Très bien, dit Olivier un peu vite, cette année Jean et Elodie ne vont pas à Saint-Chély mais ils iront l'année prochaine et même que peut-être ils m'emmèneront. Et puis j'irai voir grand-père et grand-mère à Saugues, c'est tout près. Et puis je verrai comment on ferre un cheval. Peut-être que je monterai dessus... »

Il s'arrêta parce qu'il avait l'impression de mentir. Lucien lui secouait le bras et répétait presque joyeusement :

— « C'est bien, c'est bien...

— Je vais te laisser », dit Olivier qui ressentait une gêne.

Lucien, redevenu sombre, lui dit :

« Oui, j'ai j'ai besoin d'être se'se'seul ! »

Il tenta de s'excuser. Il voulait rester seul pour mieux

souffrir. Olivier en avait conscience. Il s'excusa à son tour et ils se regardèrent stupidement. Finalement, Lucien lui serra la main et lui répéta :

« Salut, salut, bon gars, bon gars !

— Au revoir, Lucien. »

L'homme revint à sa T.S.F. dont il tourna le bouton avec passion. Olivier suivit la courbe de son long dos osseux et voûté avant de refermer la porte. Dans la rue, les gens heureux se faisaient rares. Il ne s'en était jamais aperçu du temps de Virginie.

Dehors, des hommes, des femmes marchaient, s'arrêtaient, repartaient. Olivier cligna des yeux dans le soleil et les vit comme des pantins mécaniques avec une clef tournant dans le dos et qui ne savent quelle direction prendre. Personne ne les aimait, personne ne les serrait dans sa chaleur. Alors, ils erraient, ils changeaient de place sans raison, ils mordaient dans un morceau de pain, ils fumaient, ils allaient au comptoir d'un bistrot. Virginie ne chantait plus *la la la la la* en rangeant ses bobines et ses écheveaux, L'Araignée ne se chauffait plus au soleil, Mac ne se dandinait plus dans son costume clair, Loulou et Capdeverre ne flânaient plus, les mains dans les poches, à la recherche d'une bonne farce à jouer à quelqu'un et, maintenant, Lucien restait seul. Tout cela était absurde !

A midi, il déjeuna avec Elodie, puis il l'aida à faire la vaisselle. Ensuite, il prit un chiffon et se mit à essuyer les meubles déjà nettoyés par sa cousine.

« Hé bé ! dit-elle, qu'est-ce qu'il se passe aujourd'hui ? »

Il ne se passait rien. Il éprouvait l'envie de rester avec elle, comme s'il craignait qu'elle disparût aussi de la rue. Il l'aida à éplucher des pommes de terre, en prenant soin de faire des fines épluchures et de bien ôter les yeux. Puis il s'assit sur le divan et rangea soigneusement son cartable.

Il mangeait son « quatre-heures » quand on frappa à la porte. C'était Mado. Elle était vêtue d'un tailleur en tissu léger avec de grandes fleurs orange sur fond vert et portait un large chapeau de paille verte à ruban plus foncé.

« Je pars en vacances. Tu m'accompagnes au taxi, Olivier ? »

Elle serra la main d'Elodie et l'enfant la suivit, l'aidant à porter ses valises. La concierge à qui elle avait confié les chiens Ric et Rac les tenait en laisse. Elle sortit de l'argent de son sac et le lui tendit. Ils allèrent ensuite jusqu'à la station de taxis de la rue Custine. Mado fredonnait *Sur les bords de la Riviera*. A l'ombre du chapeau, ses yeux paraissaient d'un bleu plus profond, plus intense. Sa bouche était lisse, ses traits fins, comme dessinés au pinceau.

Le chauffeur de taxi prit les bagages et les plaça dans le coffre. Elle lui dit : « A la gare du P.L.M. » et il répondit dans sa moustache : « J'avais deviné ! » Elle embrassa Olivier en se penchant et en relevant un peu son chapeau.

« Tu n'iras pas en vacances, Olivier ? »

Il répondit négativement en regardant les trous de ses sandales. Puis, courageusement, il sourit, tendit ses bras à Mado pour l'embrasser à son tour, fort, très fort, et dit d'une voix qu'il s'efforçait de rendre riante :

« Bonnes vacances, Mado ! Vous allez brunir...

— Bonnes vacances, Olivier. Nous nous reverrons fin septembre... »

Le chauffeur de taxi baissa son drapeau. Il fit démarrer sa voiture en tendant le bras par la portière et en agitant l'index de haut en bas. Par la fenêtre arrière, Mado fit un signe de la main, puis elle ajusta son chapeau et il la perdit de vue.

« *Bonnes vacances, Mado, vous allez brunir...* » Encore un départ ! Pourquoi l'été mettait-il tout le monde en fuite ? Il énuméra ceux qui restaient : Bougras, Albertine, Lucien, Elodie et Jean, et il pensa qu'ils avaient bien de la chance. Depuis la mort de sa mère, tout départ de la rue lui semblait dangereux. Il sentait intuitivement qu'il risquait de ne pas revoir ses amis éloignés, mais en même temps, cela lui paraissait si monstrueux qu'il ne pouvait l'envisager.

Mme Grosmalard, balai de branches en main, chassait un chien à taches jaunes qui venait de souiller son trottoir où on voyait couler une rigole. Anatole changeait les boyaux de son vélo de course. Le boucher

« kacher » grattait son billot de bois avec un tranchet. La blanchisseuse dénoyautait des prunes pour la tarte qu'elle préparait. Un homme passa, un étui à saxophone sous le bras. Devant le 75, des gouttes d'eau étaient répandues : une femme avait secoué son panier à salade par la fenêtre.

Aux *Vins Achille Hauser*, les vitres portaient des inscriptions au blanc d'Espagne : *Vin 10°, Vin 11°, Saint-Emilion, Entre-deux-Mers, Graves, Mostaganem, Corbières, Vouvray, Mâcon, Bourgueil, Pouilly, Beaujolais, Monbazillac...* Olivier s'attendrit en pensant à Elodie qui aimait tant le vin blanc sucré. Quand elle en buvait, ses yeux brillaient et on pouvait croire qu'elle allait pleurer, mais au contraire, cela la faisait rire d'une gaieté folle, communicative. Il fouilla dans une de ses deux boîtes d'allumettes, celle qui lui servait de porte-monnaie : il n'y restait que quelques pièces trouées.

La voiture à bras du *Bois et Charbons* projetait l'ombre de ses brancards sur le trottoir. Il s'amusa à la faire bouger, mais le bougnat, de sa grosse voix auvergnate, lui dit d'aller ailleurs. Il répéta alors à voix haute :

« J'sais pas quoi faire, j'sais pas quoi faire... »

Il descendit jusqu'au tabac *L'Oriental*, fit basculer le tiroir de la grue, mais il ne contenait pas de bonbons verts : un autre enfant avait dû passer avant lui. Comme la buraliste le regardait sévèrement, il lui demanda un paquet *d'High Life* en prononçant *Hichelife* et une boîte d'allumettes suédoises. Il lui manquait un sou, mais la femme lui dit : « Ça va bien... » et il sortit en jetant un retentissant : « Au revoir, monsieur dame ! » auquel personne ne répondit.

Il attendit d'être devant la fenêtre d'Albertine pour ouvrir le paquet, cela parce qu'il savait qu'elle lui ferait une réflexion désagréable, mais tout valait mieux que le silence ou l'ennui. Tandis qu'il tirait sur sa cigarette, creusant puis gonflant les joues avant de rejeter très vite la fumée, la fenêtre s'ouvrit et Albertine, en peignoir, dit :

« Je t'ai vu !

— Bien sûr, dit Olivier, je l'ai fait exprès.

— C'est du joli ! Tiens, tu vas m'en offrir une ! »

Olivier lui tendit le paquet où elle puisa avec ses gros doigts boudinés, puis il fit craquer une allumette à son intention. Ils se regardèrent comme des gens qui ont des tas de souvenirs en commun.

« Alors, dit Albertine, tous tes copains sont partis ? Et tu fumes.. C'est du joli ! »

Ils fumèrent un instant en silence, puis Albertine dit : « Et mon repassage ! » et elle ferma la fenêtre.

Olivier fit quelques pas. Il regarda les panneaux de bois verni du magasin de mercerie. Les scellés n'y figuraient plus, les volets étaient propres comme au temps de Virginie. Cela lui fit plaisir et il se demanda qui les avait lavés. Puis il aperçut une affiche sur laquelle figurait une indication en lettres d'imprimerie : *Pas-de-porte à vendre*. Pour cela, il fallait s'adresser à un notaire de la rue de Rome. L'enfant ne comprit pas cette expression et crut qu'on annonçait qu'il n'y avait pas de porte à vendre, mais alors, pourquoi s'adresser à quelqu'un ?

Il n'aimait pas le goût de sa cigarette. Il avait acheté ce paquet parce qu'il lui rappelait la mise de vin en bouteilles avec Bougras. Il jeta sa cigarette dans le ruisseau. Peut-être qu'un clochard ramasserait le mégot, peut-être qu'elle se fumerait toute seule. A moins que l'eau ne l'emportât vers la bouche d'égout.

★

On approchait du 15 août et Olivier se demandait s'il écrirait à sa grand-mère de Saugues pour la Sainte-Marie. Les gens répétaient : « Quelle chaleur ! » comme si cette constatation avait dû les rafraîchir. Ils ajoutaient : « C'est la canicule ! » sans bien savoir ce que ce mot voulait dire. Au *Transatlantique*, Ernest ne cessait de servir de la bière à la pression que les clients venaient chercher avec des litres. On voyait de jeunes commissionnaires boire au goulot et faire mousser la bière pour combler le vide. En bas de la rue, les ménagères achetaient de la glace débitée sur la plate-forme d'un camion des *Glacières de Paris* et les enfants suçaient des éclats trop grands pour leurs bouches.

Depuis une semaine, Jean travaillait à la clicherie du *Matin* et Elodie énonçait des projets dans des phrases qui commençaient toutes par : « Maintenant que tu as une situation... » Un samedi, il rapporta une pochette en papier bleu qu'il remit à Elodie avec une sorte de solennité : c'était son premier salaire. Ils se mirent à danser et Jean chanta *En parlant un peu de Paris*. Puis voyant Olivier lui sourire, il quitta sa casquette, la jeta sur le divan et se gratta la tête avec embarras.

« Aujourd'hui, il ne faut pas que tu ailles traîner, dit-il, parce que... Pour midi, Elodie a fait un repas de rois ! »

En effet, elle n'avait pas quitté la cuisine de la matinée et il en émanait de bonnes odeurs de thym et de laurier. Sur la table, trois couverts étaient dressés avec deux assiettes et deux verres pour chacun. Les serviettes avaient la forme de bonnets d'évêque et les pointes de petits pains de gruau dépassaient des plis. Elodie apporta une bouteille de vin blanc enveloppée dans un linge à beurre humide. Près de la fenêtre, du moulin-à-vent chambrait dans un rayon de soleil.

Jean fit plusieurs allées et venues de la cuisine à la salle à manger. A un moment, il sortit l'illustré *L'Epatant* de sa poche et le jeta à Olivier en disant : « Ah ! j'oubliais... » Olivier contempla les faces hilares des Pieds-Nickelés et commença à lire les légendes.

Dans la chambre, ses cousins chuchotaient. Depuis longtemps, ils n'avaient paru aussi joyeux, aussi détendus. Cela faisait sourire Olivier. Il levait les yeux de son illustré et regardait la table avec sa nappe à fleurs, son couvert bien disposé, le buffet et son marbre luisant, la cheminée tout éclairée par un vase de cristal empli de fleurs des champs. Un rayon de soleil traversant la table la partageait en deux. Tout paraissait si clair !

Et pourtant, un mystère planait, comme lorsqu'on vous prépare une surprise avec trop de soin et qu'on devine chez les autres une heureuse complicité vous concernant.

Quand Elodie, qui avait mis un tablier blanc de soubrette, revint à la salle à manger, il entendit la fin de leur conversation : « ... tiré d'affaire maintenant » suivie d'un : « Chut ! » Il n'eut pas le temps de s'interroger car Elodie cria joyeusement :

« A table, à table !

— On va s'en mettre plein le lampion ! » dit Jean.

Il tapota sur la nuque d'Olivier, le serra un instant

contre lui et l'appela « Petite Tête ! ». Ils se mirent à chahuter et Elodie dut les faire arrêter.

Le repas commença par un potage, comme à la campagne, dans lequel nageaient des pâtes en forme de lettres. Cela rappela à Olivier le temps où il apprenait l'alphabet avec ces lettres molles qu'on amenait sur le bord de l'assiette pour former des mots. Il chercha les lettres de ses initiales, puis la chaleur du potage lui mit du rose aux joues.

Jean parla de son nouveau travail. Il serait de nuit une semaine sur trois. On appelait cela faire les trois huit et, à partir de ce décalage d'horaire, les journées semblaient prendre de nouvelles dimensions comme si elles s'allongeaient de plusieurs heures.

Des coquilles Saint-Jacques recouvertes d'une chapelure dorée suivirent le potage. Le moindre mouvement faisait tourner leur dos rond dans l'assiette. C'était amusant de gratter les rainures avec la pointe de la fourchette. Il posa des questions sur ces beaux produits fabriqués par la mer et qui servaient ensuite de cendriers.

Cependant, Jean et Elodie échangeaient des regards qui signifiaient : « On le lui dit ? » mais ils ne se décidaient pas. Le repas était délicieux, le vin blanc assez frais, le soleil presque trop chaud. On avait envie de remettre à plus tard tout ce qui s'accompagnait d'ennui.

Comme Olivier parlait de Bougras, Elodie s'exclama : « Ah oui ! Tu peux en parler du grand-père ! Avec lui, tu serais devenu un vrai clochard ! »

L'enfant leva la tête. Pourquoi ce « *tu serais devenu...* » ? Mais Elodie n'était pas à un écart de langage près. Sous l'effet du vin blanc, elle continuait un discours volubile et sa bouche gourmande semblait déguster les mots qu'elle prononçait :

« Un vrai voyou aussi, hé ? Un jour, cet affreux, ce.. Mac, il m'a prise par le bras au marché. Il a été bien reçu, té ! Et maintenant, il est en prison...

— Ce n'est pas pour ça... », observa Jean.

Elle n'en parut pas persuadée. Pour elle, tout s'enchaînait et il y avait une justice sous le ciel.

« En tout cas, dit Olivier en gonflant ses minces biceps, il m'a appris la boxe !

— Oh ! ça... tu as dû en apprendre de belles, reprit Elodie, à traîner tout le temps comme un... comme un n'importe quoi ! »

Olivier eut un sourire entendu. Elle ne pouvait pas comprendre. Personne ne pouvait comprendre. Elle répétait le mot « voyou » avec délectation comme si elle n'avait pas su ce qu'il voulait dire et son accent l'adoucissait encore, atténuait sa portée.

« Et ça ne lui fait rien que je le traite de voyou, on dirait qu'il en est fier ! »

Jean échangea un coup d'œil complice avec lui. Etant enfant, il avait lui aussi joué dans la rue et il comprenait tout. Seulement, voilà : comme il se plaçait du côté des parents, il devait faire semblant de s'indigner. Albertine Haque aussi le traitait de « voyou », et puis, elle lui offrait une tartine ou un beignet. Cela allait toujours par deux et il en était souvent ainsi avec les grands. Gastounet ne dédaignait pas non plus les douches écossaises : on était un garçon épatant, et puis, brusquement, on vous renvoyait aux Enfants de Troupe !

Seul, Bougras ne disait rien. Il laissait faire à chacun ce qu'il voulait et s'en moquait bien. Lucien aussi aimait la liberté. Olivier pensa à Mado et soupira : il l'imaginait sur une Riviera bleue et rose de carte postale.

Après les coquilles Saint-Jacques, il y eut du sauté de veau avec des pommes de terre à l'ail. Jean déboucha le moulin-à-vent et Olivier obtint un fond de verre qu'on allongea avec des lithinés : ils troublèrent le vin qui devint violet et prit un goût acide pas tellement désagréable.

Ensuite, chacun essuya son assiette avec de la mie de pain et la retourna pour manger le fromage sur son dos, là où, entre deux cercles, on pouvait lire la marque bleue de la faïencerie. Olivier dévora un gros morceau de saint-nectaire, tandis que Jean fabriquait une toupie avec de la mie de pain.

Elodie apporta des soucoupes en verre sur lesquelles se trouvaient des parts de clafoutis avec des cerises ayant gardé leurs noyaux. Ils commençaient à avoir le ventre bien plein, mais la gourmandise aidant, ils vinrent à bout de l'épaisse pâtisserie.

« Après, un bon kawa ! » dit Jean.

Il alluma un señoritas et Olivier s'enhardit à offrir une

High Life à Elodie qui fuma de façon malhabile. A sa surprise, Jean lui dit :

« Tu peux en fumer une, puisque tu les as ! Mais ce sera la dernière fois ! »

Pourquoi « *la dernière fois* » ? Olivier replia le papier argenté et ferma l'étui en disant :

« Non, j'en ai pas envie. »

Elodie fit en direction de Jean un signe de tête encourageant qu'Olivier surprit au passage. Jean recula sa chaise, se pinça le bout du nez, se frotta les mains et commença à prononcer des phrases soigneusement préparées :

« Dans la vie, il y a des moments plus graves que d'autres, mais il ne faut rien dramatiser. Tout s'arrange. Il suffit que chacun y mette un peu du sien.

— Oui, dit machinalement Olivier.

— Il faut que tu m'écoutes parce que ce que j'ai à te dire est important pour toi. Il s'agit d'une nouvelle que je suis chargé de t'annoncer, une bonne nouvelle ! rassure-toi... »

Il toussa et ralluma son señoritas qui s'était éteint. La fumée âcre lui brûla le palais. Maintenant, au moment de l'annoncer, il n'était plus tellement sûr que ce soit *une bonne nouvelle* pour le petit cousin. Il débita rapidement :

« Enfin bref, ton oncle et ta tante ont décidé de t'adopter. Ça veut dire que tu seras comme leur fils. Tu es *tiré d'affaire* maintenant... »

Olivier resta immobile mais son visage pâlit. Il fixa les noyaux de cerises dans la soucoupe de verre bleuté. Autour de chacun d'eux, il restait un peu de la chair rose du fruit. Il ressentit une impression de froid. Il n'osait plus lever les yeux, regarder Jean en face. Celui-ci, fumant trop vite, s'efforçait de prendre un air amical et engageant, de trouver des paroles justes :

« Les choses ont été un peu longues à s'arranger. Ils ont déjà deux fils, tu comprends. Mais maintenant, ce qui est décidé est décidé. Tu seras bien. Mieux qu'à traîner les rues. »

Elodie tenta de donner à sa voix des intonations plus joyeuses encore qu'à l'habitude pour dispenser des promesses optimistes :

dant des semaines, Olivier y avait erré, sa douleur enfermée dans sa poitrine et, pour lui plaire, elle avait composé des festivals de paroles et de gestes, de rencontres et de jeux. Elle avait ajouté des notes joyeuses au triste concert qu'il portait. Plus tard, il se souviendrait de ces simples spectacles de la vie, si courants, si évidents que la plupart des hommes ne les voyaient plus.

Olivier entendait encore tinter les cristaux de soude dans la bassine d'Elodie. Jean, désœuvré, était parti chercher des cigarettes, mais était revenu les mains vides : il s'agissait d'un prétexte pour s'éloigner pendant quelques instants.

Maintenant, tandis que les grands parlaient, l'enfant regardait autour de lui comme un chat qui cherche à s'enfuir. Il ne savait trop ce qu'il cherchait, ce qu'il espérait. Peut-être un événement, un secours extérieur. Quelqu'un qui serait venu et qui aurait dit : « Attendez ! C'est une erreur. Vous vous trompez. Il reste, il reste puisque... » Les vitres de Bougras jetèrent un éclat de lumière plus doux, avec des rectangles bleutés. Riri poussa devant lui un cerceau à musique. Un chien s'allongea paresseusement au soleil. Olivier n'essayait pas d'entendre ce que disaient Elodie, Jean, l'oncle. Leurs paroles se perdaient au-dessus de sa tête dans un bourdonnement d'insecte et les mots ne gardaient plus aucune signification.

Cela ressemblait à l'enterrement de Virginie, mais avec moins de monde et l'oncle n'avait pas mis son pardessus demi-saison. Il portait un costume croisé gris fer et ses bottines noires brillaient trop. Ses longues mains pendaient au long de son corps et paraissaient talquées. Une grosse alliance était incrustée dans la peau de son annulaire. Sa lèvre inférieure pendait un peu. Voûté, il avait la démarche d'un homme lourd, gêné par sa force.

Olivier avait croisé les mains sous le cartable dont il ne sentait pas le poids. Il apercevait le capot de l'automobile, avec un bouchon de radiateur en forme d'aigle toutes ailes déployées. En bas de la rue, les pavés étaient lisses. Plus loin, rue Custine, le pavement se composait de cubes de bois goudronné. Par temps de pluie, les chevaux glissaient, tombaient parfois entre des brancards dont il fallait les extraire pour qu'ils puissent se relever.

« Il faut que nous partions ! »

L'oncle tentait d'abréger les adieux. Olivier fixait un fil qui pendait à la couture du cartable. Il était d'un ton plus clair que le cuir, une vachette râpée. Le cordonnier de la rue Nicolet, après avoir recousu une des poches, n'avait pas coupé ce fil. Parfois, Olivier s'était amusé à y attacher son équerre de bois.

« Allons ! Dis-nous au revoir. Tu seras sage, tu nous écriras. Promis ? Une longue lettre... »

Les baisers claquèrent sur les joues, puis l'oncle serra les mains des jeunes gens qui rentrèrent bien vite chez eux. Il se pencha ensuite pour guider Olivier en le tenant par l'épaule. Il regardait cette chevelure blonde qui brillait au soleil, ce gosse des rues qui allait entrer dans sa vie familiale, et tous ses gestes étaient gênés, malhabiles. Il avait hâte de confier l'enfant à sa femme.

Ils descendirent les quelques mètres de ce minuscule bout de rue qui avait toujours paru si grand à Olivier. Ils s'arrêtèrent quelques instants devant le magasin de mercerie. Depuis le 1er mai, Olivier n'avait fait que tourner autour de ce noyau central : une Virginie invisible, secrète, inaccessible continuait d'y vivre parmi les tiroirs, les fils, les ciseaux. Avec son départ, elle allait vraiment mourir. Parce que la mercerie existait, Olivier, au moment du départ, ne pouvait pas vraiment croire qu'on lui ferait quitter la rue. Non, c'était seulement une promenade. Ou des vacances.

« Allons, dit l'oncle, ta tante nous attend à la maison. »

La fenêtre d'Albertine resta fermée. Elle devait faire la sieste, ses mains croisées sur son gros ventre, ses anglaises étalées autour de son visage rouge. En montant dans la voiture, il sembla à l'enfant qu'il entendait la T.S.F. de Lucien.

Le chauffeur venait de refermer la porte quand Olivier sursauta en reconnaissant une voix semblable à aucune autre :

« Hé là-bas ! Hé ! Une minute, nom de d'là ! »

Un gaillard barbu, chevelu, descendait la rue, une main sur la hanche en boitant et en grimaçant. L'oncle le prit pour un mendiant et porta la main à son gousset, mais déjà Bougras avait ouvert la portière et tenait la tête d'Olivier entre ses grosses pattes :

« Et alors ? On ne dit plus au revoir aux amis ? On se serre un bon coup les paluches ? »

Bougras avait une voix enrouée, un peu cassée, pas tout à fait la même qu'à l'habitude. Il avait envie de dire à l'enfant « Bonne chance ! » ou le mot qui remplace cette expression. Il cligna seulement trois fois de l'œil et secoua la tête à petits coups rapides pour exprimer : « Tout ira bien. Aie confiance ! »

« Salut, Bougras », murmura Olivier.

Si différents l'un de l'autre, l'oncle et Bougras échangèrent un regard de compréhension. Puis Olivier sentit que son ami lui glissait un objet dans le creux de la main. Une bague. Celle-là, il avait suffi d'une pièce de vingt sous pour la faire.

« Oh ! Bougras, Bougras ! »

La portière se referma. Sur un signe de l'oncle, le chauffeur mit la voiture en marche. Olivier se retourna pour voir Bougras par la vitre arrière. Bougras avec son velours de charpentier. Bougras et toute la rue.

Olivier serrait la chevalière dans sa main gauche et sa main droite était crispée sur le fil qui pendait du cartable. Bougras devint de plus en plus petit, et aussi la rue. *La Rue...* Il y eut dans la voiture un léger bruit : le fil que tenait Olivier venait de se casser.

Table

LES CHÂTEAUX DE MILLIONS D'ANNÉES.
ICARE ET AUTRES POÈMES.
L'OISEAU DE DEMAIN.
LECTURE.
ÉCRITURE.

Aphorismes :
LE LIVRE DE LA DÉRAISON SOURIANTE.

Essais :
HISTOIRE DE LA POÉSIE FRANÇAISE (9 volumes).
L'ÉTAT PRINCIER.
DICTIONNAIRE DE LA MORT.

Robert Sabatier
dans Le Livre de Poche

Alain et le nègre   n° 3236

Nous sommes à Montmartre au tout début des années 1930. Parmi les gens de la rue, trois personnages : Alain, le petit garçon, sa mère et l'amant de cette dernière, Vincent, le bel Africain, jazzman et sportif. Autour de ces trois hôtes de l'arrière-boutique d'une épicerie-buvette, toutes sortes de gens : de l'amateur de boissons anisées aux bonnes dames qui font leurs courses, des copains d'Alain aux amis de celui qu'on appelle le nègre. Quelles vont être les relations d'Alain, l'enfant fragile, et de ce Noir costaud et plein de fantaisie ? Là, il faut compter sur la rencontre d'une enfance d'âge et d'une enfance de cœur. Ira-t-on de la détestation à la tendresse ? Rien n'est facile.

Le Cygne noir   n° 14105

« Laid comme un singe, un pou, une chenille ! » Ainsi sa propre mère, actrice célèbre et indifférente, juge-t-elle le héros de ce livre. Quant au père, il n'y en a pas eu : tout au plus un « donneur de semence » passager et oublié. C'est pourtant vers ce père, dont il croit un jour retrouver la piste, que va se tourner Pierre Laurence, au sortir d'une enfance dorée et solitaire au bord du lac Léman. Des églises et des musées de toute l'Europe, où il cherche en vain le reflet qui ennoblirait sa laideur, sa quête le mènera à Paris, puis dans le Perche, où, après bien des surprises, il découvrira qu'il n'est pas, autant qu'il le croyait, indigne d'être aimé.

David et Olivier   n° 6635

Olivier, le héros de la série des *Allumettes suédoises*, a huit ans et demi. Il mène auprès de sa mère Virginie, la belle mercière, une vie insouciante et joyeuse. L'aventure commence pour lui avec la rencontre de David, le fils de M. Zober, le tailleur établi depuis peu rue Labat. Si différents, David et Olivier seront bientôt unis par des secrets, des jeux, des projets, mille riens qui les rendent inséparables. Chacun fait découvrir à l'autre son univers. Olivier offre à son ami la présence de Montmartre, sa féerie, son spectacle permanent. David lui fait connaître les siens, leurs coutumes, leur manière de vivre et de croire. David et Olivier : deux héros délicieux pris dans la vie réelle et dépeints avec amour.

Un roman qui fleure bon l'amitié, la vérité, la poésie, et une sensation rare : celle du bonheur.

Dédicace d'un navire n° 5982

Sous ce titre est réuni un vaste choix puisé dans l'œuvre poétique de Robert Sabatier, des *Fêtes solaires*, 1955, à *L'Oiseau de demain*, 1981, en passant par ses autres grands recueils, y compris celui qui donne le titre de l'ouvrage.

Les Fillettes chantantes n° 6035

Olivier a grandi. Au début des *Fillettes chantantes*, il a seize ans et est devenu apprenti imprimeur. Il découvre l'amour, Paris et les vacances en Touraine où l'on boit le vin rosé dans les fillettes chantantes. On le verra jouer à l'étudiant au Quartier latin, au noctambule à Montparnasse, au chevalier servant à la gare de l'Est, au flâneur dans l'île Saint-Louis, au quartier juif de la rue des Rosiers, à Montmartre ou sur les grands boulevards. Il se cultive sans savoir. Son ami Samuel, étudiant en chimie, lui ouvre des horizons neufs...

Le Lit de la Merveille n° 14585

« Va où il y a des livres... » Sur ce conseil insolite d'un clochard, le jeune Julien, qui traîne dans le Paris de l'après-guerre le souvenir d'une blessure d'amour, trouve un petit emploi chez un libraire. Il rencontre Roland, un étudiant dandy, qui le présente à sa mère Eleanor, une Américaine de Boston, éprise de littérature de d'art français. Ainsi va commencer pour Julien un roman d'apprentissage que Stendhal n'eût pas désavoué. Apprentissage du monde, d'abord, dans un Paris où l'on croise Aragon, Bachelard, Asturias ou Darius Milhaud. Initiation amoureuse aussi, qui, bien qu'elle finisse mal, aidera le jeune homme à trouver son destin. Mais la grande affaire, ce sont les livres. « Viens creuser le lit de la merveille », a dit à Julien un vieil émigré de l'Est en l'entraînant dans sa bibliothèque. Il ne l'oubliera plus. Un salut de Robert Sabatier à sa propre jeunesse et à la passion de sa vie : la lecture.

Le Livre de la déraison souriante n° 9787

Renouant avec une tradition qui va de La Rochefoucauld à Sacha Guitry, Robert Sabatier condense en maximes brèves et étincelantes ses idées sur les autres, la société, la politique, l'art, le moi, révélant, avec un humour qui n'exclut pas la gravité, toutes les facettes de sa personnalité, et un aspect jusqu'alors ignoré de son talent littéraire.

Les Noisettes sauvages   n° 6034

Olivier arrive à Saugues, porte du Gévaudan. Là, il rejoint les siens : le « pépé », maréchal-ferrant, la « mémé », leur fils Victor. Dans ce pays grandiose, chaque instant d'Olivier lui apporte une découverte, un émerveillement. Qui sont-ils, ces paysans farouches, ces artisans appliqués, ces pâtres pleins de mystérieuses connaissances ? Olivier les découvre dans leur existence réelle. Et il y a les originaux, les innocents, les joyeux drilles. Et surtout le grand-père…

Olivier et ses amis   n° 13746

Nous retrouvons, dans le Montmartre des années 1930, Olivier, Capdeverre, Loulou et des dizaines d'autres, entre l'école et la maison, entre les aventures du coin de la rue et les aventures des illustrés : l'enfance, ses bonheurs, ses rêves, ses rires. Autour d'eux, les grands : Fil de fer, le clochard mythomane, la belle Lucienne montrant fièrement le coup de couteau donné par son homme… La gouaille et les couleurs du vieux Paris revivent dans ces pages tour à tour émouvantes et drôles, au fil de saynètes ressurgies du souvenir, imprégnées de tendresse et de mélancolie.

Le Sourire aux lèvres   n° 15228

Le 17 août 2040, le narrateur fête ses cent dix-sept ans. Il est donc, au jour près, de l'âge de Robert Sabatier, et du reste il parle à la première personne. De quoi parle-t-il ? De tout. Du passé, du présent. D'un monde devenu écologiste, végétarien, non fumeur, où le gouvernement du « Tandem » continue de se heurter aux « Rebelles ». Il sera d'ailleurs entraîné dans une mystérieuse aventure, au cours de laquelle il rencontrera Alcida Maria, mi-femme mi-déité, que chacun vénère. Pour le reste, il vit plutôt heureux, entouré de la belle Alexandra, sa maîtresse (car les progrès de la science l'ont conservé jeune et séduisant), de son vieil ami Euler, de Madame Versailles. Tout un petit monde au sein duquel il laisse passer le temps, non sans quelque nostalgie, mais, dans l'ensemble, avec le sourire.

La Souris verte   n° 9502

Dans le Paris frémissant et déchiré de l'Occupation, Marc et Maria, dès
leur rencontre, se sont passionnément aimés. Mais l'Histoire leur interdisait le bonheur, à lui le sage enfant d'Auteuil, étudiant à la Sorbonne,
et à elle, Maria von Mürner, auxiliaire féminine de la Wehrmacht...
Marc et Maria, l'étudiant et la « souris verte », leur passion, leurs tour-
ments, leur jeunesse n'ont pas fini de hanter notre mémoire.

Trois sucettes à la menthe   n° 5958

Olivier a quitté sa chère rue Labat pour aller vivre avec son oncle.
Autant dire, pour l'enfant, changer de planète. L'univers bourgeois,
l'appartement cossu, la vie mondaine des Desrousseaux le surprennent
et le déconcertent. Olivier s'intègre difficilement. Mais ainsi va la vie,
et bientôt il s'apercevra que sa curiosité est sans cesse mise en éveil.
Qui est vraiment l'oncle Henri ? et la tante Victoria ? Il y a aussi les cousins, les deux bonnes, et, comme on reçoit beaucoup, toute une foule de
personnages cocasses, grandioses ou ridicules. Et puis, et surtout, les
rues de Paris, le canal Saint-Martin, les étonnants grands boulevards,
leurs passages mystérieux, leurs théâtres, leurs cinémas, leurs music-
halls...

Achevé d'imprimer en septembre 2007 en Espagne par
LIBERDÚPLEX
Sant Llorenç d'Hortons (08791)
N° d'éditeur : 85363
Dépôt légal 1re publication : avril 1984
Édition 22 - septembre 2007
LIBRAIRIE GÉNÉRALE FRANÇAISE – 31, rue de Fleurus – 75278 Paris cedex 06

30/5876/5